Von Andreas Eschbach sind bei Bastei Lübbe Taschenbücher erschienen:

14 294-2 Das Jesus Video
14 912-2 Exponentialdrift
15 040-6 Eine Billion Dollar
15 305-7 Der Letzte seiner Art
23 232-1 Kelwitts Stern
24 259-9 Solarstation
24 326-9 Eine Trillion Euro
24 332-3 Das Marsprojekt
24 337-4 Die Haarteppichknüpfer

Über den Autor:

Andreas Eschbach, geboren am 15. 9. 1959 in Ulm, studierte in Stuttgart Luft- und Raumfahrttechnik und arbeitete zunächst als Softwareentwickler. Als Stipendiat der Arno-Schmidt-Stiftung »für schriftstellerisch hoch begabten Nachwuchs« schrieb er seinen ersten Roman *Die Haarteppichknüpfer,* der 1995 erschien und für den er 1996 den *Literaturpreis des Science-Fiction-Clubs Deutschland* erhielt. Bekannt wurde er vor allem durch den Thriller *Das Jesus Video* (1998).
Bis 1996 war er geschäftsführender Gesellschafter einer EDV-Beratungsfirma. Inzwischen lebt er mit seiner Familie als freier Schriftsteller in der Bretagne in Frankreich.

ANDREAS ESCHBACH

Perfect Copy
Die zweite Schöpfung

BASTEI LÜBBE TASCHENBUCH
Band 24 343

1. Auflage: November 2005

Vollständige Taschenbuchausgabe
der im Arena Verlag erschienenen Hardcoverausgabe

Bastei Lübbe Taschenbücher
in der Verlagsgruppe Lübbe

© 2002 Arena Verlag GmbH, Würzburg
Lizenzausgabe: Verlagsgruppe Lübbe GmbH & Co. KG,
Bergisch Gladbach
Lektorat: Ruggero Leò/Stefan Bauer
Umschlaggestaltung: Tanja Østlyngen
Titelbild: Arndt Drechsler
Satz: SatzKonzept, Düsseldorf
Druck und Verarbeitung:
Maury Imprimeur, Frankreich
Printed in France
ISBN 3-404-24343-9

Sie finden uns im Internet unter
www.luebbe.de

Der Preis dieses Bandes versteht sich einschließlich
der gesetzlichen Mehrwertsteuer.

Kapitel 1

»Was den heutigen Abend anbelangt«, sagte Wolfgangs Vater, »gibt es noch etwas, das du wissen solltest.« Er kramte in einer Schublade. »Julia?«, rief er dann nach hinten, »wo sind meine Manschettenknöpfe?«

Aus Richtung des Badezimmers war eine undeutliche Antwort zu hören.

»Was denn?«, fragte Wolfgang. Das Jackett gebürstet, die Schuhe blitzblank gewienert, die Haare frisiert stand er seit mindestens einer halben Stunde abmarschbereit, wippte auf den Zehen und wäre am liebsten längst unterwegs gewesen.

»Julia?«, rief Dr. Richard Wedeberg, Chefarzt am örtlichen Krankenhaus und von Kollegen hinter seinem Rücken »Beethoven« genannt wegen seiner wallenden grauen Haare. »Ich suche meine Manschettenknöpfe. Die mit der Perlmuttauflage.«

Eine Tür öffnete sich, ein Duft nach Lavendel wehte heran. »Sie sind entweder in der Garderobenschublade«, rief Wolfgangs Mutter entnervt, »oder...«

»Da sind sie nicht.«

»Dann würde ich in deinem Arbeitszimmer nachsehen.«

»Wie sollen meine Manschettenknöpfe denn in mein...?«

»Schau einfach nach.« Die Tür schlug zu.

Wolfgang verfolgte, wie sein Vater mit missbilligendem Gesichtsausdruck davonrauschte und mit seinen Manschettenknöpfen zurückkam. »Na also«, sagte er zufrieden. »Sie waren in meinem Arbeitszimmer.« Er stellte sich vor den großen Ankleidespiegel und nestelte an seinen Hemdsärmeln. »Also, was das Konzert heute Abend anbelangt, solltest du wissen, dass der Solo-Cellist, Hiruyoki ... Julia!«, rief er erneut, »ich finde meine Fliege nicht! Die dunkelrote seidene.«

Wieder die Badtür. Wieder ein Schwall Lavendel. »Du hast sie wahrscheinlich in der Tasche.«

»Ah, ja. Richtig. Hab sie!«

Wolfgang verdrehte die Augen. Wenn das so weiterging, würden sie zu spät kommen. Es brauchte bloß einen Stau zu geben auf der Autobahn, und sie würden ankommen, wenn das Konzert gerade vorbei war.

»Hiruyoki Matsumoto«, vervollständigte er den Namen, als sein Vater keine Anstalten dazu machte.

»Er ist erst siebzehn, musst du wissen«, sagte der, völlig darauf konzentriert, seine Fliege zu binden. »Ein Wunderkind, schreibt die Presse. Na ja, was die eben so schreiben. Jedenfalls entstammt er einer alten, hoch angesehenen japanischen Familie, die weitläufig mit dem Kaiserhaus verwandt sein soll. Vor sieben Monaten ist er zum ersten Mal öffentlich in Erscheinung getreten, und nun macht er schon eine Welttournee.«

»Oha«, machte Wolfgang ahnungsvoll. Er spielte nämlich auch Cello, und das seit frühester Kindheit. Sein Lehrer bescheinigte ihm großes Talent. Eine Karriere als Konzertmusiker galt als ausgemachte Sache.

»Du weißt, ich halte nichts davon, Kindern ihre Kindheit zu rauben, nur um eines Effektes willen. Eine künstlerische Laufbahn ist etwas fürs ganze Leben, gerade in der Musik. Das geht nicht ohne solide Ausbildung«, fuhr sein Vater fort. Er wandte sich seinem Sohn zu und lächelte mit funkelnden Augen. »Aber du bist auch bald so weit. Du wirst auch bald an die Öffentlichkeit gehen können. Und sie werden dich genauso feiern wie jetzt den jungen Japaner.«

Wolfgang hatte plötzlich einen trockenen Mund.

»Meinst du?«

»Ich habe nicht den geringsten Zweifel«, erklärte sein Vater. »Heute Abend wirst du einen Blick in deine Zukunft werfen.«

Er ahnte nicht, wie Recht er damit haben sollte.

Und wie sehr er sich zugleich irrte.

Am anderen Ende der Stadt trafen sich an diesem Abend zwei Männer in einer dunklen Kneipe, in der es nach altem Frittierfett roch und jeder sich um seinen eigenen Kram kümmerte, sobald das Bier auf dem Tisch stand.

Der eine Mann war schlank, beinahe mager, hatte eine scharf geschnittene Nase, einen wolligen Vollbart und mehr Falten um die Augen, als seinem Alter – er war kaum über dreißig – angemessen gewesen wären. Er schob einen Zettel, auf dem ein paar gekritzelte Zeilen standen, über den Tisch. »Der Junge heißt Wolfgang Wedeberg«, sagte er. »Das ist die Adresse, die Schule, in die er geht, und so weiter.«

Der andere Mann war untersetzt und hatte ein leicht aufgedunsenes Dutzendgesicht. Er nahm den Zettel an sich und überflog, was darauf stand. »Nur beobachten?«, fragte er.

»Nur beobachten. Und Fotos. Er darf Sie nicht bemerken.«

Der andere faltete den Zettel zusammen und schob ihn in die Brusttasche seines grauen Kaufhaushemdes. »Davon lebe ich«, sagte er und langte nach seinem Bierglas. »Dass man mich nicht bemerkt.«

Das Konzert fand in einem richtigen, prächtig anzuschauenden Schloss statt. Sie schritten über weiche rote Teppiche, breite Treppen mit geschwungenen Marmorgeländern empor, durch große, hell erleuchtete Räume voller Stuck und Blattgold und festlich gekleideter Menschen. Junge Frauen in Dienstmädchentracht waren hinter langen, weiß gedeckten Tischen damit beschäftigt, Sektkelche eng an eng aufzustellen, und über das vielstimmige Gemurmel hinweg hörte man das Orchester stimmen, ein viel versprechendes disharmonisches Quietschen und Kratzen.

Wolfgang sah von Zeit zu Zeit verstohlen zu seiner Mutter hin. An diesem Abend wirkte sie gelöst wie selten sonst, beinahe fröhlich. Und sie war schön, fand er, in dem dunklen Abendkleid mit ihrem langen, glänzend schwarzen Haar und der schlichten Perlenkette um den Hals. Mutter war einmal Konzertsängerin gewesen, hatte Musik studiert und ein Engagement an einem kleinen Haus in Berlin gehabt, als sie Vater kennen lernte und auch noch einige Zeit danach. Obwohl sie es bestritt, vermutete Wolfgang, dass sie es bisweilen bedauerte, das alles aufgegeben zu haben, als er schließlich auf die Welt gekommen war.

Vater sah Ehrfurcht gebietend aus in seinem Smoking, nicht wie ein Zuhörer, sondern beinahe wie der Dirigent persönlich. Er schaute voll grimmiger Erwartung drein, grüßte hin und wieder einen Bekannten mit ungeduldiger Beiläufigkeit und sagte, als der zweite Gong ertönte: »Es geht los. Lasst uns unsere Plätze suchen.«

Würdige Männer in Roben beobachteten aus klobigen Bilderrahmen heraus, wie die Konzertbesucher sich durch lange Reihen gepolsterter Stühle drängelten, endlich nach und nach zum Sitzen kamen und wie, nach dem dritten Gong, die Gespräche verstummten. Ein Sprecher des Veranstalters begrüßte das Publikum, stellte den Dirigenten vor, wartete den höflichen Applaus ab, um endlich den Solo-Cellisten anzukündigen mit den Worten: »Und nun, meine sehr verehrten Damen und Herren – der neue Stern am Himmel der Musik ... der junge Mann, den viele schon als den Pablo Casals des einundzwanzigsten Jahrhunderts bezeichnen ... begrüßen Sie mit mir, aus dem Land der aufgehenden Sonne, Hiruyoki Matsumoto!«

Applaus brandete auf wie eine Sturmflut. Auch Vater klatschte und nickte Wolfgang dabei verschwörerisch zu. Wolfgang klatschte nicht; er saß nur da und beobachtete den schmalen Jungen, der mit einem fast honigfarbenen Cello in der Hand die Bühne betrat und sich, unter mehrfachem tiefem Verbeugen, auf die Mitte zubewegte, zu seinem Platz zur Linken des Dirigentenpults.

Wolfgang wurde heiß unter seinem Jackett. Die Vorstellung, dass er selbst einmal ... und womöglich bald ...! Atemberaubend. Und der Applaus wollte kein Ende nehmen. Auf eine verrückte Weise kam es ihm so vor, als gelte der Beifall bereits ihm, und er hatte das Gefühl, rot zu werden. Du meine Güte!

Der Dirigent hob den Taktstock, um zu zeigen, dass es der Vorschusslorbeeren nun genug waren. »Schau gut hin«, raunte Vater, der unter den Letzten war, die noch klatschten.

Gespannte Stille breitete sich aus. Das Vorspiel begann, zart hingehauchte Töne, eine Andeutung der Motive, die kommen sollten.

Hiruyoki setzte den Bogen an, höchste Konzentration im Blick, wartete auf seinen Einsatz.

Dann spielte der junge Japaner den ersten Ton. Und der traf Wolfgang wie ein elektrischer Schlag.

Später an diesem Abend kehrte der Mann mit dem Vollbart in sein Hotelzimmer zurück, zog seine Jacke aus und hängte sie, nachdem er daran gerochen und angewidert das Gesicht verzogen hatte, über einen Kleiderbügel und diesen in das offene Fenster. Dann ließ er sich aufs Bett fallen, holte den Zettel aus der Tasche, den der Portier ihm überreicht hatte – jemand hatte seine Nummer hinterlassen –, nahm das Telefon vom Nachttisch und wählte. Als es in der Leitung tutete, legte er sich zurück und starrte an die Decke.

Am anderen Ende wurde abgehoben. Jemand bellte:
»Ja?«
»Conti«, sagte der Mann auf dem Bett.
»Tommaso!« Es klang wie eine Mischung aus Schrei und Seufzer. »Schalten Sie Ihr Handy eigentlich ab und zu ein? Ich versuche den ganzen Abend, Sie zu erreichen.«

Der Mann mit dem Vollbart studierte das Muster der hellgelben Flecken an der Decke. »Nun, jetzt haben Sie mich erreicht.« Trotz seines fremdländischen Namens sprach er akzentfrei Deutsch.

Ein Keuchen im Telefonhörer. »Verdammt noch mal, Tommaso, Sie tun so, als hätten wir alle Zeit der Welt! Können Sie sich überhaupt vorstellen, was hier los ist? Wie mir die Redakteure im Nacken sitzen? Andere Zeitungen sind auch hinter dieser Story her, das ist Ihnen doch hoffentlich klar?«

»Sicher«, sagte der Mann auf dem Bett und streifte gemächlich die Schuhe ab. »Aber andere Zeitungen wissen nichts von Wedeberg.«

»Und das müssen wir nutzen!«, heulte es aus der Leitung. »Wir müssen raus mit dieser Meldung. Die Titelseite, Tommaso, Sie kriegen die Titelseite – bloß schicken Sie mir endlich etwas, womit ich sie füllen kann!«

»Ich muss mir meiner Sache erst hundertprozentig sicher sein.«

»Grundgütiger...! Ich weiß nicht, was mit Ihnen los ist. Sonst war es immer die reine Freude, mit Ihnen zusammenzuarbeiten, aber diesmal stellen Sie sich ausgesprochen... ich sag's lieber nicht. Aus dem hinterletzten afghanischen Kuhdorf habe ich mehr von Ihnen gehört als jetzt aus dem Schwarzwald. Tommaso, was ist los mit Ihnen?«

Der Mann mit dem Vollbart holte tief Atem. »Ich tue nur meinen Job. Sie sind nervöser als sonst, das ist alles.«

»Nervös? Na klar bin ich nervös, verdammt noch mal. Ein Chefredakteur *muss* nervös sein und auf hundertachtzig, sonst taugt er nichts. Glauben Sie, ich kann ruhig schlafen? Nach all den Vorarbeiten, dem ganzen Geld, das wir ausgegeben haben? Wenn jemand anders auf die gleiche Spur kommt und die Sache woanders zuerst erscheint, bin ich die längste Zeit Chefredakteur gewesen. Dann kriege ich höchstens noch einen Job bei der Müllabfuhr.«

»Niemand anders wird auf die gleiche Spur kommen. Das, was ich weiß, kann niemand sonst wissen.«

»Das sagen Sie jedes Mal.«

»Wenn Sie damit rausgehen – wären Sie sich dann nicht lieber sicher, dass alles stimmt, was Sie schreiben?«

Wieder das Keuchen, und eine Pause. Im Hintergrund hörte man Stimmengemurmel und das Klackern von Tastaturen. »Ich brauche Bilder. Wenigstens *ein* Bild, Tommaso, bitte! Nur damit ich in der Konferenz was vorzeigen kann. Und schreiben Sie endlich etwas, sonst tue ich es selber.«

Der Mann mit dem wolligen Vollbart seufzte. »Gut. Wenn Sie mir versprechen, dass noch nichts erscheint, schicke ich Ihnen, was ich bis jetzt habe.«

»Versprochen. Sind Bilder dabei?«

»Bekomme ich übermorgen.«

Damit war der Mann am anderen Ende nicht glücklich, das war deutlich zu hören. Aber er sagte: »Also. Schicken Sie, was Sie haben.«

Nachdem er den Hörer aufgelegt hatte, stemmte der Mann sich hoch und schleppte sich auf den Stuhl vor dem mit Hotelprospekten überladenen Schreibtisch, auf dem sein Laptop stand. Aber er schrieb nichts, sondern starrte minutenlang nur die weiße Wand an. Schließlich legte er die Hände auf die Wangen, massierte seine Nasenflügel und murmelte vor sich hin:

»*Porco dio!* Was habe ich da nur angerichtet?«

Wolfgang starb tausend Tode während dieses Konzerts. Schweiß rann in Bächen unter seinem Hemd, aber er wäre nicht im Mindesten überrascht gewesen, wenn sich herausgestellt hätte, dass es nicht sein Schweiß war, sondern sein Blut. Unfassbar, wie gut der Japaner spielte. Unfassbar auch, dass Vater im Ernst zu glauben schien, er, Wolfgang Wedeberg, würde jemals im Stande sein, auch nur annähernd so gut zu spielen. Und er glaubte es tatsächlich. Immer wieder, meistens nach einer atemberaubenden Kadenz, sah er herüber mit einem Blick, als wolle er sagen: Demnächst du!

Nie im Leben. Nie im Leben würde er so spielen. Die Finger Hiruyokis tanzten förmlich über die Saiten. Sein Bogen schien lebendig zu sein. Und natürlich spielte er auswendig, alles ohne Noten! Wolfgang sah ihm zu mit dem Gefühl, ein Omnibus zu sein, von dem man erwartete, im nächsten Formel-I-Rennen mitzufahren – und zu siegen.

Er versank in seinem Sessel und wünschte sich, im Erdboden zu versinken. Alles ringsumher verschwamm hinter dunklen Nebeln, es gab nur noch ihn und den jungen Solo-Cellisten oben auf der Bühne, und diese so mühelos wirkenden, so unglaublich gekonnten Töne, die er seinem ungewöhnlich hell lackierten Instrument entlockte. Verrückte Phantasien zuckten durch seinen Kopf, wie die, nach dem Konzert würden die Leute auf ihn zeigen und ihn auslachen, oder ihn auffordern, auf die Bühne zu gehen und zu spielen, nachzumachen, was Hiruyoki vorgemacht hatte, und er würde mit hochrotem Kopf gehorchen und sich unsterblich blamieren ... Hörte überhaupt jemand zu? Es kam ihm vor, als beobachte ihn jeder im Saal heimlich und amüsiere sich über die Vermessenheit, es einem solchen Virtuosen gleichtun zu wollen.

Es sah alles so ... *leicht* aus! Wolfgang sah dem Japaner fassungslos zu. Er war konzentriert, gewiss, aber die Finger seiner Griffhand bewegten sich selbst bei schnellen Passagen so sicher, dass man den Eindruck hatte, er hätte das Stück locker doppelt so schnell spielen können und trotzdem fehlerfrei. Fehler? Hiruyoki Matsumoto schien überhaupt nicht zu wissen, was das war.

Irgendwann im Lauf des Abends – die Erde hatte ihn immer noch nicht verschluckt, der Schweiß tropfte aus seinem Hemd, aber immerhin noch nicht aus dem Stuhl, auf dem er saß, und noch niemand hatte mit dem Finger auf ihn gezeigt und laut aufgelacht – sagte Wolfgang sich, dass heute Abend zumindest eine Frage beantwortet worden war, die er seit langem mit sich herumgetragen hatte: die Frage nach dem wahren Maß seines Talents.

Er war bis zu einem gewissen Grad talentiert, zweifellos. Ein einziges Vorspiel vor der Musiklehrerin in der fünften Klasse hatte ausgereicht, ihn auf die Eins in Musik zu abonnieren, fast unabhängig von seinen sonstigen Leistungen im Unterricht. Er beherrschte viele Stücke der klassischen

Cello-Literatur und hätte in einem Streichquartett mitspielen können, ohne sich zu blamieren.

Aber von der Meisterschaft und Leichtigkeit, die er da oben auf der Bühne sah, trennte ihn mehr als nur Übung. Zwischen ihm und Hiruyoki klaffte ein unüberbrückbarer Abgrund.

Er war froh, als es endlich vorbei war. Er klatschte, wie alle anderen auch, und hatte dabei das Gefühl, zwei nasse Säcke gegeneinander zu schlagen. Beim Hinausgehen bewegte er sich steif wie ein Stock, weil ihm das Hemd auf der Haut klebte. Als sie hinaustraten in den Abend, eine frische Mainacht, fröstelte ihn.

»Das war wunderbar, nicht wahr?«, meinte Vater mit unerträglich guter Laune. Und Mutter pflichtete ihm bei! Wolfgang schwieg und verfluchte jeden Meter Weges bis zum Parkplatz.

»Und?«, sagte Vater, als sie den Wagen erreicht hatten, und sah ihn an. »Habe ich zu viel versprochen?« Wolfgang war zum Umfallen elend. »Nein«, stieß er hervor und schlang die Arme um sich.

»Eines Tages«, prophezeite Vater, den Autoschlüssel in der Hand, »werden wir hierher zurückkommen, und es wird genauso sein wie heute. Nur mit dem Unterschied, dass auf den Plakaten dort drüben der Name Wolfgang Wedeberg stehen wird.«

Nie im Leben, dachte Wolfgang, aber er brachte es nicht fertig, das zu sagen. Stattdessen bat er: »Können wir einsteigen? Mir ist kalt.«

Kapitel 2

Das Gymnasium von Schirntal war ein klotziger Altbau mit hohen, in gelbem Sandstein eingefassten Fenstern. In der sechsten Klasse pflegte der Erdkundelehrer die Fenster zu öffnen und zu fragen: »Aus welchem Gestein bestehen die Hochlagen des Schwarzwalds? Aus Buntsandstein, Leute.« Dann klopfte er gegen die Umfassung und wiederholte: »Buntsandstein. Das hier, Leute. Gibt es, wie der Name sagt, in verschiedenen Farben, und das hier ist, wie man unschwer sieht, der gelbe.« Aus demselben gelben Buntsandstein war der hohe Portalbogen über dem Haupteingang gemeißelt, in dem groß »OBERSCHULE« eingraviert stand. Die blecherne Laterne, die daneben hing, stammte zweifellos auch noch aus Zeiten, als man »Oberschule« gesagt hatte statt »Gymnasium«.

Morgens herrschte auf dem Platz vor der Schule großer Auftrieb. Eigentlich war es kein Vorplatz, sondern die Zufahrt zum Lehrerparkplatz hinter dem Haus, aber von kurz nach sieben an hielten die Schulbusse aus den umliegenden Gemeinden und spuckten Massen von Schülern aus, die anschließend in dichten Trauben auf dem vielfach geflickten Kopfsteinpflaster herumstanden und die Autos der Lehrer eher widerwillig passieren ließen. Nur die, die noch Hausaufgaben abzuschreiben hatten, begaben sich früher als unbedingt erforderlich in die Klassenzimmer.

Wolfgang kam an diesem Morgen verstimmt an. Und als Erstes von Cem begrüßt zu werden, seinem mit einer unverwüstlichen, geradezu waffenscheinpflichtigen guten Laune gesegneten Sitznachbarn und besten Freund, machte es nicht besser. »Mann, machst du ein Gesicht«, meinte der mit herausforderndem Grinsen.

»Dabei haben wir in zwei Wochen Ferien, und außerdem: Lass dir nichts anmerken, aber *jetzt,* in *diesem Augenblick,* sieht *sie* zu dir herüber, ich schwöre es!«

»Was? Ehrlich?« Wolfgang drehte den Kopf, bis er sie entdeckt hatte. Svenja. Sie stand mit ein paar anderen Mädchen aus der Parallelklasse zusammen und sah natürlich *nicht* zu ihm herüber.

»Na jetzt natürlich nicht mehr«, brummte Cem. »So wie du dich anstellst.«

In der ersten Stunde hatten sie Biologie. Es herrschte immer noch, wie sich Cem ausdrückte, »Klonomanie«. Zwei Wochen zuvor nämlich hatte ein kubanischer Mediziner namens Frascuelo Aznar die Weltöffentlichkeit mit der Erklärung schockiert, vor sechzehn Jahren einen Menschen geklont zu haben, und zwar auf Initiative und in Zusammenarbeit mit einem deutschen Wissenschaftler, der gut bezahlt und keinen Namen genannt hatte. Seither kannten die Medien kein anderes Thema mehr als: Wer ist der Klon? Dass Aznar vor einigen Jahren bei einem schweren Laborunfall erblindet und demzufolge außer Stande war, seinen damaligen Partner auf Kongressfotos oder dergleichen zu identifizieren, machte die Sache nur noch spannender.

Die Lehrerschaft des Gymnasiums Schirnberg jedenfalls war komplett dem Klon-Fieber verfallen. Jeder Lehrer bemühte sich, den offiziellen Lehrplan ignorierend, in seinem Unterricht irgendetwas zu behandeln, das zumindest entfernt mit dieser Affäre zu tun hatte. »Klonomanie« eben.

Naturgemäß fiel das im Biologieunterricht am leichtesten. Das weite Feld der Zellteilung und Fortpflanzung bot überreichlich Gelegenheit zu Wiederholung und Vertiefung. Aber am Montagmorgen den Biosaal zu verdunkeln und endlos Dias von sich teilenden Zellen zu zeigen war schon heftig vom »Kittel«, wie Dr. Kistner wegen des stets um seine hagere Gestalt schlotternden weißen Laborkittels genannt wurde.

»Du musst mal mit ihr reden«, meinte Cem, während der Kittel salbadernd mit dem Zeigestock über die Leinwand kratzte. »Sonst wird das nie was.«

Wolfgang stierte düster auf das projizierte Bild, das eine von Samenzellen umlagerte Eizelle zeigte. »Das wird sowieso nie was. Schließlich hat sie schon 'nen Freund.«

»Marco? Pah. Nur eine Frage der Zeit, bis sie von dem die Nase voll hat.«

In diesem Moment durchschnitt die Lehrerstimme das allgemeine Gebrabbel. »Bardakci?«

Cem fuhr hoch. »Ja?«

Der Kittel musterte ihn mit spöttischem Funkeln in den Augen. »Gut geschlafen?«

»Ähm, nein, überhaupt nicht. Ich ... wenn Sie die Frage noch mal wiederholen könnten ...?«

»Ach, das würde die anderen doch nur langweilen. Wer weiß es? Steinmann?« Der Kittel redete Schüler grundsätzlich mit Nachnamen an.

Marco spreizte den breiten Brustkorb. »Mitose ist die normale Zellteilung. Meiose dagegen ist die Reduktionsteilung, bei der Zellen mit einem haploiden Satz von Chromosomen entstehen, die man Gameten nennt oder auch Keimzellen.« Es klang gut auswendig gelernt.

»Gut, Steinmann«, sagte der Kittel und klopfte mit dem Stock in seine Handfläche. »Ich hoffe, es ist sich jeder darüber im Klaren, dass das im Test drankommt. Du auch, Bardakci.«

Cem murmelte etwas auf Türkisch, das man vermutlich in keinem Wörterbuch gefunden hätte.

Rasselnd kam das nächste Dia. Es zeigte wieder eine Zelle, die für Wolfgangs Augen nicht anders aussah als das Dutzend Zellen davor. Er warf einen Blick zu Marco hinüber, der zufrieden vor sich hin grinste. Marco Steinmann war der Älteste in der Klasse und nicht nur groß und stark, er sah auch schon richtig männlich aus und war zu allem Überfluss verdammt gut in der Schule. »Weißt du«, raunte er Cem zu, »ich kann mir eigentlich nicht vorstellen, was sie mit jemandem wie mir anfängt. Wenn man's genau nimmt, bin ich doch eher ein seltsamer Typ.«

Cem hob die Augenbrauen. »Da will ich dir nicht widersprechen.«

In der anschließenden Doppelstunde Englisch lasen sie sich mühsam weiter durch Ernest Hemingways *The Old Man And The Sea* aus keinem anderen Grund als dem, dass es von einem armen kubanischen Fischer handelte und Hemingway es während seiner Zeit auf Kuba geschrieben hatte. Die Geschichtslehrerin schließlich ließ unter allgemeinem Stöhnen noch einmal das Video laufen, das vor zwei Wochen erstmals in den Tagesthemen ausgestrahlt worden war und den ganzen Rummel ausgelöst hatte und das sie mittlerweile zum Erbrechen oft gesehen hatten. Es zeigte einen dürren Mann mit Sonnenbrille, der in einem Rollstuhl vor einer sonnendurchgluteten, weitläufigen alten Hafenanlage saß und mit krächzender Stimme seine Geschichte zum Besten gab.

»Stoppen wir einmal hier«, sagte Frau Pohl und drückte die Pausentaste, sodass ein zitterndes Bild auf dem Schirm verharrte. »Konzentrieren wir uns auf die Szenerie im Hintergrund.« Sie deutete auf ein massiv aussehendes, schwarzweiß geschecktes Gemäuer, über dem sich ein Leuchtturm erhob. »Das ist das *Castillo del Morro*, das größte und beeindruckendste Festungsbauwerk am Hafen von Havanna. Im siebzehnten und achtzehnten Jahrhundert war dies der am stärksten befestigte Hafen von ganz Lateinamerika, denn seine bevorzugte Lage an der karibischen See machte die Hauptstadt von Kuba, das damals noch zu Spanien gehörte ...«

»Gnade!«, murmelte Cem. »Kann nicht endlich was Neues passieren? Nichts gegen das englische Königshaus, aber falls sich einer von denen den Hals brechen will, wäre jetzt der ideale Zeitpunkt.«

Wolfgang hörte kaum hin. Er grübelte über den vergangenen Abend nach. Hiruyoki hatte ihn geschockt, klar, aber was hatte das zu bedeuten? Womöglich einfach, dass er das Üben in letzter Zeit nicht mehr ernst genug genommen hatte. Wenn man ständig gesagt bekam, wunder wie begabt man sei, neigte man eben dazu, sich auf seinen Lorbeeren auszuruhen. Vielleicht war Hiruyokis ganzes Geheimnis, dass er fünfmal so lange und so hart übte? Biss hatte er jedenfalls, das war in jeder Note zu spüren gewesen.

Und Üben *konnte* Wunder bewirken, das hatte Wolfgang oft genug selbst erlebt. Gerade wenn man nicht aufhörte, sobald man etwas halbwegs beherrschte, sondern es gerade dann, mit eher zu viel Präzision als zu wenig, wieder und wieder durchging, war es oft, als öffne sich eine Tür, von der man nicht einmal gewusst hatte, dass sie da war.

Vor der letzten Stunde – Religion – packte Cem hochbefriedigt seine Tasche und meinte: »Tja, wenigstens Allah meint es gut mit mir. Ich denk an dich, wenn ich zu Hause auf der Couch liege.«

»Neid!«, grummelte Wolfgang. Das baden-württembergische Kultusministerium lag seit Monaten mal wieder wegen irgendwelcher Formalien mit den islamischen Kulturverbänden im Clinch, und solange fiel der islamische Religionsunterricht im Lande aus.

»Aber wir könnten uns heute Nachmittag treffen«, schlug Cem vor. »Freibad oder so.«

Wolfgang schüttelte den Kopf. »Ich muss Cello üben. Bin im Rückstand.«

»Na, wenn das so ist.« Cem schulterte seine Tasche und wandte sich zum Gehen. »Dann viel Spaß noch.«

Sein Grinsen war schon fast unverschämt.

Und so ging es noch einmal eine Stunde lang um Klone, um Gentechnik, die Vermessenheit des Menschen, den Turmbau zu Babel und so weiter und so fort. Herr Glatz, der mit Vornamen Friedhelm hieß, konnte sich bei derlei Anlässen prachtvoll aufregen. Er pflegte rot anzulaufen, bis ihm der Schweiß auf der Stirn stand, und in endlosem Monolog querfeldein zu galoppieren, von einem Thema zum nächsten, was ihm eben so in den Sinn kam. Dabei tigerte er unruhig durch die Tischreihen. Wenn man nicht gerade unter der Bank Karten spielte, konnte man mehr oder weniger tun, was man wollte: Der rote Kopf hieß, dass er bis zum Ende der Stunde keine Fragen stellen würde.

Wolfgang sinnierte darüber, was an seinem Übungsprogramm zu verbessern war. Er konnte sich jede Woche zusätzlich zu dem, was ihm sein Lehrer aufgab, eines der Stücke vornehmen, die er schon beherrschte. Es täglich mehrmals spielen und auf besondere Präzision achten. Sich mit dem Tonband kontrollieren. Am besten, er begann mit Bach. Das Präludium der c-Moll-Suite, genau. Gleich heute Nachmittag.

Er sinnierte auch noch, als die Schule aus war und er sein Fahrrad gemächlich die bergan führenden Gassen hochschob.

Den Mann, der ihm folgte und ihn verstohlen fotografierte, bemerkte er nicht.

Nach dem Mittagessen ging Wolfgang in das Arbeitszimmer seines Vaters, um Aufnahmen der c-Moll-Suite zu suchen. Das durfte er. Der Schreibtisch war unantastbar, das gegenüber der gewaltigen Stereoanlage aufgebaute Dirigentenpult, auf dem immer eine Partitur und ein Stock lagen, heilig, doch sich nach Lust und Laune aus den CDs und Kassetten zu bedienen war Wolfgang ausdrücklich erlaubt, solange er sie regelmäßig zurückbrachte und wieder an der richtigen Stelle einsortierte.

Vaters Arbeitszimmer war ein großer, düsterer, eigenartig leblos wirkender Raum. Zwei dichte Tannen vor dem Fenster ließen wenig Licht herein, und die wertvollen alten Möbel aus dunkler Eiche, die noch aus der Praxis von Großvater stammten, den Wolfgang nie kennen gelernt hatte, heiterten das Ganze auch nicht gerade auf. Auf dem Schreibtisch türmten sich Akten, die meisten eingestaubt, weil Frau Krämer, die Mutter ab und zu im Haushalt zur Hand ging, ebenfalls striktes Verbot hatte, dort irgendetwas zu berühren. Hinter den Glastüren der Wandschränke herrschte ein wildes Durcheinander aus Zeitschriften, medizinischen Büchern und schlimm zerknitterten, eingerissenen Notizzetteln aller Art. Doch das Regal mit den CDs, das die ganze Längswand rechts und links der Stereoanlage einnahm, war geradezu akribisch geordnet, ebenso wie die zahllosen Kassetten in den Schubladen darunter. Etwa ein Drittel der CDs enthielt die Symphonien und Opern, die sein Vater zur Entspannung zu dirigieren pflegte, der Rest waren Werke, die in irgendeiner Weise mit dem Cello zu tun hatten: Cellokonzerte, Suiten, Sonaten,

Duette mit Klavier, Kammermusik und dergleichen. Vater führte eine Datenbank aller Tonträger auf seinem Computer, und die nach verschiedensten Kriterien ausgedruckten Listen waren immer auf dem neuesten Stand.

So war es kein Problem, Aufnahmen der *Suite für Violoncello solo Nr. 5 c-Moll BWV 1011,* wie das Werk von Johann Sebastian Bach offiziell hieß, von verschiedenen Interpreten zu finden. Er wählte eine CD mit einem Konzert von Pablo Casals aus den Dreißigerjahren und eine moderne Aufnahme mit Heinrich Schiff aus den Achtzigern, erwog eine CD von Yo-Yo Ma, verwarf sie aber – Mas Interpretationen waren in der Regel zu eigensinnig, um einem Schüler als Vorbild dienen zu können – und stieß noch auf eine Kassette mit dem Solisten Daniel Müller-Schott. Als er probeweise hineinhören wollte, fand er im Kassettenschacht von Vaters Anlage eine Kassette vor, die er noch nie gesehen hatte – uralt aussehend, ein knallrotes Billigprodukt und im Gegensatz zu den sonstigen Gepflogenheiten nur miserabel beschriftet: Auf der A-Seite stand mit blauem Filzstift »*J.* «, gekritzelt, das war alles.

Wolfgang steckte sie zurück in den Recorder und ließ sie laufen. Ein Cello, wie nicht anders zu erwarten. *Sein* Cello, das hörte er deutlich. Vater hatte immer wieder Aufnahmen gemacht, wenn er geübt hatte, schon seit jeher. Diese Aufnahme hier musste uralt sein. So gut hatte er damals gespielt? Kaum zu glauben. Er musste schmunzeln, als das Stück – im Moment fiel ihm nicht ein, was es war – mit einem Missklang abbrach und er sich mit heller Kinderstimme sagen hörte: »Ich fang noch mal bei Takt sechzig an.«

Er legte die rote Kassette beiseite. Irgendwie stimmte ihn das wieder zuversichtlich. Immerhin, er hatte als Kind wirklich gut gespielt, also lag es nur am Üben, oder? Womöglich hatte sein Cellolehrer Recht, der zu sagen pflegte: »Die Pubertät macht Jungs faul – da haben sie die ganze Zeit Mädchen im Kopf.«

Auf seinem Zimmer hörte er die Aufnahmen nacheinander an, mit geschlossenen Augen, völlig auf die Cellostimme konzentriert. Er sah sich dabei selber spielen, spürte den Strich des Bogens, fühlte den Satz der Finger, lauschte auf Phrasierungen, Vibrati, die An- und Abstriche. Danach kramte er die Noten hervor, nahm das Cello zwischen die Schenkel, griff nach dem Bogen und probierte es selbst.

Es wurde schrecklich. Er hörte es schon, während er spielte, und als er sich danach die Aufnahme anhörte, fand er sein Spiel noch schrecklicher. Die Tempi – ungleichmäßig. Die Phrasierungen – plump. Verglichen mit den großen Vorbildern war das, was er zuwege gebracht hatte, stümperhaft und seelenlos. Enttäuscht pfefferte er den Bogen aufs Bett.

Wie konnte das sein? Er war von klassischer Musik umgeben aufgewachsen. Sein Cello hatte schon in der Ecke gestanden, dunkel, schön und wohlriechend, als er noch nicht einmal hatte laufen können. Schon als Dreikäsehoch war er in die Musikvorschule gegangen, und das gern, hatte mit Trommel und Xylophon begriffen, wie man Höhen und Längen von Noten verstand und was ein Takt war, hatte mit den anderen vor stolz versammelten Eltern gesungen und musiziert. Mit dem Cello anzufangen war ganz selbstverständlich gewesen, zuerst mit einem halben, als er noch in der Grundschule und zu klein für das richtige Instrument war, später mit einem Dreiviertelcello und endlich mit seinem eigenen: Nun sei er groß, hatte sein Vater ihm damals gesagt, und er war stolz gewesen. Wie sein Vater es wollte, ging er jede Woche zweimal zum Unterricht und übte jeden Tag, nicht immer gern und nicht immer ohne Ermahnung, aber er hatte stets gehorcht und nie weiter darüber nachgedacht: Es war eben, wie es war.

Wie konnte es sein, dass sein Vater und seine Mutter und seine Cellolehrer ihn für so begabt hielten und er selber nichts davon merkte? Alles, was er fertig brachte, war, die Töne in der richtigen Höhe und der richtigen Reihenfolge zu spielen. Aber das genügte nicht, bei weitem nicht!

Er blickte die Noten auf dem Ständer an und hatte das Gefühl, dass der Abgrund zwischen ihm und jemandem wie Hiruyoki Matsumoto in Wahrheit noch viel größer und tiefer war, als er ihm gestern Abend im Konzert erschienen war.

Seine Mutter war in ihrem Atelier, das neben der Küche nach hinten in den Garten hinausging, und hatte wie immer die Tür zur Eingangshalle offen stehen. In die Stille hinein vernahm er ihre Stimme von unten:

»Wolfgang? Ich höre dich nicht üben!«

Gleich darauf hörte sie ihn wieder üben. Diesmal die Etüden, die ihm sein Cellolehrer aufgegeben hatte. Gleichmäßig, getragen und mit kleinen Misstönen und Aussetzern ab und zu erfüllte der Klang seines Cellos das stille Haus der Wedebergs.

Was seine Mutter nicht hörte, war, dass dieser Klang vom Tonband kam. Wolfgang hatte einen Mitschnitt seiner letzten Übungsstunde in den DAT-Recorder gelegt und hockte nun, die angezogenen Beine umarmend, auf dem Bett und starrte grübelnd vor sich hin.

Auch der mit drei Stunden Nachmittagsunterricht endlos lange Dienstag ging vorüber, immerhin mit einer völlig

»klonfreien« Französischstunde, und auch in Physik fiel das Wort mit dem K kein einziges Mal. Dafür gewöhnte sich ihr Sportlehrer gerade an, sie allesamt als »Klone« zu titulieren: »So, ihr Klone, heute fangen wir mit einer Runde Bauchmuskeltraining an!« Muskeln waren die besondere Leidenschaft von Oberstudienrat Becker, vor allem seine eigenen, die er in überaus beeindruckendem Zustand hielt. Sein zweites Hobby war das Sammeln von Schimpfwörtern und Kraftausdrücken, was einem nicht entging, wenn er mal wieder wilde Geschichten von seiner Bundeswehrzeit und seinen Einsätzen im Kosovo erzählte.

Wie immer völlig gerädert lief Wolfgang abends um halb sechs bei seinem Cellolehrer ein. Herr Jegelin wohnte allein mit zwei Celli, einem Kontrabass und einem Klavier im ersten Stock eines Hauses direkt am Bach. Es war eine schön eingerichtete, große Wohnung, an deren Wänden gerahmte alte Notenhandschriften hingen und Porträts der großen Cellisten des zwanzigsten Jahrhunderts: Mstislaw Rostropowitsch, Paul Tortelier, Jacqueline du Pré, und natürlich Pablo Casals. Vom Wohnzimmer aus, das gleichzeitig Unterrichtsraum war, hatte man einen schönen Blick auf die träge vorbeiplätschernde Schirn und auf die Trauerweiden auf dem Grundstück gegenüber, deren Zweige bis aufs Wasser hinabhingen.

Entsetzlich war nur immer der Weg mit dem großen Cellokoffer das enge Treppenhaus hinauf, das mit wurmstichigen Spinnrädern, modrigen Butterfässern und anderem Gerümpel voll stand, das Herr Jegelins Vermieter sammelte. An den Wänden hingen zudem zahllose aufgeklebte Puzzles aus bis zu zehntausend Teilen. Wolfgang plagte die Vorstellung, dass er eines Tages eines davon mit seinem Koffer anstoßen und es auf dem Boden in alle seine Teile zerbrechen könnte und der Vermieter, ein grobschlächtiger Mann mit einem steifen Bein, ihn dazu zwingen würde, sie wieder zusammenzusetzen.

»Sehr schön«, sagte Herr Jegelin an diesem Dienstagabend und rieb sich die schlanken Finger, wie er es zu tun pflegte, ehe er selber nach Cello und Bogen griff.

»Ich bin wirklich überrascht. So motiviert wie heute habe ich dich schon lange nicht mehr erlebt.«

Wolfgang nickte stumm. Er hatte gestern Abend schließlich doch noch geübt, hatte das Präludium beiseite gelegt und sich mit fast wütender Energie auf die Etüden gestürzt.

»Gut. Gehen wir zum nächsten Stück. Hier musst du besonders auf diese chromatische Passage –«

»Herr Jegelin?«, unterbrach Wolfgang leise. »Kann ich Sie mal was fragen?«

Der asketisch wirkende Cellolehrer blinzelte überrascht. »Aber sicher.«

»Wie gut bin ich?«

»Wie gut? Hmm. Das habe ich dir doch schon oft gesagt. Du bist mit Sicherheit einer meiner begabtesten Schüler.«

»Habe ich das Zeug zum Solisten? So wie Hiruyoki Matsumoto?«

»Oh«, machte Herr Jegelin, nickte nachdenklich und wandte den Blick ab. »Das ist schwer vorherzusagen. Nein, da wage ich keine Prognose.«

»Aber Sie müssen doch wissen, wie viel Talent ich habe«, drängte Wolfgang. Er hatte nicht vorgehabt, das zu sagen, aber irgendwie brach es aus ihm heraus. »Ich bin jetzt schon so viele Jahre bei Ihnen, da müssen Sie doch sagen können, was in mir steckt und was nicht!«

Eine Pause entstand, und je länger sie dauerte, desto mehr bekam Wolfgang das Gefühl, etwas unsagbar Dummes gesagt zu haben. Der Lehrer ließ seinen Blick über die großen Cellisten wandern, seufzte schließlich und sah ihn nachdenklich an. »Es sollte dir um die Musik gehen, Wolfgang«, sagte er mit einem traurigen Klang in der Stimme. »Nicht um eine Karriere.«

Wolfgang sah ihn an und begriff mit plötzlichem Schrecken, dass es aber immer genau darum gegangen war: um eine Karriere. Um *seine* Karriere. Der Bogen in seiner Hand schien auf einmal schwer zu werden. Das Cello kam ihm plötzlich fremd vor. Alles, was er zeit seines Lebens getan hatte, war auf eine große Karriere als Musiker ausgerichtet gewesen – die *sein Vater* sich für ihn erträumte!

Er schlief schlecht an diesem Abend, wälzte sich in seinem Bett, schwitzte unter seiner Decke und fror, wenn er sich aufdeckte. In seinem Kopf ratterten die Räder, rasten Gedanken wie aufgescheuchte Wildpferde, liefen immer wieder die gleichen Filme ab. Sein Entsetzen während des Konzerts – das war nichts anderes gewesen als Angst, pure, blanke Angst, die Erwartungen nicht zu erfüllen, die sein Vater an ihn hatte.

Aber das war doch verrückt, oder? Er war schließlich nicht dazu auf der Welt, die Erwartungen seines Vaters zu erfüllen. Was nicht ging, ging eben nicht, ganz gleich, wie sehr Vater es sich wünschte. Wenn es zum Solisten nicht reichte, würde er eben Orchestermusiker werden. Oder er ergriff einen ganz anderen Beruf und spielte nur in seiner Freizeit, in einem kammermusikalischen Ensemble zum Beispiel. Das alles sagte er sich wieder und wieder, den Blick auf den vollen Mond am Nachthimmel gerichtet, nach dem die Wipfel der Tannen schlugen, die rings ums Haus standen wie dunkle Wächter – aber die Angst wollte trotzdem nicht weichen, wurde nur immer tiefer und entsetzlicher. Es war eine Angst so tief und furchtbar, als habe ihn eine Fee an der Wiege mit dem Fluch belegt, er müsse ein weltberühmter Cellist werden oder sterben.

Da stand es in der Ecke, dunkel schimmernd im Mondlicht, die vier Saiten silberglänzend wie Spinnwebfäden auf dem Griffbrett. Mit fiebriger Entschlossenheit nahm Wolfgang sich vor, noch mehr zu üben, nichts anderes mehr zu tun als zu üben, zu üben, bis ihm die Finger bluteten. So würde er dem Dämon entkommen, der hinter ihm her war. Mitten in diesen Vorsätzen schlief er ein und träumte von Fingersätzen und Notenschlüsseln.

Der Journalist und der Detektiv trafen sich spät an diesem Abend, diesmal in einem Café, in dem seichte Schlagermusik laut genug lief, dass Gespräche nicht von Nebentischen aus belauscht werden konnten. Der Detektiv hatte drei manilabraune Umschläge vor sich liegen und hielt die Hände darüber gefaltet, bis die Getränke serviert waren.

»Übermäßig oft bekommt man ihn nicht zu sehen, diesen Jungen«, meinte er dann und schob den ersten Umschlag über den Tisch. »Auf dem Heimweg, auf dem Schulhof und auf dem Sportplatz. Von jedem Bild zwei Abzüge, wie Sie es wollten.«

Der Journalist warf einen Blick in den Umschlag, ohne die darin befindlichen Fotos herauszuziehen, und nickte. »Die anderen beiden? Die Eltern?«

Der nächste Umschlag, dünner als der vorige. »Doktor Wedeberg, Chefarzt der Klinik für Tumortherapie. Eine der drei Kliniken, die im Hohenwald-Krankenhaus untergebracht sind; die anderen beiden beschäftigen sich mit

Lungenerkrankungen und kosmetischen Operationen. Wird eine Menge Geld verdient dort oben«, sagte der Mann mit dem Durchschnittsgesicht.

»Kann ich mir vorstellen«, nickte der Journalist. Diesmal zog er das eine oder andere Foto heraus. Sie waren auf dem Parkplatz oder vor dem Haupteingang des Krankenhauses aufgenommen worden.

»Und seine Frau, beim Friseur und beim Einkaufen. So was wie Freundinnen scheint sie nicht zu haben.«

Der Detektiv reichte den dritten Umschlag über den Tisch. »Ich habe gleich meine Rechnung dazugelegt.«

Der Journalist steckte den Umschlag ein, ohne ihn zu öffnen. »Gut. Vielen Dank. Im Moment wär's das, aber es kann sein, dass ich Sie noch mal brauche«, sagte er.

»Soll mir recht sein«, erwiderte sein Gegenüber, an dessen Anwesenheit sich später niemand im Lokal erinnern würde.

Kapitel 3

»Ah«, sagte Vater und faltete die Zeitung zurecht, die er eher beiläufig durchblättert hatte. »Die Konzertkritik.«

Das Rascheln des Papiers erfüllte das Esszimmer, in dem kaum mehr als der große, massive Mahagoni-Esstisch stand: noch so ein Erbstück von Vaters Eltern. Ohne weiteres hätten noch mindestens sechs Gäste daran Platz gefunden, wenn jemals welche zu Besuch gekommen wären.

»Alles in Ordnung?«, fragte Mutter leise.

Wolfgang schmierte ohne großen Appetit an einer Brötchenhälfte herum. »Ja, ja«, machte er.

Dass sie während der Woche gemeinsam frühstückten, war eine Seltenheit. Normalerweise ging Vater morgens vor halb sechs aus dem Haus und kam abends selten vor acht Uhr heim.

»Gut«, sagte er, legte die Zeitung beiseite und goss sich Kaffee nach. »Eine gute Kritik. Wie nicht anders zu erwarten.«

Wolfgang betrachtete die Butter auf der Klinge seines Messers und hatte plötzlich die Eingebung, dass dies der geeignete Moment war, etwas von dem zur Sprache zu bringen, was ihn beschäftigte.

»Hiruyoki hat wirklich außerordentlich gut gespielt«, sagte er behutsam.

»Ja«, nickte Vater. »Das hat er.«

»Ein großes Talent.«

»Und er macht etwas daraus. Darauf kommt es ja auch an.«

»Ich glaube ...«, begann Wolfgang, zögerte, holte Luft. Er sah seinen Vater an, der sorgsam Honig auf eine Brötchenhälfte rinnen ließ. »Am Sonntagabend hatte ich den Eindruck, dass ... ich bei weitem nicht so talentiert bin wie Hiruyoki.« Nun war es heraus. Er spürte sein Herz plötzlich schlagen wie beim Tausendmeterlauf.

Vater stellte den Honig zurück, schweigend. Warf ihm einen prüfenden Blick zu. »Unsinn«, sagte er mit Bestimmtheit.

»Ich kann nicht so spielen wie Hiruyoki«, erwiderte Wolfgang heftig. »Ich hab's probiert.«

»Du bist mindestens so talentiert wie er, ohne jeden Zweifel«, sagte Vater. Es schien ihm lästig zu sein, darüber reden zu müssen.

Wolfgang legte das Messer weg, musste den Impuls niederringen, es lautstark auf den Tisch zu knallen.

»Wie kannst du das sagen? Ich bin's nicht.«

»Ich weiß es mit absoluter Sicherheit.«

»Wie denn? Woher willst du das wissen?«

Vater hatte sein Honigbrötchen zum Mund führen wollen, aber nun legte er es wieder zurück, wechselte einen undefinierbaren Blick mit Mutter, faltete bedächtig die Hände und stützte sich mit den Ellbogen auf den Tisch. »Talent«, erklärte er mit erzwungen wirkender Ruhe, »liegt in den Genen. Man hat es, oder man hat es nicht. Und wenn man es nicht hat, kann man nichts daran ändern. Aber du hast es. Du bist mit Genen gesegnet, die dir das Zeug zu einem Cellisten von Weltrang geben, glaub mir.«

Wolfgang schnappte nach Luft. »Hast du dir etwa meine Gene angeschaut oder was?« Er wusste natürlich, dass Genanalysen Vaters tägliche Arbeit waren, aber dabei handelte es sich um die Gene von *Krebszellen!* Die vielen Untersuchungen in der Klinik fielen ihm ein, früher, als kleines

Kind. »Willst du mir jetzt erzählen, dass du bei mir ein Cello-Gen entdeckt hast?«

»Das überstiege die Möglichkeiten der Genetik noch weit«, schüttelte Vater nachsichtig den Kopf. »Und sicher gibt es so etwas wie ein Cello-Gen auch nicht. Nein, dein Talent ist schlicht und einfach von einem der bedeutendsten Fachleute auf diesem Gebiet anerkannt worden. Dem deutschen Cello-Papst, sozusagen.«

»Was?«, machte Wolfgang und hatte das Gefühl plötzlicher Leere im Kopf. »Davon weiß ich ja gar nichts.«

»Richtig«, nickte Vater. »Davon weißt du nichts.«

»Der deutsche Cello-Papst? Wer soll das sein? Und wann war das?«

»Genug der Widerworte, junger Mann. Als ich so alt war wie du, hätte ich gerne eine musikalische Laufbahn eingeschlagen ...«

Wolfgang hatte Mühe, seine Augen daran zu hindern, sich zu verdrehen. Die alte Leier! Die Familientradition, die ein Medizinstudium gefordert hatte.

»... aber im Gegensatz zu dir durfte ich das nicht. Mein Vater hat es mir verboten. Dabei war ich nicht unbegabt; mein Musiklehrer wollte mich sogar für ein Stipendium vorschlagen. Doch in der Familie war ein Medizinstudium üblich, also habe ich Medizin studiert. Ich finde, du kannst dich glücklich schätzen, Eltern zu haben, die auf deine Begabungen eingehen.« Vater widmete sich seinem Brötchen, sah dabei auf die Uhr und meinte, an Mutter gewandt: »Ab kommendem Montag haben wir übrigens alle Betten belegt; die nächste Woche wird mörderisch. Ich denke, ich nutze diese Tage, bleibe morgen Vormittag da, um ein paar Sachen für die Steuer aufzuarbeiten, und dann können wir zu diesem Möbelhaus fahren, wenn du willst.«

Mutter nickte überrascht. »Oh ja, gern.«

Wolfgang wusste, dass Vater auf diese Weise zu signalisieren pflegte, wann er ein Gesprächsthema für erledigt hielt, aber er konnte sich einfach nicht mehr bremsen. »Wenn ich so sagenhaft talentiert bin«, hörte er seine Stimme unangemessen laut, »warum gehe ich dann auf eine hundsgewöhnliche Schule in einem Kaff am Ende der Welt? Warum habt ihr mich nicht wenigstens auf ein Musikinternat geschickt?«

»Weil sie dir dort deine Kindheit geraubt hätten«, versetzte Vater ungehalten. »Das hätte doch im Nu die Runde gemacht. Wie die Geier wären sie aufgetaucht, diese Konzertveranstalter, die ihre Seele dafür verkaufen würden, mit einem vierzehn- oder dreizehnjährigen Cello-Solisten auf Welttournee zu gehen. Dass du danach ausgebrannt wärst und verloren für die Musik, kümmert solche Leute doch einen Dreck.«

Wolfgang starrte seinen Vater an, spürte ein Brennen in den Augen. »Aber was kriege ich denn hier für eine Ausbildung? Unser Musiklehrer spielt Klavier wie ein Anfänger – verdammt, er muss aufs Etikett einer Platte schauen, um *Rachmaninow* zu erkennen! Zweimal die Woche eine Stunde bei Herrn Jegelin, das ist alles.«

»Jegelin ist ein hervorragender Lehrer. Auch Frau Waller war eine hervorragende Lehrerin.« Vater machte eine unwirsche Handbewegung, wie um das Gespräch vom Tisch zu fegen. »Außerdem hast du genug Talent, um an der Musikhochschule aufzuholen, was dir fehlt. Du hast das Talent, verstehst du? Das ist es, was zählt.«

Wolfgang ließ sich seufzend gegen die Stuhllehne sinken. *Was tue ich eigentlich?* Er starrte seinen Teller an und sah, dass er sein Brötchen während des Gesprächs in lauter kleine Fetzen geschnitten hatte, ohne es zu merken. *Was rede ich? Ich will doch gar kein Solist werden. Das ist Vaters Traum, nicht meiner.*

Mutter streckte die Hand aus, ein Stück weit, als wolle sie ihn am Arm fassen, aber dann blieb die Hand auf halbem Wege auf der tiefbraun glänzenden Tischplatte liegen. »Weißt du«, sagte sie leise, »ich glaube, für talentierte Menschen ist es normal, manchmal an sich zu zweifeln. Nur die Untalentierten zweifeln nie an sich.«

Wolfgang sah sie an, nickte ohne wirkliche Überzeugung. Er musste an das c-Moll-Präludium denken, an dem er sich am Montag versucht hatte, und wie tot und leblos es geklungen hatte, wie von einem Musikautomaten gespielt. Ein würgendes Gefühl kroch seine Kehle hoch. All die Jahre, all die vielen Stunden des Übens ... Wenn sein Talent nicht reichte für das, was er bis vor kurzem noch für seinen eigenen Wunsch gehalten hatte – was um alles in der Welt sollte er dann machen?

Was will *ich* eigentlich?, fragte er sich. Doch da war nichts. Keine Antwort. Er wusste es nicht.

Die Schule zog sich endlos hin. Wolfgang durchlebte den Tag wie unter Narkose stehend. Trauriger Höhepunkt des Tages war, als sie kurz vor der großen Pause die Mathematikarbeit zurückbekamen und Wolfgang, der auf eine Zwei spekuliert hatte, nur eine Vier plus bekam. Lauter Flüchtigkeitsfehler, in praktisch jeder einzelnen Aufgabe. Zu allem Überfluss sagte der Mathelehrer, als es klingelte, auch noch: »Kann ich dich einen Moment sprechen, Wolfgang? Unter vier Augen?«

»Jetzt reißt er dir den Kopf runter, *amigo*«, raunte Cem ihm im Hinausgehen wenig aufmunternd zu. Auch sonst schwirrten ein paar blöde Bemerkungen durch die Luft.

Wolfgang hörte sie kaum. Er blieb einfach sitzen, bis endlich alles draußen und die Tür zugefallen war.

Rittersbach räusperte sich, was in der ungewohnten Stille beunruhigend wirkte. Er war kein schlechter Lehrer. Er war ein ernsthafter Mann, an seinem Fach aufrichtig interessiert und meistens auch im Stande, zu vermitteln, worauf es ankam. Wolfgang interessierte sich einfach nicht besonders für Mathematik, aber dafür konnte der Lehrer schließlich nichts.

»Ich habe gehört, du spielst Cello«, sagte Rittersbach. *Fängt der auch noch davon an!,* dachte Wolfgang entnervt. Er riss sich zusammen und nickte einfach. »Ja.«

»Während meines Studiums war ich ein halbes Jahr in Amerika, in Kalifornien«, erzählte der Lehrer. »Ich habe ein paar Wochen Praktikum bei einer Firma im berühmten Silicon Valley gemacht und dabei einen Spruch aufgeschnappt. *Die besten Programmierer,* sagt man dort, *sind Musiker.* Seltsam, oder? Mir kam es jedenfalls seltsam vor, aber ich bin lange genug geblieben, um zu merken, dass da etwas dran ist. Später habe ich gelesen, dass manche Wissenschaftler behaupten, das musikalische und das mathematische Denken seien stark miteinander verwandt. Bei beidem geht es um das Erfassen der abstraktesten Zusammenhänge, die wir kennen. Die Schönheit einer Melodie, die Schönheit eines mathematischen Beweises – beides Empfindungen, für die man einen besonderen Sinn braucht, den nicht jeder hat. Verstehst du?«

Wolfgang verstand nicht. Er sah ihn nur an und fragte sich, worauf der Mathematiklehrer, der im Sommer immer karierte Hemden und im Winter immer karierte Pullover trug, hinauswollte.

»Das sind natürlich Dinge«, fuhr Rittersbach fort, als habe er nicht ernsthaft auf eine Antwort gehofft, »die ich unmöglich vor der Klasse ausbreiten konnte. Das wäre für die meisten viel zu abgehoben. Aber ich glaube, dass du etwas damit anfangen kannst. Wenn du dir die Zeit gibst, ein wenig darüber nachzudenken.«

Wolfgang sah auf seine Arbeit hinunter, auf die enttäuschende Note in hellroter Tinte darunter. »Heißt das, ich sollte lieber mit der Musik aufhören, weil ich so schlecht in Mathe bin?«, fragte er.

Rittersbach griff schmunzelnd in seine speckige Aktentasche und zog einen großen Umschlag heraus.

»Nein, um Himmels willen! Was ich damit sagen wollte, war, dass ich glaube ... nein, dass ich felsenfest überzeugt bin, dass deine Noten in Mathematik nicht deine wirkliche Begabung auf diesem Gebiet widerspiegeln.«

Wolfgang ballte die Hände unter dem Tisch zu Fäusten. *Wenn ich heute noch einmal das Wort Begabung höre, fange ich an zu schreien!*

Rittersbach bemerkte nichts davon. Er wedelte mit dem großen hellblauen Umschlag. »Das hier sind die Wettbewerbsunterlagen der Deutschen Mathematikstiftung. Ich glaube, das wäre das Richtige für dich. Etwas anderes als der Unterricht, den der Lehrplan vorschreibt. Eine richtige Herausforderung.«

»Ein Wettbewerb?«, wiederholte Wolfgang verdutzt. »Ich?«

»Drei Aufgaben, und du hast bis zum Ende des Schuljahres Zeit, sie zu lösen.« Rittersbach lächelte wohlwollend und legte die Unterlagen vor ihn hin. »Pro Klasse darf ich zwei solche Umschläge verteilen. Schau es dir einfach mal an.«

Der Umschlag sah höchst beeindruckend aus, zeigte ein Emblem aus mathematischen Symbolen und war durch einen Hologrammkleber mit aufgedruckter Seriennummer verschlossen. Wolfgang nahm ihn in die Hand. Er wog schwer. »Aber ich kriege dieses Jahr höchstens eine Drei in Mathe«, gab er zu bedenken.

»Wenn es dir gelingt, Spaß an Mathematik zu entwickeln, werden Noten nicht mehr das Problem sein«, erwiderte der Lehrer.

Normalerweise hätte Wolfgang abgelehnt. Noch vor einer Woche hätte er den Umschlag höflich lächelnd zurückgegeben und erklärt, mit seinem Cellounterricht vollauf ausgelastet zu sein. Aber die Dinge hatten sich geändert. Plötzlich beschlich ihn das Gefühl, dass er sich besser ein bisschen umsah, was es in der Welt noch alles gab außer Cellospielen.

»Also schön«, sagte er. »Ich kann's ja mal probieren.«

Aber als er den großen Umschlag zu Hause neugierig öffnete, stellte er fest, dass er von Mathematik offenbar noch viel weniger verstand, als er bisher befürchtet hatte. Es waren in der Tat nur drei Aufgaben, aber diese ähnelten keiner Aufgabe, die sie je im Schulunterricht behandelt hätten. *Beweisen Sie* hieß es in jedem Text, der ansonsten unverständliches Kauderwelsch war. *Gegeben sei ein Parallelenpaar AB* ... stand da oder *Für alle natürlichen Zahlen größer 2 gilt* ..., und danach verstand er nur noch Bahnhof.

Rittersbach hatte ja wohl einen Vogel.

Beweisen? Wie sollte er das denn anstellen? Wolfgang blätterte zerstreut und mit einem schalen Gefühl im Mund die Unterlagen durch, die sonst noch in dem Umschlag gewesen waren – ein Prospekt über die *Deutsche Mathematikstiftung,* der offizielle Rücksendeumschlag mit aufgedruckter Kennziffer, neben den man bitteschön das holografische Siegel kleben sollte, ein Formblatt, auf dem man mit Unterschrift zu erklären hatte, die Aufgaben selbstständig gelöst zu haben, und ein Faltblatt, aus dem man ersehen konnte, was es zu gewinnen gab: Eine Menge Reisen nach Brüssel zu einem Kongress für Nachwuchsmathematiker, und eine zehntägige Reise in die USA war der Hauptgewinn, selbstredend ebenfalls inklusive Besuch eines mathematischen Kongresses. Na toll.

Er besah sich noch einmal die Aufgaben. Völliger Irrsinn, was Rittersbach ihm da zutraute.

Das wurde allmählich zur Epidemie, oder? In seiner Umgebung schien jeder plötzlich versessen darauf, irrsinnige Erwartungen an ihn zu entwickeln. Weltklassemusiker. Mathematikgenie. Was denn noch alles?

Klar, wirkliche Mathematiker beschäftigten sich vor allem damit, irgendwelche Zusammenhänge zu beweisen. Doch wie so etwas in der Praxis aussah, davon hatte er doch keinerlei Ahnung. Im Mathematikunterricht ging es darum, das Volumen von Körpern auszurechnen oder quadratische Gleichungen zu lösen, nie um Beweise. Oder jedenfalls so gut wie nie. Gut, den Satz des Pythagoras hatten sie damals bewiesen bekommen und noch so ein paar Sätze, aber da waren sie einfach den Schritten gefolgt, die der Lehrer vorgemacht hatte, hatten im besten Fall verstanden, wieso aus dem einen logisch zwingend das andere folgerte – doch auf derartige Beweise *selber* zu kommen, das hatte nie jemand von ihnen verlangt.

Er las die Aufgaben noch einmal durch. Je öfter er das tat, desto weniger begriff er, was dastand. Er hatte nicht die leiseste Vorstellung, wie er auch nur eine davon anpacken sollte. Und um nichts in der Welt wollte ihm klar werden, wie Rittersbach auf die Idee hatte kommen können, dieser Wettbewerb sei etwas für ihn. Tja. Noch jemand, der eines Tages enttäuscht von ihm sein würde.

Wolfgang legte die hellblauen Blätter weg und glotzte trübsinnig zum Fenster hinaus. Die Frage stellte sich allmählich, ob er eigentlich überhaupt zu irgendwas taugte? Er entdeckte einen Vogel, der auf einem Fichtenast saß, mit dunklen Knopfaugen direkt zu ihm herüberschaute und dabei den Kopf von einer Seite zur anderen legte, als hätte er auch so seine Zweifel.

In diesem Augenblick hörte Wolfgang, wie jemand nach ihm rief. Vater, merkwürdigerweise. Was machte der denn so früh zu Hause? Er öffnete die Tür seines Zimmers und trat an die Galerie, von der aus man in die Eingangshalle hinabsehen konnte.

»Ah«, sagte Vater. Er stand mitten auf dem Perserteppich, im Anzug und in Straßenschuhen, die Autoschlüssel noch in der Hand. Er musste gerade eben zur Tür hereingekommen sein. »Du bist schon da?«

»Ja, klar«, erwiderte Wolfgang.

»Ich war mir nicht sicher ... Dienstag ist es, nicht wahr? Euer Nachmittagsunterricht. Ich war mir nicht sicher, ob es Dienstag war oder Mittwoch.«

»Dienstag«, nickte Wolfgang. »Das mit Mittwoch war letztes Schuljahr.«

»Ach so. Genau. Das war es.« Vater wirkte merkwürdig konfus. Und die Art, wie er während des Sprechens ohne Unterlass mit den Autoschlüsseln herumspielte, kannte man auch nicht an ihm. »Sag mal, was ich dich fragen wollte ... Ach, deine Mutter ist nicht da, oder?«

»Sie ist zur Gärtnerei gefahren, glaube ich.«

»Ach so, ach so. Ja.« Er nickte, sah fahrig umher, musterte den Garderobenspiegel, als habe er ihn noch nie zuvor gesehen. »Sag mal, auf dem Heimweg von der Schule – war da irgendwas?«

Wolfgang hatte das Gefühl, in einem schlechten Traum gelandet zu sein. »Bitte?«

»Hat dich irgendjemand ... angesprochen?« Der Blick, mit dem Vater zu ihm hochsah, hätte in einen Horrorfilm gepasst.

Was war bloß los? Aus irgendeinem Grund musste Wolfgang plötzlich an die Statistiken denken, von denen man ab und zu las. Dass Ärzte weitaus häufiger drogensüchtig wurden als Angehörige jedes anderen Berufsstandes.

»Nein«, sagte er.

»Oder ist dir jemand gefolgt? Hast du irgendwas bemerkt, dass dir vielleicht jemand gefolgt ist?«

»Nein, wieso? Wer sollte mir denn folgen?«

Vater winkte ab und atmete so geräuschvoll aus, als habe er die ganze Zeit die Luft angehalten. »Ach, nur so«, sagte er. Er warf die Autoschlüssel in die alte handgeschnitzte Holzschale, die auf dem Garderobenschränkchen stand und als Versammlungsort sämtlicher Schlüssel des Hauses Wedeberg diente.

»War nur so ein Gedanke.«

Ein reichlich merkwürdiger Gedanke, fand Wolfgang. Er blieb stehen, doch Vater würdigte ihn keines Blickes mehr, sondern streifte die Schuhe ab, hängte sein Jackett auf einen Bügel, schlüpfte in seine Hausschuhe und entschwand ins Arbeitszimmer, dessen Tür er sorgsam hinter sich schloss. Kurz darauf erklangen die ersten Takte der *Götterdämmerung*.

Wolfgang spürte das dringende Bedürfnis, sich die Stirn zu massieren, kräftig und mit beiden Händen, weil anders das skeptische Stirnrunzeln darauf wahrscheinlich nie wieder verschwinden würde. Drehte jetzt alle Welt durch, oder was? Mit dem Gefühl, entschieden im falschen Film zu sein, kehrte er in sein Zimmer zurück, zog gleichfalls die

Tür hinter sich zu und drehte obendrein den Schlüssel herum. Was er schon ewig nicht mehr gemacht hatte.

Die blödsinnigen Wettbewerbsunterlagen machten sich immer noch auf seinem Schreibtisch breit. Dabei konnte man auf einen Blick sehen, dass sie da nichts zu suchen hatten. Wolfgang fegte sie mit einer einzigen Armbewegung in den Papierkorb und fühlte sich gleich viel besser.

Kapitel 4

Svenja. Das war Svenja, die da mit ein paar Mädchen in der Ecke des Schulhofs stand, die Tasche vor den Bauch gedrückt. Und sie sah zu ihm herüber!

Etwas wie eine heiße Woge wallte aus dunklen Tiefen hoch in seine Brust und seinen Kopf. Einbildung. Wunschdenken, ganz klar. Wolfgang schob sein Fahrrad zum Stellplatz und sah nicht nach rechts oder links dabei, tat, was er jeden Morgen tat, und ließ sich höchstens etwas mehr Zeit als sonst.

Doch als er sich umdrehte, stand sie immer noch da, war ihm sogar ein paar Schritte entgegengekommen. Ihre Freundinnen waren verschwunden. Unglaublicherweise sah es so aus, als warte sie auf ihn.

Er konnte unmöglich so tun, als bemerke er sie nicht.

»Hallo, Svenja«, brachte er heraus. Es klang beinahe normal. Er bemühte sich, zu lächeln und seine seltsam zittrigen Knie zu ignorieren.

»Hallo, Wolfgang«, erwiderte sie, ihre Büchertasche wie einen Schutzpanzer vor sich pressend. »Sag mal, der Rittersbach hat gesagt, dass du an dem Mathematikwettbewerb teilnimmst?«

Wolfgang verspürte eine diffuse Mischung aus Erleichterung und Enttäuschung. »Ja«, nickte er. »Wieso?«

»Na ja«, sagte sie, »ich auch.«

»Ach so.« Er wusste nicht, was er noch sagen sollte. Völlige Leere im Hirn. Großes schwarzes Loch.

»Und?«, fragte Svenja. »Wie sind deine Aufgaben so?«

Er musste schlucken. »Schwierig.« Dann fiel ihm etwas ein. »Wieso? Du hast sie doch auch, oder?«

Sie musterte ihn zweifelnd. »Du solltest die Begleitunterlagen lesen. In jeder der drei Kategorien werden zehn verschiedene Aufgaben gestellt, immer anders gemischt.«

»Ach so.« Er überlegte. »Das heißt, es gibt, ähm ...«

»... zehn mal zehn mal zehn, also tausend verschiedene Kombinationen«, ergänzte Svenja. »Logisch. Damit man nicht so leicht schummeln kann.«

Er sah sie verblüfft an. Die Mädchen seiner Klasse waren alle ziemliche Nieten in Mathe und schienen auch noch stolz darauf zu sein. Es war gewöhnungsbedürftig, mal ein Gegenbeispiel kennen zu lernen. »Tausend«, nickte er. »Klar.«

Sie zog eine Chipkarte aus ihrer Tasche. »Der Rittersbach hat mir einen Schlüssel zur Oberstufenbücherei gegeben. Er meint, die Wettbewerbsaufgaben sind für uns noch ziemlich ungewohnt und ich soll mir ein paar Bücher dort anschauen, wie man Beweise führt und so weiter. Na ja, und ich dachte, ich frag dich mal, ob du nicht mitkommen willst.«

»Oh«, hörte Wolfgang sich sagen. »Klar. Ja. Tolle Idee. Gern. Danke.« Und während sein Mund das wie von selbst von sich gab, hatte er das Gefühl, knallrot anzulaufen, zur Tomate auf zwei Beinen zu werden.

»Bei euch fällt heute die fünfte Stunde aus, und bei uns auch. Sollen wir uns da treffen?«

»Okay«, nickte Wolfgang, während ihm siedend heiß einfiel, dass seine Wettbewerbsunterlagen zu Hause im Papierkorb lagen und heute Donnerstag war und Frau Krämer diesen Vormittag zum wöchentlichen Großputz kommen würde. »Fünfte Stunde. Alles klar.« Er hatte das Gefühl, bei alldem zu grinsen wie ein Honigkuchenpferd.

»Junge, Junge«, sagte Cem, als Wolfgang ihm erklärte, warum er unbedingt in der Pause zwischen der ersten und zweiten Stunde nach Hause rasen und Cem ihn entschuldigen musste, bis er zurück war. »Die steht auf dich, das ist dir hoffentlich klar?«

»Quatsch«, sagte Wolfgang, obwohl er es nur zu gerne hörte. »Es geht um diesen Wettbewerb, das hab ich dir doch gesagt.«

Cem verdrehte die Augen. »Sag mal, bist du so schwer von Begriff, oder tust du nur so?«

»Ich bin nicht schwer von Begriff. Ich bausche nur nicht gleich alles auf.«

»Ich bausche überhaupt nichts auf, mein Lieber. Ich zähle nur zwei und zwei zusammen. Primitive Mathematik, gebe ich zu, aber vielleicht solltest du auch erst mal damit anfangen. Ich habe das doch gerade richtig gehört – Rittersbach darf zwei Umschläge pro Klasse verteilen, oder?«

»Ja«, nickte Wolfgang.

»Schön. Und jetzt sag mir bitte: Wer hat, deiner Meinung nach, in unserer Klasse den anderen Umschlag bekommen? Hmm?«

Wolfgang riss die Augen auf. »Marco!«, dämmerte es ihm. Klar, es kam niemand anderer in Frage. Marco Steinmann schrieb in Mathe nur Einsen.

Cem grinste. »Merkst du was?«

Das war ja nicht zu fassen. Sie lud ihn ein, obwohl sie sich zusammen mit ihrem festen Freund an die Aufgaben hätte machen können...? Wolfgang fühlte seinen Mund trocken werden. »Am Ende kommt der heute Mittag auch«, ächzte er.

»Garantiert nicht. Jede Wette.«

»Neben Marco blamier ich mich bis auf die Knochen.«

»Ach was. Sie will mit dir allein sein, sag ich dir«, meinte Cem. »Und soll ich dir noch einen gut gemeinten Rat geben?«

Wolfgang nickte ergeben. »Ja. Bitte.«

»Begnüg dich nicht damit, mit ihr zusammen Mathe zu machen. Sonst endest du bloß als guter Kumpel.«

»Sondern?«

»Du musst sie dazu bringen, dass sie mit dir irgendwohin geht. Lad sie zu 'nem Eis ein. Oder ins Kino. Oder was dir sonst einfällt.«

»Obwohl sie 'nen festen Freund hat?«

»Klar. Ist doch nicht dein Problem.«

Wolfgang runzelte die Stirn. »Aber was soll ich ihr für einen Grund sagen?«

»Keinen. Du möchtest es gerne, das reicht.«

Das ließ er sich eine Weile durch den Kopf gehen. Cem hatte außer einem großen Bruder zwei ältere Schwestern, von denen eine bereits verheiratet war, und wusste deshalb, »wie Frauen tickten«, wie er es auszudrücken pflegte. Tatsächlich war er der heimliche Schwarm vieler Mädchen an der Schule und tat sich beneidenswert leicht im Umgang mit ihnen.

»Und wenn sie nicht will?«, fragte Wolfgang.

Cem nestelte grinsend an dem Silberkettchen, das er um den Hals trug. »Dann will sie wirklich bloß Mathe machen, und ich habe mich grässlich geirrt.«

Sieben Minuten vor Schluss der Stunde schützte Wolfgang ein dringendes Bedürfnis vor, verließ das Klassenzimmer und rannte, anstatt die Toilette aufzusuchen, die Treppe hinab und hinaus zum Fahrradstellplatz, wild entschlossen, einen persönlichen Rekord aufzustellen. Normalerweise brauchte er für den Heimweg mit dem Rad ungefähr fünfzehn Minuten: Es ging ein Stück durch den alten Dorfkern, wo man nicht so fahren konnte, wie man wollte, dann zwischen dem Rathaus und einer Apotheke auf eine Halbhöhenstraße, entlang an älteren, verwitterten Häusern, und dann steil zur Waldrandsiedlung hoch. Diese letzte Etappe schlauchte auf dem Rückweg; normalerweise schaffte er es höchstens bis zur ersten Kehre, dann musste er absteigen und den Rest des Weges schieben.

Heute nahm er den Anstieg mit so viel Schwung, dass er mühelos bis über die erste Kehre hinaus, fast bis zur zweiten kam, wo er absprang und mit dem Rad im Laufschritt weiterhetzte – immer Frau Krämer vor Augen, wie sie gerade dabei war, seinen Papierkorb zu leeren.

Das Haus der Wedebergs lag am Hang, an der Außenseite der vorletzten Steilkehre und von dieser durch eine hohe, von Efeu weitgehend überwucherte Betonmauer getrennt. Dichtes Gebüsch erhob sich dahinter, und zahlreiche Tannen und Fichten auf dem Grundstück waren im Lauf der Jahre so hoch und dicht gewachsen, dass man das Haus von der Straße aus nicht mehr sehen konnte. Alles, was man sah, war die Einfahrt der in den Berg gebauten Doppelgarage und daneben, vor der steilen Auffahrt zur Haustür, ein schwarzes, schmiedeeisernes Tor, das auch gut zu einem Spukschloss gepasst hätte.

Wolfgang stürmte hindurch, ließ sein Rad fallen und keuchte zum Haus hoch. Auf den letzten Schritten, völlig außer Atem und verschwitzt, zerrte er den Hausschlüssel aus der Tasche, traf fast das Schlüsselloch nicht und konnte endlich hinein, atemlos die Treppe hinauf.

Er war gerade halb oben, als er durch die angelehnte Tür des Arbeitszimmers Vater schreien hörte. »Ich habe gesagt, Sie sollen mich nicht mehr anrufen, verdammt noch mal!

Ich habe Ihnen nichts zu sagen, verstehen Sie?! Nicht das Geringste!« Der Telefonhörer wurde wütend auf den Apparat geknallt.

Wolfgang hatte irritiert innegehalten. Sein Atem ging immer noch heftig, sein Herz raste, und seine Beine waren bleischwer. Das Blut rauschte ihm in den Ohren, trotzdem war er sich sicher, richtig gehört zu haben.

Was das wohl wieder für eine Geschichte war? Vor Jahren hatte ein reicher Mann die Klinik verklagt, weil sein krebskranker Sohn trotz der teuren Behandlung gestorben war. Damals hatten auch dauernd Anwälte angerufen und Vater zur Weißglut getrieben. Der Mann hatte die Prozesse natürlich verloren, aber nervenaufreibend war es dennoch gewesen.

Die Uhr. Die kleine Pause endete in einer Minute. Keine Zeit, sich den Kopf zu zerbrechen. Er eilte in sein Zimmer, fischte die Wettbewerbsunterlagen aus dem zum Glück unberührten Papierkorb und stopfte alles zurück in den Umschlag. Dann fiel ihm ein, an seinem verschwitzten Hemd zu schnüffeln – au weia! Nicht das richtige Parfüm für das, was er vorhatte. Er zerrte es sich vom Leib, rieb die Achselhöhlen trocken, half mit dem Deostift nach und streifte hastig ein anderes, ähnlich aussehendes Hemd über. Noch ein Blick auf die Uhr. Überschallgeschwindigkeit war angesagt. Er schnappte sich den Umschlag, schoss die Treppe hinab und zur Tür hinaus, ohne jemandem zu begegnen, und wenige Augenblicke später sah man ihn in halsbrecherischem Tempo die Straße hinabbrettern.

Elf Minuten nach Unterrichtsbeginn betrat er das Klassenzimmer wieder. Frau Zweig, die stets irgendwie zerknittert wirkende Deutschlehrerin, unterbrach den Unterricht, betrachtete ihn aus ihren metallschwarzen Mäuseaugen und winkte ihn dann zu sich heran.

»Wenn dein Durchfall so schlimm ist«, sagte sie halblaut und wechselte einen kurzen Blick mit dem ungewohnt sorgenvoll dreinblickenden Cem, »dann solltest du vielleicht besser nach Hause gehen.«

Wolfgang bemühte sich um einen tapferen Gesichtsausdruck. »Danke«, nickte er matt, »aber ich glaube, es geht schon.«

Aus den Augenwinkeln sah er Cem grinsen.

Svenja erwartete ihn wirklich vor der Oberstufenbibliothek. Und sie war wirklich allein.

Wolfgang hatte Marco den ganzen Tag über ebenso aufmerksam wie unauffällig beobachtet, aber keinerlei Andeutung aufgeschnappt, dass er etwas von dieser Verabredung wusste. Tatsächlich war er nach dem Ende der vierten Stunde mit seinen zwei besten Kumpels fröhlich abgezogen, und erst da hatte Wolfgang glauben können, dass Cem Recht behalten würde.

»Hi«, sagte er und zückte den hellblauen Umschlag, dem man nicht ansah, dass er schon Bekanntschaft mit einem Papierkorb gemacht hatte.

Sie lächelte, schob die Chipkarte in den Leser an der Tür, und sie betraten die Oberstufenbibliothek.

Wolfgang war noch nie hier gewesen. Im Gegensatz zur allgemein zugänglichen Schülerbibliothek, in der man vorwiegend Romane, alte Spielfilme und Musik ausleihen konnte, war diese Bibliothek dem Wissen gewidmet. Beeindruckende Lederbände, manche davon in Englisch oder Französisch betitelt, standen in Reih und Glied auf den Regalen, wissenschaftliche Zeitschriften lagen ordentlich in schrägen Auslagen, und zwei Computer neuester Bauart warteten nur darauf, dass man sie einschaltete, um im Internet oder auf einer der zahlreichen CDs in dem Regal daneben zu recherchieren. Es roch angenehm nach Staub und Papier, und es war unglaublich still. Sie waren die einzigen Besucher.

Allerdings nicht unbeobachtet. Durch eine große Trennscheibe sah man in das Schülersekretariat, und eine der dort arbeitenden Frauen platzte geräuschvoll herein, kaum dass Wolfgang und Svenja sich einen Platz an einem der Tische gesucht hatten. »Sind Sie die Neuntklässler, die Herr Rittersbach angekündigt hat?«, wollte sie wissen.

»Ja«, sagte Svenja.

»Kann ich die Chipkarte sehen?«, schnarrte sie. Die Prüfung erbrachte keinen Einwand. »Wenn Sie Bücher ausleihen wollen, müssen Sie durchs Sekretariat kommen, zum Verbuchen«, wurden sie belehrt. »Was Sie durch diese Tür raustragen, löst Alarm aus, und das kostet jedes Mal fünf Euro, selbst wenn's ein Versehen ist. Bei uns kann man fotokopieren, und wir verkaufen auch Disketten, wenn Sie was von den CDs kopieren wollen. Im Übrigen werden CDs und Bücher mit einem roten Streifen am Buchrücken nicht verliehen.« Sie reichte Svenja die Chipkarte zurück. »Noch Fragen?«

Svenja schüttelte den Kopf. »Alles klar.«

Als die Tür zum Sekretariat wieder zufiel, schien die Stille noch stiller als vorher zu sein. Wolfgang kam das Geräusch seines eigenen Atems unnatürlich laut vor. »Wenn die alle so behandelt, wundert es mich nicht, dass hier niemand ist«, meinte er.

Svenja schüttelte den Kopf. »Die Oberstufenschüler kommen immer nachmittags und abends«, sagte sie und fügte erklärend hinzu: »Einer meiner Brüder macht gerade Abi.«

»Ach so«, meinte Wolfgang. Im Grunde war es ihm egal.

Er zog einen Schreibblock heraus und die Wettbewerbsaufgaben, aber eher der Form halber. Es war ihm herzlich gleichgültig, ob er die Aufgaben je lösen würde; er genoss es einfach, mit Svenja hier zu sitzen, als sei es das Selbstverständlichste der Welt.

»Hast du so was schon mal gemacht?«, fragte sie. »Mathematische Beweise?«

»Nein«, sagte Wolfgang. »Du?«

»Ich hab bei meinem Vater im Bücherschrank ein Buch über große Mathematiker aufgestöbert. Ist schon ewig her, aber es war gut zu verstehen und total interessant«, erzählte sie. »Der erste Beweis, den ich wirklich verstanden habe, war der von Euklid, dass es unendlich viele Primzahlen gibt. Kennst du den?«

Wolfgang zuckte mit den Schultern. »Ich kenne ehrlich gesagt bloß den Namen.«

»Es ist ein Widerspruchsbeweis, höchst elegant. Er ist einfach vom Gegenteil ausgegangen, hat also versuchsweise angenommen, dass eine höchste Primzahl existiert und darüber keine mehr.« Sie zog Wolfgangs Block heran und entwickelte den Beweis mit raschen, sicheren Strichen und ohne zu zögern.

Wolfgang sah und hörte ihr zu, aber der größte Teil seiner Aufmerksamkeit wanderte von dem Geschehen auf dem Papier hin zu Svenja selbst. Sie war keines der Mädchen, die einem auf Anhieb ins Auge stechen. Sie hatte glattes, strohblondes, in der Mitte gescheiteltes Haar, das sie in einer Art Pagenschnitt trug, auffallend helle Haut mit ein paar Sommersprossen über der Nase und hellwache Augen von der blaugrünen Farbe tiefen Wassers. Die Augen waren es gewesen, die ihm vor einiger Zeit aufgefallen waren, und erst seit er genauer hinschaute, hatte er bemerkt, dass Svenja eines der schönsten Mädchen an der Schule war ...

»... du mir überhaupt zu?«

Wolfgang riss die Augen auf. »Selbstverständlich«, beteuerte er. »Ich bin ganz hin und weg, wie du das machst.«

»Euklid hat das gemacht«, korrigierte sie und deutete auf den Block. »Und so elegant. Diese Schlussfolgerung steht nämlich in völligem Gegensatz zu unserer ursprünglichen Annahme, dass es nur eine begrenzte Anzahl von Primzahlen gibt. *Ergo* muss es unendlich viele Primzahlen geben. *Quod erat demonstrandum.*« Sie malte feierlich die Buchstabenfolge *q.e.d.* unter den Beweis.

»Was bedeutet das jetzt?«, fragte Wolfgang.

Sie schüttelte nachsichtig den Kopf. »Das ist lateinisch und heißt ›was zu beweisen war‹. Damit schließen Mathematiker ihre Beweise ab.«

»Ach so.« Er besah sich die Blätter noch einmal genauer, die sie voll geschrieben hatte. Sie hatte eine schöne, entschiedene Handschrift. Kraftvoll. »Ich glaube, mir fehlen so ziemlich alle Voraussetzungen für diesen Wettbewerb, die einem überhaupt fehlen können.«

Sie stand auf, mit einer raschen, entschiedenen Bewegung. »Das heißt aber nichts«, sagte sie. »Das ist das Schöne an Mathematik. Man muss weder büffeln noch üben, man muss nur verstehen. Wenn man das Prinzip verstanden hat, hat man gewonnen. Das ideale Fach für jemand, der so faul ist wie ich.« Sie wanderte die Regalreihen entlang und studierte die Rückentitel. »Der Rittersbach hat was angedeutet, dass man hier ... hmm ...«

Vielleicht, überlegte Wolfgang, rührte ihre Unauffälligkeit von ihrer Art her, sich zu kleiden. Im Unterschied zu anderen Mädchen schien sie die aktuellen Modetrends entweder überhaupt nicht wahrzunehmen oder jedenfalls hartnäckig zu ignorieren. Sie trug schlichte, praktisch aussehende Sachen in zurückhaltenden Farben, neben denen die anderen wie Leuchtreklamen aussahen.

»Na also«, hörte er sie sagen. Gleich darauf kam sie mit zwei dicken Wälzern zurück an den Tisch, die in Plastik von genau dem gleichen Hellblau wie ihre Wettbewerbsumschläge gebunden waren. »Alle Aufgaben und Lösungen der Mathematikwettbewerbe von 2000 bis vorletztes Jahr. Fette Beute.«

Es artete in Arbeit aus. Jeder von ihnen nahm sich einen der beiden Bände vor und suchte nach Aufgabenstellungen, die ihren möglichst ähnlich waren. Wolfgang las einige der kürzeren Beweise durch und fand sie mit der Zeit nicht mehr so unbegreifbar wie am Anfang. Auf seltsame Weise ging es ihm mit den Seiten voller Formeln, Buchstaben, griechischer Symbole und seltsamer Sätze ähnlich wie es ihm oft mit schwierigen Etüden gegangen war: Beim ersten Blick auf das Notenblatt waren ihm die Noten wie sinnloses Gestrüpp vorgekommen, undurchdringlich, an falschen Plätzen, ohne Sinn und Verstand angeordnet. Doch wenn er sich darin vertiefte, Takt um Takt die Melodie und den Rhythmus zu erfassen suchte, kam unweigerlich der Moment, in dem sich ihm verborgene Zusammenhänge offenbarten, die Harmonie dahinter sichtbar wurde.

Unglaublich. Es machte beinahe Spaß!

Vielleicht lag das aber vor allem daran, dass es einfach schön war, zusammen mit Svenja in diesem großen, stillen Raum zu sitzen, in dem nichts zu hören war als das Umblättern von Seiten und das Geräusch, das ihre Kugelschreiber auf dem Papier ihrer Schreibblöcke machten. Es fühlte sich wunderbar vertraut an, geradeso, als kennten sie sich schon immer, und von ihm aus hätte es ewig so weitergehen können.

Allerdings würde es nicht ewig so weitergehen, fiel ihm bei einem Blick auf die Uhr an der Wand ein; im Gegenteil, die Zeit verrann wie im Flug. Er dachte an Cems Ermahnung. Genau, er musste sich mit ihr verabreden. Und das war nicht so einfach, wie sie da saß und am oberen Ende ihres Kugelschreibers kaute. Womöglich lachte sie ihn aus.

Sie sah hoch, als habe sie seine Gedanken gehört. »Ist was?«, fragte sie.

»Nein«, sagte Wolfgang rasch. »Nichts. Ich, ähm, überlege bloß.« Das war ja nicht gelogen.

Svenja tippte mit ihrem Stift auf eine Darstellung aus Linien und Kreissegmenten in dem Buch. »Diese grafischen Beweise finde ich schwierig. Ich meine, wenn man sie sieht, sind sie leicht zu verstehen, aber wie um alles in der Welt kommt man auf so was?«

Wolfgang nickte. »Ja. Frag ich mich auch.« Irgendwie kam es ihm blöde vor, zu allem, was sie sagte, nur Ja und Amen zu sagen. Er musste ihr ja vorkommen wie ein Langweiler. »Genauer gesagt«, fügte er deshalb hinzu, »bin ich noch voll damit ausgelastet, die Beweise überhaupt zu verstehen. Draufzukommen ... Ich weiß nicht, ob ich je im Leben auf so etwas kommen werde.«

Sie sah ihn prüfend an, und ihre Nase machte eine kleine Kräuselbewegung dabei, die ihm unglaublich gefiel. »Ach doch«, sagte sie. »Ich glaube, das wirst du. Du bist irgendwie der Typ dafür.«

Das machte ihn vollends sprachlos. Dass sie so was von ihm dachte. Er machte den Mund auf, aber auf geheimnisvolle Weise war ihm jegliche Sprache abhanden gekommen. Es tat gut, doch. Dass sie überhaupt etwas über ihn dachte, war ja schon allerhand. Aber er wollte doch ... sollte doch ... hatte sich doch vorgenommen ... Mist, wenn

Cem mit seinen lockeren Sprüchen auf Mädchen zuging, sah das immer so einfach aus!

Der Uhrzeiger raste weiter, ungefähr mit halber Schallgeschwindigkeit inzwischen. Wolfgang hatte plötzlich Finger, die feuchte Flecken auf den Buchseiten machten beim Umblättern. Jetzt mal ganz ruhig. Überlegen. Was wollte er selber denn eigentlich? Kino? Nein, eigentlich nicht – was interessierte ihn irgendein Film, wenn er mit Svenja zusammen war? Da gefiel ihm die Idee mit der Eisdiele schon besser. Um genau zu sein: Das stellte er sich einfach sensationell vor. Mit Svenja auf der Terrasse von Da Mario, einen Eisbecher verdrücken und dabei über Gott und die Welt reden? Das war es, was er wollte. Das war es ganz genau.

Und, ging es ihm durch den Kopf, das zu sagen, was man wirklich wollte, konnte ja wohl kaum verboten sein.

»Du?«, sagte er, während die Uhr auf die Zwölf zuraste.

»Ja?«

»Ich würde dich gern zu einem Eis einladen.«

In demselben Moment, in dem er das gesagt hatte, konnte er kaum fassen, dass er es wirklich getan hatte. Er hielt die Luft an und sah sie gespannt an. Und obwohl es sowieso mucksmäuschenstill war in der Bibliothek, hätte er schwören können, dass es plötzlich noch stiller war als vorher.

Svenja blinzelte. »Wie bitte?«

»Zwei dicke Eisbecher auf der Terrasse von Da Mario. Einer für dich, einer für mich. Und jedes Thema außer Mathe.« Wolfgang kam es vor, als habe er sich für einen Moment in Cem verwandelt, während er das sagte. Aber das war es, was er sich wünschte, verdammt noch mal, und das würde er jetzt durchziehen. Und wenn sie ihn auslachte deswegen.

Doch sie lachte ihn nicht aus. Die Vorstellung schien ihr im Gegenteil zu gefallen. Zumindest leckte sie sich kurz über die Lippe, als stünde das Eis schon vor ihnen. »Klingt nicht schlecht. Wann?«

Wolfgang überlegte rasch. »Heute Nachmittag um halb vier?«

Svenja zog eine Schnute. »So spät?«

»Um drei ginge auch.« So lange ging der Cellounterricht, und er konnte das Cello ja mitnehmen in die Eisdiele; die lag ohnehin am Weg.

»Um drei wäre mir lieber.«

»Dann um drei.«

»Super.« Sie sah auf die Uhr, die sich plötzlich wieder wie eine ganz normale Uhr benahm, und klappte ihr Buch zu. »Also, ich leih das hier aus, was meinst du?«

Wolfgang konnte es kaum fassen, wie einfach das gegangen war. Er war mit Svenja verabredet! Wow! Was interessierte ihn da Mathe? »Und die anderen, die noch an dem Wettbewerb teilnehmen?«, fragte er, mehr oder weniger, weil es ihm gerade einfiel, nicht weil es ihn sonderlich kümmerte.

Svenja deutete auf die Regale. »Es sind noch zwei Exemplare da, allerdings mit rotem Streifen. Die anderen werden eben hierher kommen müssen, während wir die Bücher zu Hause haben, weil wir schlau waren und zuerst gekommen sind.« Sie grinste.

Wolfgang musste auch grinsen und klappte sein Buch ebenfalls zu. »Dann nehm ich das andere.«

Kapitel 5

An diesem Donnerstag geschah es zum ersten Mal, dass Wolfgang mit seinem großen schwarzen Cellokoffer eines der alten Spinnräder im Treppenhaus seines Cellolehrers umstieß, zum Glück ohne es zu zerbrechen. Beim Vorspiel fielen ihm mehrmals die Noten herunter, und das, was er auf den Saiten zu Wege brachte, klang so schräg wie schon lange nicht mehr. Und dann fragte Herr Jegelin auch noch: »Wirst du von der Polizei gesucht?«

»Wie bitte?«, fragte Wolfgang. Er war völlig verdutzt. »Nein, wieso?«

»Weil du immer schneller wirst. Als ob du auf der Flucht wärst.«

Wolfgang betrachtete die Spitze seines Bogens, als stünden dort die Antworten auf alle Fragen. »Ich fang noch mal an.«

Herr Jegelin nickte. »Empfiehlt sich.«

Aber Wolfgang konnte sich nicht konzentrieren. Wie auch, wo er doch nachher mit Svenja verabredet war? Beim Mittagessen war ihm das plötzlich wie der reine Wahnsinn vorgekommen. Er hatte kaum einen Bissen hinunterbekommen. Über was sollte er bloß mit ihr reden? Übers Cellospielen? Klassische Musik? Das interessierte sie bestimmt nicht die Bohne. Aber was dann? Am Ende doch Mathematik? Das interessierte wiederum ihn nicht die Bohne. Wofür interessierten Mädchen sich eigentlich? Er hatte keine Ahnung. Wie auch, wenn er sein halbes Leben mit Celloüben verbrachte?

Den Kopf kochend voll mit Gedanken verhaspelte er sich natürlich bei der ersten schweren Stelle. Mutlos ließ er den Bogen sinken; das kam ihm plötzlich alles so sinnlos vor.

»Ich überlege mir, den Unterricht vielleicht zu reduzieren«, sagte er, ohne groß nachzudenken.

Herr Jegelin sah ihn ausdruckslos an. »Davon wird es nicht besser.«

»Ja, schon klar.« Wolfgang betrachtete die Porträts der großen Cellisten an der Wand. Sie kamen ihm so fremd vor wie die Gesichter von Marsmenschen. »Ich weiß eigentlich nicht, wozu ich das mache. Cello spielen, meine ich. Ich habe überlegt, ganz aufzuhören. Für eine Weile zumindest, erst mal.«

»Was sagt denn dein Vater dazu?«

»Der hält mich für den nächsten Hiroyuki Matsumoto.«

»Du hast also noch nicht mit ihm darüber gesprochen.«

»Nein«, gestand Wolfgang.

Herr Jegelin schwieg, guckte bloß, griff dann in das Fach mit den Noten und holte eine alte Dotzauer-Etüde hervor, die sie schon vor Ewigkeiten durchgenommen hatten. »Gehen wir eine Weile zurück zu den Grundlagen«, meinte er dazu.

Wolfgang betrachtete das schlicht aussehende Blatt. Viertel und Achtel. Anfängerkram. »Soll ich das jetzt spielen oder was?«

»Genau. Aber meisterhaft, bitte.«

Wolfgang atmete durch, setzte den Bogen an und begann. Dabei hatte er das ungute Gefühl, dass er das, was er gesagt hatte, besser für sich behalten hätte.

Die Eisdiele Da Mario war einer der wesentlichen Treffpunkte von Schirntal. Die Eisbecher waren üppig, die Preise taschengeldfreundlich, und es saß sich gut auf der Terrasse mit den türkisfarbenen Sonnenschirmen. Von hier aus konnte man gemütlich zusehen, wie große Lastwagen sich über die kleine, noch aus dem Mittelalter stammende Brücke über die Schirn quälen mussten, weil das berühmte Schirntaler Möbelgeschäft auf der anderen Seite lag, und wenn mehr als drei Autos zugleich über das Kopfsteinpflaster rumpelten, verstand man sein eigenes Wort nicht, was aber meistens auch nichts machte.

Svenja war noch nicht da, und zum Glück auch niemand, der auf die Idee kommen würde, Gerüchte in die Welt zu setzen; nur drei Typen aus der Elften, die einen wie ihn ohnehin keines Blickes würdigten. Wolfgang bugsierte seinen großen schwarzen Cellokoffer in eine Ecke der Terrasse und setzte sich auf den freien Stuhl daneben, und als die ewig gelangweilt dreinblickende Kellnerin erschien, bestellte er eine Cola.

Svenja kam kurz darauf mit dem Fahrrad angeschossen.

»Hi«, meinte sie, als sie sich noch leicht kurzatmig auf den Stuhl neben ihn fallen ließ. Dann fiel ihr Blick auf den Cellokoffer. »Was ist denn das für ein Ungetüm?«

»Mein Cello.«

»So groß? Oder ist das nur der Koffer?«

Wolfgang klopfte auf das schwarz glänzende Fiberglasgehäuse. »Das ist innen noch gepolstert und so weiter, aber so ein Cello ist schon ziemlich groß, ja.«

»Und das schleppst du immer so mit dir herum?«

»Nein, nur zum Unterricht.« Er zeigte auf die Straße schräg gegenüber, die am Bach entlanglief. »Mein Lehrer wohnt keine dreihundert Meter von hier.«

Svenja musterte ihn. »Ich würde dich gern mal spielen hören.«

»Dann besuch mich doch mal«, schlug Wolfgang spontan vor und erschrak fast vor seiner eigenen Kühnheit.

Doch Svenja lachte bloß und meinte: »Das muss ich mir erst noch überlegen.«

Die Kellnerin kam mit Wolfgangs Cola und dem Notizblock. Svenja bestellte einen Tropicana-Becher »mit extra viel Maracuja«, Wolfgang nahm wie eigentlich fast immer den Nussknacker-Becher. Während Svenja mit der Kellnerin über die Details ihres Getränks verhandelte – »ein Sprudel, ohne Zitronenscheibe, dafür mit einem Eiswürfel« – beobachtete Wolfgang sie, wie sie redete und wie sie dabei alles, was sie sagte, mit kleinen Bewegungen ihrer Hände unterstrich, und es kam ihm ganz und gar sensationell vor, hier mit ihr zu sitzen.

Ihre Eisbecher kamen im Handumdrehen, doch da waren sie schon in eine angeregte Unterhaltung vertieft, die wie von selbst in Gang gekommen war, sodass Wolfgang nicht einmal mehr daran dachte, wie er sich Sorgen gemacht hatte, ihm würde nichts zu sagen einfallen. Svenja wollte alles über sein Cellospiel wissen, wann er damit angefangen hatte, wie oft er üben musste und so weiter, und wieso ausgerechnet Cello?

»Das weiß ich auch nicht mehr so genau«, gestand Wolfgang. »Es hat sich so ergeben. Vielleicht, weil das Instrument ein altes Familienerbstück ist. Es hat schon in der Ecke gestanden, als ich ein Baby war.«

»Du hast keine Geschwister, oder?«

»Nein.«

Svenja dagegen hatte, wie sich herausstellte, eine ganze Herde davon. »Wir sind so ein richtiger Clan«, meinte sie. »Man könnte problemlos eine Fernsehserie über uns drehen.« Ihr Vater, erzählte sie, hatte, nachdem eine kinderreiche erste Ehe gescheitert war, ein zweites Mal geheiratet, und zwar eine allein stehende Mutter dreier Kinder. Heute waren die Maitlands eine Großfamilie, bei der nur noch Eingeweihte durchblickten. Svenjas älteste Halbschwester Irena war schon achtundzwanzig, längst verheiratet und lebte in Berlin, ihr jüngster Bruder dagegen ging erst in den Kindergarten.

»Ziemlich verwirrend«, meinte Wolfgang.

»Nicht wahr?«, grinste Svenja. »Und dabei habe ich unsere fünf Katzen noch nicht erwähnt – vielleicht sind es auch sechs –, ganz zu schweigen von den beiden Hamstern und der Schildkröte. Die heißt übrigens Brocken.«

»Brocken?«

»Ja. Wenn sie daherkommt, sagen wir, ›da kommt der Brocken‹. Es ist nämlich eigentlich ein Schildkröterich.«

Wolfgang nuckelte genüsslich an einer kandierten Haselnuss. »Scheint ja lustig zuzugehen bei euch.«

»Sag ich doch.«

Er empfand vagen Neid, vor allem, wenn er an sein eigenes Zuhause denken musste, das ihm in diesem Moment still und streng wie ein Schweigekloster erschien.

Er kratzte in seinem Eisbecherglas. Das Eis ging zur Neige, und genauso die Zeit, die sie hier zusammen saßen. Es war merkwürdig, wie sehr es ihm vorkam, als kennten er und Svenja sich schon seit Ewigkeiten. »Meinst du, wir könnten das mal wiederholen?«, fragte er deshalb mutig, als es Zeit zum Aufbruch war. Die Zeche war bezahlt, und Svenja hatte sich sogar artig für die Einladung bedankt, was ihn ganz verlegen gemacht hatte.

Sie zog eine Schnute. »Das macht dick auf Dauer, das viele Eis.«

»Das ist aber nicht wirklich deine Sorge, oder?«

»Sondern?«

»Na ja«, meinte Wolfgang unsicher, »du gehst ja eigentlich mit Marco, oder?«

Eine scharfe Falte erschien auf ihrer Stirn. »Halb. Halb auch nicht.« Sie schwang sich auf ihr Rad. »Lassen wir's einfach offen, okay?«

Damit radelte sie davon. Die Sonne hoch über den Bergen im Westen strahlte herab, als sei nichts.

Als Wolfgang nach Hause kam, stand sein Vater im Flur, als habe er auf ihn gewartet. Er wirkte auf beunruhigende Weise aufgebracht. Als sei etwas Schlimmes passiert.

Oder als habe Wolfgang etwas Schlimmes angestellt. Sein Geständnis bei seinem Cellolehrer fiel ihm ein, und das Gesicht, das Herr Jegelin beim Abschied gemacht hatte.

Vater öffnete die Tür zum Esszimmer. »Komm herein«, sagte er. »Ich muss mit dir sprechen.«

Kapitel 6

Das Licht des späten Nachmittags fiel in einem breiten Streifen durch das große, südwestlich orientierte Fenster und quer über den Esstisch, der leer war bis auf ein in dunklen Karton gebundenes Fotoalbum. Die Schatten von ein paar großen Zweigen zauberten seltsame Muster auf das blank gescheuerte Holz. Das fleckige Licht, das von der Tischplatte reflektiert wurde, ließ die Aquarelle seiner Mutter, die ringsum entlang der Wand hingen, wie kleine Fenster in eine bedrückende Welt aussehen.

»Setz dich«, sagte Vater, und Wolfgang setzte sich. Er konnte sich lebhaft vorstellen, was passiert war. Herr Jegelin hatte nach dem, was er ihm erzählt hatte, Angst um seine Einnahmen bekommen und sofort Vater verständigt. Und jetzt war ein Donnerwetter fällig, ein Vortrag über das unglaubliche Talent, das er habe, die Verpflichtung, die es darstellte, und so weiter.

Jedenfalls würde er seinem Cellolehrer nichts mehr anvertrauen, das stand fest.

Vater setzte sich auch, auf den Stuhl gegenüber. Er wischte über die Tischplatte, als müsse er imaginäre Krümel entfernen, und faltete dann die Hände. Er schien nicht genau zu wissen, wie er beginnen sollte.

»Weißt du«, fragte er schließlich zu Wolfgangs maßloser Verblüffung, »was ein Klon ist?«

Wolfgang konnte es nicht vermeiden, dass ihm ein ächzender Laut entwich. »Was?«

»Ein Klon«, wiederholte Vater. »Weißt du, was mit diesem Begriff gemeint ist?«

»Klar. Klar weiß ich, was ein Klon ist.«

»Erklär es mir.«

Wolfgang runzelte die Stirn und versuchte, einen Zusammenhang zwischen diesem Thema und dem, was er Herrn Jegelin gesagt hatte, zu erkennen, aber ohne Erfolg. »Sag mal, was ist eigentlich los? In der Schule geht es seit zwei Wochen um nichts anderes als um Klone, Klone, Klone – und jetzt fängst du auch noch davon an!«

Vaters Augenbrauen hoben sich. »Ihr behandelt das in der Schule?«

»Dank eines gewissen Herrn Frascuelo Aznar, bekannt aus Funk und Fernsehen.«

»Ah.« Vater nickte verstehend. »Gut. Erklär es mir trotzdem.«

Wolfgang seufzte ergeben und tat seinem Cellolehrer im Stillen Abbitte. Wie war er nur auf die Idee gekommen, Herr Jegelin würde alles, was er erzählte, brühwarm seinem Vater petzen? Peinlich. »Also schön. Ein Klon ist das genetische Duplikat eines anderen Menschen. Es wird erzeugt, indem man den Zellkern einer befruchteten Eizelle entfernt und durch einen Zellkern ersetzt, den man aus einer beliebigen Körperzelle desjenigen Menschen entnommen hat, den man duplizieren will.«

»Nicht einfach eine befruchtete Eizelle, sondern eine M-II-Oozyte, aber gut. So weit richtig«, nickte Vater.

»Und weiter?«

»Nichts weiter. Die veränderte Eizelle wird wie bei einer normalen künstlichen Befruchtung einer Leihmutter eingepflanzt, die das entstehende Kind austrägt«, sagte Wolfgang. »Und weil jeder einzelne Zellkern die gesamte Erbinformation eines Menschen enthält, seinen Bauplan sozusagen, ist das heranwachsende Kind die genetische Kopie desjenigen, von dem der ausgetauschte Zellkern stammt. Und damit dessen Klon.« Als Vater ihn erwartungsvoll ansah, ohne etwas zu sagen, aber als warte er noch auf etwas, fuhr Wolfgang gelangweilt fort: »Na ja, und wenn man das bei Menschen macht, ist das Ganze natürlich moralisch verwerflich, weltweit geächtet, eine Missachtung der menschlichen Würde und des Willen Gottes, und so weiter, und so weiter.«

»Es ist keineswegs weltweit geächtet. In Kuba zum Beispiel gibt es bis heute kein Gesetz, das das Klonen verbietet.«

»Hat man uns auch schon mehrfach wissen lassen«, nickte Wolfgang. »Übrigens auch, dass die entsprechende UN-Resolution nach über zehn Jahren immer noch keine Mehrheit hat.«

Vater nickte. »Trotz alldem hat die Erklärung von Professor Aznar die Weltöffentlichkeit aufgebracht wie schon lange nichts mehr.«

»Aufgebracht ist gar kein Ausdruck. Unsere Lehrer sind völlig aus der Spur.«

»Nicht nur eure Lehrer. Überall auf der Welt und natürlich besonders in Deutschland sind Journalisten hinter jedem her, von dem bekannt ist, dass er Aznar gekannt hat«, sagte Vater, reckte den Hals wie eine Schildkröte und setzte hinzu: »Wie ich zum Beispiel.«

»Du?« Wolfgang fielen fast die Augen aus dem Kopf. »Du hast Aznar gekannt?«

Vater nickte. »Ich bin ihm mal auf einem Kongress begegnet. Wie tausend andere auch. Die entsprechenden Teilnehmerlisten gibt es natürlich noch. Ich glaubte mich zwar zu erinnern, dass mein Name nicht darauf stand, weil ich völlig kurzfristig an Stelle meines Vorgesetzten geflogen bin, aber das war anscheinend ein Irrtum.«

Das Licht im Esszimmer schien sich plötzlich verändert zu haben. Die Schatten, die die Tannenzweige vor dem Fenster warfen, sahen auf einmal aus wie die Schatten monströser Krallenarme. Mit den Wänden schien auch etwas nicht zu stimmen: Aus den Augenwinkeln sah es fast so aus, als pulsierten sie wie ein langsam schlagendes Herz.

Wolfgang war sich nicht hundertprozentig sicher, ob sein eigenes Herz noch schlug. Bis zu diesem Augenblick war die »Klonomanie« für ihn einfach nur ein Tick der Lehrer gewesen, die ohnehin dauernd von irgendwelchen Marotten geritten wurden. Dass es etwas mit ihm selbst zu tun haben könnte, beziehungsweise mit seiner Familie, wäre ihm nicht im Traum eingefallen.

»Das ist ja . . .«, begann er, aber dann fiel ihm kein passendes Wort ein. Ihm wurde merkwürdig heiß. »Davon hast du nie etwas erzählt.«

Vater hob die Schultern. »Das ist alles lange her. Als du zur Welt kamst und wir aus Berlin hierher gezogen sind, haben wir in gewisser Weise einen Teil unseres Lebens hinter uns gelassen. Aber Tatsache ist, ich habe viele Jahre am Deutschen Institut für Biotechnologie gearbeitet. Das war wissenschaftliche Arbeit – interessant, aber schlecht bezahlt und durch gesetzliche Vorschriften bis an die Grenze des Sinnlosen behindert. Deshalb habe ich nicht lange gezögert, als mir der Posten hier an der Klinik angeboten wurde. Die Therapien, die wir machen, beruhen zum großen Teil auf Erkenntnissen, die wir damals in Berlin gewonnen haben. Wie auch immer, zur wissenschaftlichen Arbeit gehört es nun mal, Kongresse und dergleichen zu besuchen. Da Kuba schon lange in vielen medizinischen Fachgebieten weit vorne mit dabei ist, war auf diesen Kongressen eben auch dieser Professor Frascuelo Aznar anwesend.«

»In der Schule flippen sie aus, wenn ich das erzähle«, meinte Wolfgang fassungslos.

»Erzähl es lieber nicht. Das Problem dabei ist nämlich«, erklärte Vater mit grimmigem Gesichtsausdruck, »dass nicht viele der Wissenschaftler, die Aznar kennen gelernt haben könnten, Söhne in dem Alter haben, in dem der Klon jetzt sein müsste, den Aznar gemacht zu haben behauptet.« Er fuhr sich mit den Händen über das Gesicht. »Es gibt einen Journalisten, der davon überzeugt ist, dass du mein Klon bist. Er verfolgt mich seit Tagen mit Anrufen – in der Klinik, hier zu Hause, überall.«

Wolfgang hatte das Gefühl, zu träumen. »Ich?« Er erkannte seine eigene Stimme kaum wieder. Sie hörte sich auf einmal an wie das Krächzen eines lungenkranken Kettenrauchers. »Ich soll der Klon sein?«

»Natürlich ist das Unsinn. Eigentlich wollte ich dich damit auch überhaupt nicht belasten. Aber ich dachte, ehe dieser Verrückte dir auflauert und dir weiß der Himmel was erzählt, ist es besser, du hörst es von mir.«

Wolfgang sah ihn an und spürte das überwältigende Bedürfnis, aufzuspringen und laut schreiend davonzurennen. Aber natürlich blieb er trotzdem sitzen. Er war plötzlich schweißgebadet.

Vater merkte nichts davon. Er zog das Fotoalbum heran und schlug es auf. »Ein Klon«, erklärte er dabei, »ist im Grunde nichts so Dramatisches, wie alle immer tun. Ein genetisches Duplikat, das klingt zwar schauerlich – aber was ist denn ein eineiiger Zwilling anderes? Ein Klon ist nichts anderes als ein Zwilling, nur dass er auf technischem Wege ins Leben gerufen wird und mit zeitlicher Verzögerung.« Er blätterte die Seiten aus schwarzem Karton durch. »Mit anderen Worten, wenn du mein Klon wärst, müsstest du heute ganz genauso aussehen, wie ich mit fünfzehn ausgesehen habe. Aber schau mal hier. Das bin ich mit fünfzehn.« Er schob Wolfgang das Album hin und deutete auf ein Foto, auf dem ein junger, verkrampft grinsender Richard Wedeberg in einem Garten zu sehen war.

»Eine gewisse Familienähnlichkeit ist zwar nicht zu leugnen – die berüchtigte Wedeberg-Nase –, aber abgesehen davon käme niemand auf die Idee, dass du das sein könntest, oder?«

Wolfgang betrachtete das Foto mit einem Kloß in der Kehle. Aber Vater hatte Recht. Der Junge auf dem Foto hatte ganz andere Gesichtszüge, eine breitere Stirn, ein ausgeprägteres Kinn als Wolfgang.

»Und?«, fragte Vater. »Nicht gerade ein Blick in den Spiegel, oder?«

»Nicht gerade«, nickte Wolfgang und fühlte etwas wie Benommenheit. Als breche um ihn herum gerade eine Welt in Trümmer.

An diesem Abend lag Wolfgang noch lange wach. Das, was sein Vater ihm erzählt hatte, beschäftigte ihn. Ob es diesen Klon tatsächlich gab? Wo er wohl lebte? Wie musste es sich anfühlen, eine genetische Kopie zu sein? Das Duplikat eines anderen Menschen?

Auf diese Weise davon zu erfahren – zu erfahren, dass der eigene Vater verdächtigt wurde, in diese Affäre verwickelt zu sein –, das war schon etwas anderes als bloß in der Schule darüber zu diskutieren. Wenn einem ein Lehrer so etwas erzählte, dann war das eben eine andere Art Schulstoff, aber so ... so ging es einem ganz schön an die Nieren.

Was für ein Tag! Seine Gedanken wanderten weiter, zu der Verabredung mit Svenja. Er war mit Svenja Maitland Eis essen gegangen, einfach so! Das, fand er, war ziemlich sensationell. Dumm, dass sie ausgerechnet mit Marco ging. Gegen Marco war schwer anzukommen – er war größer, stärker, besser in der Schule, und besser aussehen tat er auch. Fast schon erwachsen. Dagegen hatte er keine Chance.

Obwohl er Svenja äußerst gern als Freundin gehabt hätte. Er betrachtete die Tannenwipfel, die sich sanft im gelblichen Licht der Straßenbeleuchtung wiegten, malte sich aus, Marcos Eltern wären aus Schirntal fortgezogen, weit fort, und er und Svenja ...

Darüber schlief er endlich ein.

Am nächsten Morgen klingelte der Wecker irgendwie viel zu früh. Wolfgang starrte das Zifferblatt an und mochte kaum glauben, dass schon halb sieben sein sollte.

Als er unausgeschlafen und nicht besonders gut gelaunt in der Schule ankam, war irgendwas seltsam. Jeder schien ihn zu mustern, jeder zweite über ihn zu tuscheln, gerade so, als sei sein Haar über Nacht ausgefallen oder violett geworden oder als habe er vergessen, Hosen anzuziehen. Aber sowohl mit seinen Haaren als auch mit seinen Hosen war alles in Ordnung, und auch sonst fand er auf der Toilette bei einem prüfenden Blick in den Spiegel nichts Auffälliges. Eigentlich sah er aus wie immer.

Dann fiel es ihm siedend heiß ein: Jemand musste doch ein Gerücht in die Welt gesetzt haben, über ihn und Svenja. Mist. Mit einem mulmigen Gefühl betrat er das Klassenzimmer.

Die halbe Klasse war schon da und stand um einen Tisch versammelt, auf dem eine Zeitung lag. Eine hitzige Diskussion verstummte abrupt, als Wolfgang hereinkam. Alles sah ihn an wie eine Erscheinung.

»Wedeberg!« Marco stand auf, einen mörderischen Ausdruck im Gesicht, griff sich die Zeitung und kam wie ein wütender Grisli auf Wolfgang zu.

Wolfgang umklammerte den Griff seiner Tasche fester und wich einen halben Schritt rückwärts. Wollte Marco sich jetzt mit ihm prügeln? Das konnte doch nicht wahr sein.

»Ich rat dir, halt dich von meiner Freundin fern«, schnaubte Marco und knallte ihm die Zeitung vor die Brust. »Du ... Monstrum!«

»Wie bitte?«, machte Wolfgang verständnislos. Er nahm die Zeitung, warf einen Blick darauf – und hatte das Gefühl, sein Herz setze ein paar Schläge lang aus. Zwischen riesigen Buchstaben in Schwarz und Rot sah er sich selbst, ein Foto, das ihn zeigte, wie er gerade die Schultasche aufs Fahrrad packte. Daneben schrie eine Überschrift, die Schlagzeile des Tages: *Ist das der erste Klon?*

Kapitel 7

Wolfgang las den Artikel, die Sätze, die Worte, ohne wirklich zu verstehen, was er las, sodass er alles mehrmals lesen musste. *Wolfgang W. (15) aus Sch.* wurde er genannt. *Sch. sei ein für sein Bier berühmtes, friedliches Städtchen im Schwarzwald.* Lang und breit ging es darum, dass sein Vater, *Richard W. (57)*, zwar Leiter der Krebsklinik war, früher aber am Institut für Biotechnologie gearbeitet habe und Frascuelo Aznar kenne. Von *Hinweisen und Verdachtsmomenten* war die Rede, doch die entscheidenden Punkte waren alle als Fragen formuliert: *Ist Richard W. der Versuchung erlegen, Gott zu spielen? Ist sein Sohn Wolfgang in Wirklichkeit sein Klon, sein genetischer Doppelgänger? Und wenn ja – was verspricht der Arzt sich davon?*

Plötzlich steckte jemand den Kopf neben ihm in die Zeitung. Es war Cem. »Wenn sie dich demnächst in eine Talkshow einladen«, sagte er, »dann bestehe ich darauf, dass du in die Kamera winkst und mich grüßt. Sonst sehe ich mich gezwungen, dir die Freundschaft zu kündigen.«

»Ha, ha«, machte Wolfgang. »Ich lache später ausführlich, okay?«

»Du scheinst wenig amüsiert.«

»Cem, das ist alles nicht wahr. Wenn ich der Klon meines Vaters wäre, müsste ich ihm doch ähnlich sehen. Ich müsste so aussehen wie er mit fünfzehn. Aber das tu ich nicht.«

Cem wiegte das Haupt. »Na ja, also deine Nase ...«

Wolfgang ließ die Zeitung sinken. »Du kannst ganz still

sein mit deinem Zinken. Wenn's danach geht, dann ist deine ganze Familie geklont.«

Er erschrak über die Blicke, mit denen die anderen ihn musterten. Befremdete, neugierige Blicke. Seine Klassenkameraden sahen ihn an, als seien ihm plötzlich Hörner gewachsen oder so was.

Cem seufzte. »Es ist einfach die Klonomanie. Sie grassiert. Eine wahre Seuche. Und jetzt geht's wahrscheinlich erst richtig los.«

Doch in Englisch war Hemingway auf einmal kein Thema mehr, stattdessen wurde Grammatik wiederholt. Es war schon fast peinlich, wie der Lehrer sich bemühte, alles zu vermeiden, was man als Anspielung hätte verstehen können. Erst der Biologielehrer wagte es, zu dem Zeitungsartikel Stellung zu nehmen.

»Euch ist heute Morgen sicher nicht entgangen«, meinte der »Kittel«, »dass die Zeitung mit den großen Buchstaben unseren Wolfgang für den Klon seines Vaters hält.« Er grinste süffisant. »Aus meiner Sicht wäre das durchaus wünschenswert, denn Wolfgangs Vater ist ein nicht unberühmter Mediziner. Wolfgang hätte als sein Klon ohne Zweifel wesentlich mehr Talent für Biologie, als seine Noten auch diesmal« – er zog die korrigierten Aufgabenblätter des letzten Tests aus seiner speckigen Aktentasche – »wieder offenbaren.«

Damit war das Eis gebrochen. Der Kittel bekam sein Gelächter, und Wolfgang war zum ersten Mal froh über eine Vier minus. Die verstohlenen Blicke hörten auf. Jemand kam sogar zu der Einsicht: »Schon komisch, wie leicht man etwas glaubt, bloß weil es in der Zeitung steht.«

Doch die Entspannung währte nicht lange. Fünfzehn Minuten vor Ende der Stunde steckte eine der Schulsekretärinnen den Kopf zur Tür herein und sagte:

»Wedeberg? Du sollst ins Rektorat kommen. Sofort.«

Wolfgang war noch nie im Leben ins Rektorat zitiert worden; trotzdem war ihm natürlich nicht entgangen, dass es sich dabei selten um eine angenehme Sache handelte. Er kannte die Rektorin nur vom Sehen. Frau Horn war eine schmale, ältere Frau, die aushilfsweise zwei der unteren Klassen in Mathematik unterrichtete und als streng galt. Die ausgeprägten weißen Strähnen in ihrem Haar hatten ihr den Spitznamen »Streifenhörnchen« eingebracht.

So schlich er mit ungutem Gefühl durch die leeren Gänge, die erfüllt waren von leisem Gebrabbel, das durch die Türen der verschiedenen Schulzimmer drang. Vor der Tür zum Rektorat blieb er stehen und zögerte, anzuklopfen. Er zögerte lange genug, um zu merken, dass hinter der Tür eine heftige Diskussion im Gange war, die laut genug geführt wurde, um hier draußen jedes Wort zu verstehen. Und als er seinen Namen hörte, ließ er die Hand wieder sinken und lauschte.

»... diesen Wedeberg von der Schule entfernen. Notfalls mit Unterstützung der Elternvertretung – und die werde ich kriegen, verlassen Sie sich darauf.« Eine höchst erregte Stimme rief das, in der Wolfgang nur mit Mühe diejenige von Herrn Glatz, ihres Religionslehrers, wiedererkannte. Bestimmt hatte er gerade auch wieder einen roten Kopf.

»Friedhelm, ich bitte Sie. Auch ein Klon ist doch zweifellos ein Geschöpf Gottes.« Das war jetzt die Rektorin, besänftigend.

»Das ist eben der Irrtum.« Die Stimme des Religionslehrers schnappte beinahe um. »Ein Klon ist die widernatürliche Frucht einer sündhaften Übertretung göttlicher Gesetze. Widernatürlich, verstehen Sie? Widernatürlich.« Das Wort schien es ihm angetan zu haben.

»Das ist doch Unsinn«, entgegnete die Stimme der Rektorin. »Verurteilen muss man diejenigen, die so etwas tun, nicht ihre Opfer.«

»Es muss etwas geschehen«, verkündete Glatz, »und es wird etwas geschehen. Verlassen Sie sich darauf.«

Wolfgang fragte sich, was ihn erwartete. Das klang ja, als würde Glatz ihn am liebsten öffentlich verbrennen. Einen Moment erwog er, einfach wieder zu gehen, aber dann gab es eine längere Pause in dem Streit, die er nutzte, um zu klopfen und auf das »Herein!« hin ganz harmlos tuend die Tür zu öffnen.

Glatz und die Rektorin saßen an einem Tisch und taten ebenfalls ganz harmlos, waren geradezu scheißfreundlich, wenn auch das Lächeln des Religionslehrers reichlich verkrampft wirkte.

Frau Horn hatte natürlich die Zeitung vor sich, legte die Hände auf den Text des Artikels und meinte: »Die haben ja weiß Gott genug Hinweise gegeben, wer gemeint ist. Schwarzwald, Krebsklinik, Brauerei – da kommt nur Schirntal in Frage. Eigentlich hätten sie es genauso gut hinschreiben können. Und ich fürchte, der Name Wolfgang W. gibt dann auch keine allzu großen Rätsel mehr auf.«

Wolfgang nickte beklommen. Daran hatte er überhaupt noch nicht gedacht.

»Wir hatten heute Morgen«, fuhr die Rektorin mit besorgter Miene fort, »mehrere Anrufe von Fernsehsendern und dergleichen. Wir haben zwar alles abgestritten, aber ich fürchte, die sind trotzdem schon im Anmarsch.«

»Das ist nicht meine Schuld«, verwahrte sich Wolfgang. »Außerdem ist es nicht wahr. Dass ich der Klon meines Vaters sein soll.«

Die Rektorin verzog den dünnen Mund zu einer Art Lächeln, aber man merkte, dass sie das nicht glaubte.

»Wie auch immer«, meinte sie. »Ich halte es für das Beste, wenn du nach Hause gehst und bis auf weiteres dort bleibst. Bis sich alles geklärt hat.«

Es war schon Pause, als Wolfgang zurück in die Klasse kam, um seine Sachen zu packen. Cem sah ihm stirnrunzelnd dabei zu. »Was wird denn das, wenn man fragen darf?«

»Ich hab schulfrei gekriegt, das wird das«, sagte Wolfgang und spürte den Impuls, irgendetwas quer durch den Raum zu pfeffern. »Klonferien.«

»Mann! Neid!«, rief Cem. »Ich muss über mich unbedingt auch so ein Gerücht in die Welt setzen. Und dann leiste ich dir Gesellschaft!«

Wolfgang hatte es nicht eilig, nach Hause zu kommen. Er schob sein Fahrrad die Straße entlang, überlegte, was er seiner Mutter erzählen würde, und wunderte sich, wie ruhig und verlassen die Stadt wirkte. Er hatte erwartet, überall Übertragungswagen mit dicken Satellitenschüsseln stehen zu sehen und Reporter mit dicken Mikrofonen, aber nichts dergleichen war zu entdecken.

Möglich, dass das noch kam.

Plötzlich hielt neben ihm ein Auto, ein unscheinbarer grauer Kleinwagen mit offenen Fenstern, und der Typ hinterm Steuer beugte sich herüber und winkte ihn her. Wolfgang schob das Rad näher heran, weil er dachte, der Mann wolle nach dem Weg fragen, doch das tat er nicht, sondern sagte stattdessen: »Tut mir Leid.«

»Wie bitte?«

»Ich wollte das nicht. Das mit der Zeitung.«

Wolfgang riss die Augen auf, als er begriff. »Sie sind Journalist. Sie haben das über mich geschrieben.«

»Eben nicht. Sie haben die Geschichte ohne meine Einwilligung gedruckt. Um der Konkurrenz zuvorzukommen, wahrscheinlich. Das ist so in dem Geschäft.« Der Mann war um die dreißig und sah ziemlich wildverwegen aus mit seinem knubbeligen Vollbart und seinem wettergegerbten Gesicht. »Bitte, du musst mir glauben. Ich wollte dich raushalten. Ich recherchiere über die Hintergründe der Klongeschichte, aber ich wollte dich aus der ganzen Sache raushalten.«

Wolfgang musterte ihn misstrauisch. »Ist Ihnen nicht gelungen.«

»Ich weiß, ich weiß.« Der Mann nahm einen abgewetzten Lederbeutel mit undefinierbarem Inhalt und einen Stapel zerlesener Zeitungen vom Beifahrersitz und warf alles auf die Rückbank. »Willst du einsteigen? Dann reden wir ein bisschen.«

»Nein, danke«, sagte Wolfgang. Der Typ hatte ja wohl einen Knall. Außerdem sah es immer noch ziemlich unappetitlich aus in dem Wagen. Zwei angeknabberte Tafeln Nussschokolade, Wolfgangs Lieblingssorte übrigens, lagen auf der Getriebekonsole, und diverse braune Flecken auf den Sitzen sahen so aus, als wären sie auch mal Schokolade gewesen. »Sie wollen mich bloß ausfragen.«

»Also gut«, sagte der Mann, schaltete den Motor ab und zog den Zündschlüssel. »Dann steige ich eben aus, und du darfst *mich* ausfragen.« Er stieg tatsächlich aus, kam um den Wagen herum und setzte sich auf die niedrige Mauer am Straßenrand.

Wolfgang überlegte, ihn einfach da sitzen zu lassen und davonzuradeln. Sollte er doch heulen. Aber irgendwie war er ihm trotz allem sympathisch. Er sah aus wie ein echter Abenteurer, trug ein verwaschenes Hemd und eine ärmellose Jacke mit tausend Taschen und wirkte, als könne er mindestens eine Million aufregender Geschichten erzählen. Wolfgang lehnte sein Rad gegen die Mauer und setzte sich neben ihn.

»Ist das jetzt Ihr Ernst? Dass ich Sie ausfragen kann?«
»Ja, klar«, nickte der Mann.
»Okay. Wie heißen Sie?«
»Conti. Tommaso Conti.«

Wolfgang war überrascht. »Das ist ein italienischer Name.«
»Ja.«

Merkwürdig. Der Mann wirkte irgendwie nicht wie ein Italiener. »Und für welche Zeitungen arbeiten Sie?«
»Kommt darauf an. Ich bin freier Journalist. Normalerweise mache ich Auslandsreportagen.«
»Wie viele Sprachen sprechen Sie?«
»Oh, viele.« Er schien im Geist zu zählen, und er schien ziemlich viel zu zählen zu haben. »Ziemlich viele.«
»Auch Chinesisch?« Das war Wolfgang so eingefallen. Die Ausfragerei begann, ihm Spaß zu machen.

Conti wiegte den Kopf. »Na ja, es reicht, um mich zu verständigen und die Zeitungen zu lesen.«

Wolfgang musterte ihn fasziniert. Eine zickzack-förmige Narbe auf dem Rücken seiner linken Hand fiel ihm auf. »Woher haben Sie diese Narbe?«

Conti schmunzelte. »Normalerweise sage ich Bürgerkrieg in Afrika. Aber in Wirklichkeit habe ich mich mit sechs Jahren fürchterlich am Bügelbrett meiner Mutter geschnitten.«

»Am *Bügelbrett?*«, echote Wolfgang.

»Siehst du, deshalb sage ich lieber Bürgerkrieg in Afrika. Ich war allein zu Hause, das Bügelbrett war mein Pferd, und auf der Flucht vor Posträubern wollte ich ihm mit einem kühnen Satz auf den Rücken springen. Da ist es unter mir zusammengekracht, und irgendein scharfes Teil des Mechanismus ist mir reingefahren ...« Er schüttelte die Hand, als schmerze schon die Erinnerung daran. »Was weiß ich. Jedenfalls habe ich nie wieder so geblutet wie damals.«

»Man hat die Wunde nicht rechtzeitig genäht«, meinte Wolfgang mit fachmännischem Blick und fügte erklärend hinzu: »Mein Vater ist Arzt. Da kriegt man so was mit.«

Tommaso Conti nickte ernst. »Ich weiß.«

Wolfgang seufzte. Die ganze Sache mit dem Klon und dem Zeitungsartikel fiel ihm wieder ein. Der Grund, warum sie hier auf der Mauer saßen. »Was soll ich denn jetzt machen?«

Der Journalist rieb sich die ausgeprägte Nase. »Ja, richtig. Also, was du tun solltest, ist, deinem Vater zu sagen, dass er so schnell wie möglich einen Rechtsanwalt einschalten muss. Sofort. Der soll heute noch bei Gericht eine einstweilige Verfügung gegen die Verwendung deines Bildes erwirken. Und Schadenersatz fordern. So lange die Zeitung keinen eindeutigen Beweis hat, dass du der Klon bist, hat sie nämlich dein Recht am eigenen Bild verletzt mit einer Sache wie heute Morgen.«

»Und wenn ich doch der Klon wäre?«, fragte Wolfgang säuerlich. »Hätte ich dann kein Recht am eigenen Bild?«

Conti nickte. »Ja. Aber nicht, weil ein Klon weniger Rechte hätte, sondern weil du dann – als erster Klon – eine so genannte Person der Zeitgeschichte wärst, und so jemand verliert das Recht am eigenen Bild. Der Preis des Ruhmes, könnte man sagen.«

»Ich möchte mal wissen, was um alles in der Welt eigentlich so schlimm ist an einem Klon«, sagte Wolfgang. Er sagte es mehr zu sich selbst. »Ich meine, ist doch im Grunde egal, ob man dieselbe DNS hat wie jemand anders. Das hat ein Zwilling schließlich auch.«

»Das ist die Frage«, meinte Conti.

»Was ist die Frage?«

»Ob es tatsächlich dieselbe DNS ist. Das ist etwas, was bei all diesen öffentlichen Debatten ums Klonen meistens vergessen wird: wie sagenhaft empfindlich dieses Molekül ist. Die menschliche DNS ist sage und schreibe zwei Meter lang – trotzdem findet sie, aufgerollt und zusammengewickelt, in einem Zellkern Platz, der so klein ist, dass du ihn mit bloßem Auge nicht sehen würdest. Du kannst dir also vorstellen, wie dünn dieses Molekül ist und entsprechend zerbrechlich, wenn man damit herumhantiert. Reine Desoxyribonukleinsäure ist eine zähe, wasserklare Flüssigkeit, und wenn man sie im Reagenzglas hat, reicht es, sie einfach nur umzurühren, um den Molekülstrang in lauter kurze Teile zu zerbrechen.«

Wolfgang dachte darüber nach, wie Klonen vor sich ging, versuchte sich die Prozedur vorzustellen, einer Zelle ihren Kern zu entreißen, um ihn einer anderen Zelle einzupflanzen. »Sie meinen, es kann beim Klonen zu genetischen Schäden kommen?«

»Zunächst einmal kommt es zu einer enorm hohen Rate von Fehlgeburten, was mit dieser Empfindlichkeit zusammenhängen dürfte. Und was mit den Klonen ist, die scheinbar gesund zur Welt kommen – wie wollen wir das wissen? Bisher gab es nur geklonte Tiere, und die kann man nicht fragen, wie es ihnen geht.«

Wolfgang ließ die Schultern hängen. Plötzlich war ihm das alles zu viel. »Ich will jetzt nach Hause gehen«, sagte er.

Der Journalist langte in eine seiner zahllosen Taschen und förderte eine kleine Karte zu Tage, die er Wolfgang reichte. »Die Adresse meines Büros in Berlin. Da werde ich die nächste Zeit meistens zu erreichen sein.« Er drehte sie um. »Und meine Handynummer. Für alle Fälle.«

Wolfgang nickte, verstaute die Karte in seinem Geldbeutel, nahm sein Rad und ging. Der Journalist blieb auf der Mauer sitzen und sah ihm nach, bis er außer Sicht war.

Kapitel 8

Wie sich herausstellte, war Wolfgangs Vater längst aktiv und auf den Rat Tommaso Contis nicht angewiesen. Natürlich gab es auch in der Klinik Zeitungen, natürlich war auch dort jedem sofort klar gewesen, wer gemeint war und dass es sich nur um Stunden handeln konnte, bis die Medien wie die Heuschrecken über Schirntal im Allgemeinen und die Familie Wedeberg im Besonderen herfallen würden. Also hatte Dr. Richard Wedeberg alle Termine für den Tag abgesagt und war heimgefahren, wo er mit Dr. Lamprecht, dem Rechtsanwalt der Familie, im Wohnzimmer saß, als Wolfgang nach Hause kam.

Außerdem kniete im Flur ein Mann in grauem Overall vor der Telefonanlage, einen Laptop auf dem Schoß und eine ausgerollte Werkzeugtasche neben sich und unübersehbar dabei, etwas daran umzuprogrammieren.

»Gute Entscheidung der Rektorin«, nickte der Anwalt, nachdem Wolfgang erzählt hatte, wie es ihm in der Schule ergangen war. Die Begegnung mit dem Journalisten verschwieg er, um seinen Vater, der von einer Zornigkeit erfüllt war, die man beinahe körperlich spürte und die Wolfgang so noch nie bei ihm erlebt hatte, nicht noch mehr aufzuregen.

Wolfgang fühlte sich in Gegenwart von Dr. Lamprecht immer unbehaglich. Der Anwalt war so korpulent, dass er selbst in die breiten Ledersessel nur mit Mühe hineinpasste, trug stets dunkle Hemden und Krawatten wie die Gangster in Filmen und wirkte mit seinem dünn ausrasierten Kinnbart und seinen stechenden kleinen Augen eher wie das Oberhaupt eines Mafia-Clans als wie jemand, mit dem man Kaufverträge oder Probleme ärztlicher Haftung besprach. Und so geschäftig hatte er ihn auch noch nie gesehen. Er hatte seinen dicken Terminplaner vor sich auf dem Schoß und sein Mobiltelefon in der Hand und schien ein Telefonat nach dem anderen geführt zu haben.

»Also«, fasste er zusammen, »die Polizei ist informiert und versteht es mittlerweile auch als ihre Aufgabe, euch vor der Presse abzuschirmen. Darauf verlassen wir uns aber nicht, deswegen werden in Kürze ein paar Männer von einem privaten Sicherheitsdienst eintreffen. Und wenn dieser Telefonknilch da draußen endlich mit seinen Gerätschaften zurechtgekommen ist, werden euch nur noch Leute anrufen können, denen ihr den Zusatzcode gesagt habt. Mehr fällt mir im Moment nicht ein.«

»Ich darf gar nicht daran denken, was das alles kostet«, schnaubte Vater.

»Jetzt mal langsam. Wir werden natürlich die Zeitung auf Schadenersatz verklagen. Die Kosten für den Wachdienst, den Telefonmenschen, dein Verdienstausfall, mein Honorar und so weiter – das werden die alles bereitwillig zahlen, wenn ich mit denen fertig bin. Aber das hat Zeit bis später.«

»Ärgerlich ist es trotzdem.«

»Ärgerlich?« Dr. Lamprecht warf ihm einen amüsierten Blick zu. »Du denkst, das ist schon Ärger? Dann lass dir gesagt sein, dass du ein Optimist bist. Der richtige Ärger hat noch gar nicht angefangen.«

Der richtige Ärger kam in Gestalt eines Staatsanwalts, der zusammen mit einigen äußerst dienstlich aussehenden Begleitern kurz nach dem Mittagessen vor der Tür stand. »Schönbrecher, Staatsanwaltschaft Freudenstadt«, sagte er und präsentierte einen beeindruckenden Ausweis sowie eine noch beeindruckendere richterliche Anordnung. »Doktor Richard Wedeberg?« Wolfgangs Vater sah Dr. Lamprecht fragend an, der das Dokument in Augenschein nahm, und erst als der nickte, sagte er: »Ja, der bin ich.«

»Es liegt ein Anfangsverdacht gegen Sie vor, gegen das Embryonenschutzgesetz und damit gegen deutsches sowie europäisches Recht verstoßen zu haben. Ich muss Sie und Ihren Sohn bitten, sich einer vergleichenden genetischen Analyse zu unterziehen.«

Vater nickte grimmig. »Herzlich gern. Je schneller dieser Spuk vorbei ist, desto besser.«

Und so nahmen einige Polizisten und ein Spezialist des Landeskriminalamtes, der zwei große weiße Koffer mitschleppte, das Wohnzimmer in Beschlag. Der Staatsanwalt, dessen Gesicht so faltig war wie sein dünner grauer Anzug, setzte sich in den Sessel gegenüber von Dr. Lamprecht, und die beiden musterten einander wie Kontrahenten vor einem Kampf.

Die Prozedur selbst war verblüffend simpel. Alles, was der Spezialist zu tun hatte, war, mit einer Art Wattestäbchen einmal kurz über die Innenseite der Wange zu fahren und es anschließend in einem verschraubbaren Glasröhrchen zu verstauen. Die Beschriftung und Versiegelung dieses Röhrchens war es, was die meiste Zeit in Anspruch nahm: Da mussten aufgedruckte Nummern in Formulare übertragen und diese wiederum von den anwesenden Zeugen unterschrieben werden – alles, um sicherzustellen, dass die Proben nicht verwechselt werden konnten.

»Wie funktioniert so ein Gentest eigentlich?«, fragte Wolfgang, als er an der Reihe war.

Der Mann vom LKA war schlank, hatte das Haar so kurz geschoren, dass die Kopfhaut durchschimmerte, und trug eine Krawatte mit tanzenden Saxophonen darauf. Er lächelte bereitwillig. »Was DNS und so weiter ist, weißt du, nehme ich an?«

»Weiß ja wohl inzwischen jeder.«

»Okay. Dann weißt du, was ein Gen ist.«

»Ein bestimmter Abschnitt auf der DNS.«

»Nicht schlecht. Und was tut ein Gen? Wozu ist es da?«

»Es, ähm, kodiert Proteine. Wie so eine Art Computerprogramm. Es enthält eine bestimmte Erbinformation, zum Beispiel, dass ich braune Augen habe.«

Der Mann nickte. »Oder fünf Finger an den Händen.«

»Und genau das verstehe ich nicht«, meinte Wolfgang. »Ich meine, die meisten Gene müssen doch bei allen Menschen dieselben sein – das mit den fünf Fingern an der Hand, oder wie eine Lunge funktioniert und so weiter. Da kann es doch nur minimale Unterschiede geben, oder?«

»Richtig. Weniger als ein zehntel Prozent.«

»Und wie finden Sie die? Ich meine, zwei komplette DNS-Stränge miteinander zu vergleichen – das muss doch Jahre dauern!«

Der Mann vom LKA strich sich über den glatt geschorenen Schädel. »Stimmt genau. Deshalb machen wir es auch anders.« Er nahm ein Blatt Papier zur Hand, die Rückseite eines falsch ausgefüllten Formulars, und kritzelte ein paar parallele Linien darauf, die wohl DNS-Stränge darstellen sollten. »Der Witz ist, dass es auf der DNS zwischen den

Genen mehr oder weniger lange Abschnitte gibt, in denen kurze Basenfolgen immer wieder wiederholt werden. Das liest sich dann zum Beispiel wie TATACACA, und beim einen kommt es zweimal hintereinander, beim anderen fünfzigmal. Wozu das gut sein soll, weiß man nicht; die meisten Wissenschaftler vermuten, dass diese Abschnitte überhaupt keine Funktion haben. Dass sie so was wie Leerzeichen in einem Text sind. Allerdings ziemlich bunte, und nicht zwei Menschen weisen genau dasselbe Muster davon auf. Das heißt, diese Abschnitte, die man übrigens ›Mikrosatelliten‹ nennt oder ›Oligonukleotide‹, bilden etwas, das genauso einzigartig ist wie ein Fingerabdruck. Der Ausdruck ›genetischer Fingerabdruck‹ ist also durchaus richtig.«

Wolfgang betrachtete das Blatt und die wilden, kaum zu verstehenden Krakel darauf nachdenklich. Davon hatten sie in der Schule auch nie etwas gehört.

»Ich schlage vor«, knurrte Dr. Lamprecht dazwischen, »Sie beenden jetzt den Biologieunterricht und machen sich stattdessen an die Arbeit, die Unschuld meines Klienten festzustellen.«

Danach gingen der Staatsanwalt und seine Leute. Kurz darauf ging Rechtsanwalt Dr. Lamprecht auch. Wolfgang blieb im Wohnzimmer sitzen und hörte seine Mutter, die sich die ganze Zeit nicht hatte blicken lassen, in der Küche schreien und weinen, zeitweise unterbrochen von Vaters grollender Bassstimme. Er verstand nichts von dem, was gesagt oder geschrien oder geweint wurde, hörte nur nach einer Weile, wie sie beide zusammen die Treppe hochgingen.

Wolfgang ging in die Küche, um sich ein paar Brote zu

schmieren. Ein Stillleben verknüllter, voll geweinter Papiertaschentücher belegte den Küchentisch. Kein schöner Anblick. Er machte, dass er fertig wurde, und als er mit seinem Teller auf sein Zimmer ging, sah er Vater aus dem Schlafzimmer kommen, die alte Arzttasche in der Hand. Was wahrscheinlich hieß, dass er Mutter eine Beruhigungsspritze gegeben hatte.

Dann hockte Wolfgang an seinem Schreibtisch, mampfte die Brote hinab und wusste nicht, was er denken sollte. Nach einer Weile trieb es ihn, hinauszuschleichen und die Abfallbehälter in den Badezimmern zu durchsuchen. Tatsächlich fand er eine Ampulle, in der noch ein Tropfen einer wasserklaren Flüssigkeit hing, doch irgendwie beruhigte ihn das auch nicht. Er brachte den Teller zurück in die Küche, die inzwischen aufgeräumt war, doch Vater war nirgends zu finden, und so ging er zurück in sein Zimmer und wusste immer noch nicht, was er denken sollte.

Eine Weile schaute er einfach nur aus dem Fenster. Unten am Tor standen mittlerweile drei breitschultrige Männer, und zwischen den Bäumen schimmerten die Dächer weißer Kombis hindurch, die auf der Straße vor dem Haus zu parken schienen, obwohl dort absolutes Halteverbot herrschte.

Erst jetzt fiel Wolfgang auf, dass sein Herz raste, als habe er eine ganze Kanne starken Kaffees auf einmal getrunken – was er noch nie gemacht hatte, aber so stellte er es sich vor. Und seine Hände zitterten. Sie bebten so, dass nicht daran zu denken war, das Cello auch nur anzufassen. Der Gentest hatte alles unerwartet real werden lassen. Bis dahin war die ganze Geschichte bloß Theorie gewesen, ein dummes Spiel, unwirklich. Doch der trübsinnig-finstere Blick des Staatsanwalts und der sanfte Strich des Teststäbchens in seinem Mund hatten klargestellt, dass es eben kein Spiel war, sondern bitterer Ernst.

Er versuchte, Cem anzurufen, aber zu Hause hob, wie immer, niemand ab, und als er es übers Handy probierte, landete er auf Cems Mailbox. Er redete irgendwas darauf, von Staatsanwalt und Gentest, und dann fiel ihm noch ein, die Codenummer zu nennen, die Cem brauchen würde, um die Sicherheitsschaltung in der Telefonanlage zu überwinden, wenn er zurückrief. Was er aber nicht tat. Wolfgang schlich um das Telefon herum, bis er das Gefühl hatte, dass sein Gehirn zu flattern anfing, doch es blieb stumm wie eine Steinskulptur. Weil er nichts Besseres zu tun wusste, zog er schließlich die Aufgaben des Mathematikwettbewerbs hervor und machte sich darüber her. Zumindest lenkte es ab. Als er, nach dem Vorbild einer älteren Aufgabe aus dem Buch, seinen ersten Beweis fand, war das beinahe toll. Zumindest war es besser, über irgendwelchen bedeutungslosen Zahlen und Buchstaben zu brüten als über der Frage, ob er am Ende womöglich doch ein Klon war. *Es war nur ein Gentest,* sagte er sich. *Es war ein Teststab, nichts weiter, jedenfalls kein Zauberstab, der mich in einen Klon verwandelt.*

Am späten Nachmittag hatte er zwei der Aufgaben gelöst und biss sich die Zähne an der dritten aus, die trügerisch einfach aussah und verteufelt schwer war. Wie auch immer er es anfing, er bekam sie nicht in den Griff. Immer, wenn er glaubte, den Dreh gefunden zu haben, entwischte sie ihm wieder, weil ein Term, den er gebraucht hätte, zu Null wurde oder sich herauskürzte oder sonst was. Wie konnte das sein? Die anderen beiden Aufgaben waren zwar schwer gewesen, aber letztlich lösbar. Doch die dritte schien ihn regelrecht zu verhöhnen.

Als würde ich dümmer werden, dachte Wolfgang und sah der

träge schwankenden Tanne vor seinem Fenster zu. Vielleicht war es doch ein genetischer Spätschaden. Er glaubte förmlich fühlen zu können, wie seine Geisteskräfte dahinschwanden. Ein Klon, ein dummer Klon. Klon, Clown, Klon. Was für ein blödes Wort.

Kapitel 9

In den folgenden Tagen drehte Wolfgang fast durch, obwohl ihm seine Eltern unablässig versicherten, es werde nichts herauskommen bei diesem Gentest.

»Diese Art von Test dauert einfach zwei bis drei Tage, das muss man abwarten«, erklärte Vater mehrmals.

»Und herauskommen wird, dass wir miteinander verwandt sind – was wir schon wissen –, aber dass unser Erbmaterial nicht identisch ist – was wir auch schon wissen. Und alles wird sich in Wohlgefallen auflösen.« Einmal, am Samstagabend, fügte er knurrend hinzu: »Das ist sowieso ein sinnloser Test. Die Polizei hat einfach keine Ahnung von Genetik.«

Wolfgang hörte das alles und verstand alles, aber tief in ihm war etwas, das nichts hörte und nichts verstand, sondern sich einfach nur fürchtete. Beim Essen bekam er kaum einen Bissen hinab, abends schlief er ewig nicht ein, und er brachte es nicht fertig, Cello zu üben. Ein paar Mal, zu den gewohnten Zeiten, baute er Ständer und Noten auf, nahm das Instrument und griff nach dem Bogen, doch dann kam es ihm so sinnlos vor, dass er alles wieder weglegte. Darüber kam es zu einem Streit mit seinen Eltern, die der Auffassung waren, so eine Lappalie wie das Stammtischgespräch von halb Europa zu sein rechtfertige nicht, das Üben zu vernachlässigen.

»Gerade jetzt musst du an deinem normalen Leben festhalten«, erklärte ihm seine Mutter, während sie das Mittagessen vorbereitete. »In solchen Zeiten kann der Alltag wie eine Art Schutz sein, ein Nest, ein Zuhause. Verstehst du?«

Mutter benahm sich, wie er es gewohnt war und als sei nichts gewesen. Den Vormittag hatte sie im Atelier verbracht und gemalt, um Punkt zwölf Uhr hatte sie den Pinsel beiseite gelegt und war in die Küche gegangen. Was immer sie am Tag zuvor zum Weinen und Schreien gebracht hatte, es war spurlos verschwunden. Wolfgang saß am Küchentisch, weil er ihr lieber geholfen hätte, lieber Kartoffeln geschält oder irgendetwas geschnitten hätte oder so, aber das wollte sie nicht. Er solle lieber üben gehen.

»Ich kann nicht«, sagte er.

»Dann tu es trotzdem.«

Ihre übliche Antwort darauf, seit er denken konnte, und vorgebracht in einem Tonfall, der unmissverständlich andeutete, dass sie nicht gewillt war, sich auf Diskussionen einzulassen. Schließlich zog er ab und auf sein Zimmer, verriegelte die Tür hinter sich und ließ wieder alte Tonbänder laufen.

Weil er aber irgendetwas tun musste, knobelte er weiter an dieser einen vertrackten Aufgabe herum, füllte Blatt um Blatt mit sinnlosen Rechnereien, blätterte das Buch mit den alten Lösungen von vorn nach hinten durch und dann von hinten nach vorn, probierte alles aus, auch die verrücktesten Ansätze, doch er kam und kam nicht einen Schritt weiter.

So verging das Wochenende. Am Montagnachmittag, endlich, rief Cem an. »Du bist ja da«, wunderte er sich auch noch.

»Klar bin ich da«, meinte Wolfgang sauer. »Seit Freitag warte ich, dass du dich meldest.«

»Hey, jetzt mal langsam. Ich war bei euch, am Samstag, wollte dich besuchen kommen, stell dir vor. Aber die Gorillas, die euer Haus neuerdings bewachen, haben gesagt, ihr seid weggefahren, nach Bremen.«

»Bremen?«, stutzte Wolfgang. »Was sollen wir denn in Bremen? Davon weiß ich nichts.«

»Ach ja. Toll. Sag mir doch gleich, dass ich Blödmann auf einen Bodyguard-Trick hereingefallen bin. Klasse«, maulte Cem äußerst unbegeistert. »Hast du wenigstens ferngesehen am Wochenende?«

»Nein«, sagte Wolfgang. Sie besaßen ohnehin nur einen kleinen tragbaren Apparat, und den hatte Vater wohlweislich weggeschlossen.

»Da hast du was verpasst. Du warst nämlich Thema auf allen Kanälen. Ich schätze, außer mir und dir war jetzt jeder aus der Klasse mindestens einmal im Fernsehen. Die haben die Leute zu Hause aufgesucht, das musst du dir mal vorstellen. Weil ja Wochenende war. Bei uns waren sie auch, aber mein Alter hat sie weggescheucht. Du weißt ja, wie er sein kann.« Er kicherte. »Ich schätze, eine Menge Fernsehleute sind heute wesentlich türkenfeindlicher drauf als letzte Woche.«

»Ich merke grade, dass ich wesentlich fernsehfeindlicher draufkomme als letzte Woche.«

»Es ist nicht bloß das Fernsehen. In der ganzen Stadt ist die Klonhysterie ausgebrochen, du glaubst es nicht. Für Donnerstagabend ist ein Sonderelternabend anberaumt, in der Aula. Ob man es uns zumuten kann, mit einem möglichen Klon zusammen zur Schule zu gehen. Und rate mal, wer dazu einlädt?«

»Der Glatz, oder?«

»Genau. Hart, oder? Das Streifenhörnchen möchte die ganze Sache übrigens gern verbieten, hört man, aber da gibt es wohl irgendwelche Bestimmungen, dass sie es nicht kann. Nur der Kittel steht fest wie ein Fels, dass alle verrückt sind und du nie und nimmer der Klon deines Vaters bist, bei den Noten, die du hast in Bio.«

»Ich muss erst nachdenken, ob ich mich darüber freuen soll.«

Cem seufzte auf eine Art, dass man förmlich sein Mitgefühl durch die Telefonleitung fließen spürte. »Tja, mein Freund – und was die Sache mit Svenja anbelangt, war das natürlich falsches Timing. Ganz eindeutig. Sie hängt wieder an Marco dran. Und so wie es heute in den Pausen ausgesehen hat, hast du eher Chancen, ihm seinen Schatten auszuspannen als Svenja.«

Wolfgang wollte irgendwas Cooles sagen, aber ihm fiel nichts ein. Aus irgendeinem Grund brachte er gerade überhaupt keinen Laut heraus. Stattdessen musste er sich setzen.

»Mann, ich hasse es, dir das sagen zu müssen«, meinte Cem. »Und ich hasse es, wenn meine Vorhersagen nicht eintreffen. Ich hätte was gewettet, dass sie ihm den Laufpass gibt, Mann. Eine Menge hätte ich gewettet, und ohne Bedenken. Ich hasse das.«

Die Fähigkeit zu sprechen fand in Wolfgangs Kehle zurück. Seltsamerweise war das erste Wort, das er wieder zu Wege brachte, eines der türkischen Schimpfwörter, die Cem ihm beigebracht hatte, und normalerweise brach Cem immer ab vor Lachen, wenn er diese Wörter in Wolfgangs Aussprache hörte. Heute kicherte er nicht einmal. »Und das waren noch gar nicht alle schlechten Nachrichten. Marco Steinmann hat es nämlich außerdem schon immer gewusst. Dass mit dir etwas nicht stimmt. Er ist ganz geil darauf, das in jedes Mikrofon zu sagen, das ihm jemand unter die Nase hält. Und zurzeit ist die Stadt voll von Leuten, die anderen Leuten Mikrofone unter die Nasen halten.«

»Großartig«, murmelte Wolfgang belämmert.

»Es ist zum Kotzen, ich sag's dir.«

»Brauchst du nicht. Merk ich auch so.«

Cem gluckste. »Weißt du was? Du brauchst mal wieder Umgang mit einem vernünftigen Menschen. Meinst du, du kannst euren Bodyguards sagen, dass sie mich durchlassen sollen?«

»Ich kann's probieren. Wann willst du kommen?«

Cem zögerte. »Heute geht nicht. Mein Bruder hat Geburtstag.« Cems Bruder Gürkan war Schauspieler am Theater in Freiburg, und seine Geburtstagsfeste waren legendäre Gelage mit seiner Familie, seinen Kollegen, den Familien seiner Kollegen und so weiter. Cem würde den Rest des Tages voll ausgelastet sein. »Aber morgen Abend nach dem Training.« Cem spielte in der Handballmannschaft der Schule. »Wenn's dir recht ist.«

»Sehr«, sagte Wolfgang.

Nach dem Gespräch wählte er die Handynummer der Wachmänner unten am Gartentor und sagte ihnen Bescheid. Kurz darauf klingelte es wieder: Dr. Lamprecht, der sie wissen ließ, dass immer noch kein Bericht aus dem Labor vorläge und heute auch nicht mehr damit zu rechnen sei. Und schließlich rief Herr Jegelin an, um den Cellounterricht am Dienstag abzusagen, aus privaten Gründen angeblich, aber Wolfgang glaubte ihm kein Wort. Das konnte doch alles nur ein böser Traum sein, oder? Er verkroch sich in sein Zimmer, schloss hinter sich ab, und diesmal moserte niemand, er solle Cello üben.

Bis in die Nacht hinein kritzelte er ganze Blöcke voll mit sinnlosen Formeln, verbiss sich in die Aufgabe, die ihm höhnisch vom Blatt entgegengrinste in ihrer trügerischen Einfachheit. In seinem Kopf walzte ein Mühlrad aus Gedanken herum und herum, Svenja, Marco, die Schule, die

Klasse, seine Zukunft, seine Herkunft, Klone, Fernsehen, Zeitungen, immer herum und herum, und alles, was er hatte, war die Aufgabe, eine Hand voll Gleichungen, die ihn herausforderten, ihn lockten, ihn wieder und wieder foppten, ihn so sehr zur Weißglut trieben, dass er in jeder anderen Situation einfach alles in den Papierkorb gefegt hätte. Aber hier und heute brauchte er diese Gleichungen, dieses Problem, das als Einziges im Stande war, ihn so sehr zu beanspruchen, dass er alles andere vergessen konnte.

Das Abendessen verlief ohne ein Wort, oder jedenfalls konnte Wolfgang sich später nicht erinnern, dass jemand etwas gesagt hätte, denn er hatte die ganze Zeit an Mathematik gedacht. Um Mitternacht war er müde, ging ins Bett und konnte doch nicht schlafen, sondern stand eine Stunde später wieder auf, tigerte ruhelos durchs Haus, den Kopf voller Lösungsansätze, voller fiebriger Fetzen eines Beweises, der ihm ganz nah schien, ihm förmlich vor der Nase herumtanzte. Er wanderte durch die Rechtecke offener Türen, entdeckte geometrische Reihen in den dunklen Bücherregalen, ging barfuß über Fliesenboden und hatte das Gefühl, über die Ebene der komplexen Zahlen zu wandern. Ein paar Fetzen eines Beweises fanden in seinem Hirn zueinander wie Puzzleteile, die plötzlich doch passten, und dann trieb es ihn zurück an seinen Schreibtisch, alles war vergessen, die Zeitungsmeldung, Klone, sogar dieses Mädchen namens Svenja, weil er jetzt der Lösung so nahe war wie nie zuvor, sie beinahe schon berühren konnte, sie fast schon in den Fingerspitzen fühlte. So schnell war der Kugelschreiber noch nie über das Papier gerast, dröhnend laut in der Stille der Nacht, die Zeit war stehen geblieben, und ein Blatt nach dem anderen raschelte beiseite. Buchstaben tanzten, Ziffern drehten Pirouetten, die Zahlen lebten. Er wusste plötzlich, dass er es schaffen würde. Diesmal würde er es schaffen oder vollends durchdrehen.

Die Zeit war doch nicht stehen geblieben. Draußen begann es, hell zu werden. Vögel fingen an zu zwitschern wie verrückt. Und die mathematische Lokomotive war immer noch in voller Fahrt.

Doch dann, endlich, hatte er es. Die Lösung. Den Beweis, *q.e.d.* schrieb er darunter, *was zu beweisen war*. Dann ging er ins Bett und fiel in einen tiefen, traumlosen, steinernen Schlaf.

Es war heller Tag, als er erwachte. Er fühlte sich, als habe ihn jemand betäubt, zwei Wochen unter der Erde verbuddelt und schließlich wieder ausgegraben. Er starrte an die Decke und hatte Mühe, sich zu erinnern, was wirklich geschehen war, und erst als er den Kopf zur Seite drehte und den papierübersäten Schreibtisch sah, fiel es ihm wieder ein.

Verrückt. Er stemmte sich hoch, sah die Notizen, endlos viele Seiten, endlos lange Terme, ausgeschlossen, dass das die richtige Lösung sein konnte. Die Musterlösungen im Buch waren alle kurz und elegant, ausnahmslos. Keine länger als eine Seite. Aber wenn man arbeitete bis zur Besinnungslosigkeit, kam wahrscheinlich irgendwann der Punkt, ab dem man sich solche Sachen einbildete.

Er ging erst einmal duschen. Das Haus lag völlig still und verlassen. In der Küche fand er einen Zettel am Kühlschrank, eine Nachricht seiner Mutter, sie seien voraussichtlich den ganzen Tag mit Dr. Lamprecht bei Gerichten und Behörden unterwegs und er solle sich eines der vorgekochten Gerichte aus der Tiefkühltruhe warm machen, falls sie bis abends noch nicht zurück seien. Wolfgang holte schulterzuckend die Cornflakes-Schachtel aus dem Schrank und spähte dabei aus dem Küchenfenster: Die Wachleute waren immer noch da, und die Straße war immer noch zugeparkt mit weißen Kombis. Immer noch Belagerungszustand.

Nach dem Frühstück hockte er sich an den Schreibtisch, sah sein nächtliches Gekritzel gründlich durch und fand es zu seinem eigenen Erstaunen immer noch logisch. Es mochte vielleicht keine elegante Lösung sein, aber eine Lösung war es allemal und somit besser als nichts. Weil er ohnehin nichts anderes zu tun hatte, schrieb er das Ganze fein säuberlich ab, ergänzte hier und da ein paar Erklärungen, packte dann den ganzen Stapel zusammen mit den anderen Lösungen und den Formularen in den Rückumschlag und klebte diesen mit einem seltsamen Gefühl zu: Einerseits war er froh, die letzte Aufgabe doch noch gelöst zu haben – also dem Schwachsinn möglicherweise doch noch nicht anheim zu fallen -, auf der anderen Seite gab es nun nichts mehr, womit er sich ablenken konnte.

Nicht einmal mit einem Gang zum Briefkasten. Als er, mit seinem dicken Umschlag in der Hand, aus dem Haus trat, war sofort einer der Männer neben ihm, streckte die Hand aus und sagte: »Ich erledige das für Sie.«

Wolfgang, der es nicht gewöhnt war, dass man ihn mit Sie anredete, händigte ihm den Brief verdutzt aus und wagte nur schwachen Protest. Von wegen Bewegung täte gut und so.

»Die würden Sie auffressen«, meinte der Mann mit den beeindruckenden Muskeln unter dem Hemd lakonisch. »Und ich wäre meinen Job los.«

»Ach so«, meinte Wolfgang und verzog sich wieder, zurück ins Haus.

Die Stille drückte auf die Ohren. Die Räume schienen

über Nacht größer geworden zu sein. Die dicken Tannen rings ums Haus kamen ihm vor wie eine verzauberte Wachmannschaft, die von einem früheren Ereignis dieser Art zurückgeblieben war. Wolfgang durchsuchte den Kühlschrank und hatte dann doch auf nichts Appetit, hockte sich ins Wohnzimmer und blätterte ohne echtes Interesse in ein paar Büchern. Ohne Zweifel würde er bis zum Abend durchdrehen.

Doch irgendwann am Nachmittag durchbrach ein absolut unwahrscheinlicher Laut die gespenstische Stille. Wolfgang brauchte einen Moment, ehe ihm klar war, dass es an der Haustür geläutet hatte, und dann saß er erst mal da und grübelte, wie es zugehen konnte, dass jemand an der Haustür klingelte, wo doch jeder, der im Augenblick Zugang zum Haus der Wedebergs hatte, einen eigenen Schlüssel besaß. Er hatte das Rätsel noch immer nicht gelöst, als es zum zweiten Mal klingelte, und so stand er einfach auf und öffnete.

Es war Svenja. Sie hatte die Hände in den Hosentaschen, grinste ihn schief an und sagte: »*Hi*. Gilt deine Einladung noch?«

Kapitel 10

Zu sagen, dass Wolfgang verblüfft war, wäre untertrieben. Von allen Menschen, die den Globus bevölkerten, hätte er jeden anderen eher zu sehen erwartet als Svenja. Er starrte sie belämmert an und hätte am liebsten die Hand ausgestreckt, um sie anzufassen und sich zu vergewissern, dass sie nicht einfach eine Halluzination war. Und ihm fiel nichts anderes ein als zu fragen: »Wie bist du denn an den Wachen vorbeigekommen?«

Im nächsten Moment hätte er sich am liebsten die Zunge abgebissen. Was für eine dämliche Frage!

Svenja hob die Augenbrauen. »Ich habe einfach behauptet, ich sei mit dir verabredet. Da haben sie mich durchgelassen.« Sie trat zur Seite. »Wenn es dir nicht recht ist, kann ich aber wieder gehen. Gar kein Problem.«

»Nein, nein, entschuldige.« Wolfgang zog die Tür auf, in dem aussichtslosen Versuch, eine Panzerschranktür aus dickem schwarzem Holz, die in einen dunklen Flur führte, einladend wirken zu lassen. »Komm herein. Ich bin nur ... ich war nur ...«

»Schon klar«, nickte Svenja und trat ein. »Ziemlich schräge Zeit gerade.«

Aus der Küche war ein Klappern zu hören – wohl einer der Wachmänner, der das Haus über den Kücheneingang betreten hatte, um sich einen Kaffee zu holen oder so was. Die Erlaubnis dazu hatten sie, und Wolfgang dankte dem Mann im Stillen dafür, denn dadurch war ihm wieder eingefallen, wie man mit Besuch umging und was als Nächstes zu tun war.

»Möchtest du etwas trinken?«, fragte er also mit einer Stimme, die ihm fremd vorkam, und dirigierte Svenja erst mal ins Wohnzimmer.

»Au ja«, sagte sie und ließ sich in einen der Sessel fallen.

Erst in der Küche fiel ihm ein, dass er hätte fragen können, was. Noch mal zurückzugehen wäre aber nicht gut gekommen, also nahm er zwei große Gläser aus dem Schrank und holte einfach aus dem Kühlschrank, was an Sprudel, Limonade und Cola darin war. Das Tablett, auf dem er alles ins Wohnzimmer balancierte, war ziemlich schwer, und die Flaschen und Gläser schwankten und klapperten bedenklich, aber er brachte es ohne Katastrophe ans Ziel, stellte es vor Svenja ab, ließ sich erleichtert in den anderen Sessel plumpsen und sagte, ohne groß nachzudenken:

»Ich kann's immer noch nicht glauben, dass du wirklich da bist.« Eine Sekunde später, als sein Hirn kapierte, was sein Mundwerk da von sich gegeben hatte, merkte er, dass ihm heiß wurde und er vermutlich rot anlief vor Scham, und weil der Erdboden ihm nicht den Gefallen tat, sich aufzutun und ihn zu verschlingen, schob er stammelnde Rettungsversuche nach:

»Ich meine ... ich find's wirklich, ähm, toll und so, und, ähm ...«

»Du hast mich doch eingeladen, oder?«, erwiderte Svenja und schenkte sich eine Cola ein. »Und ich hab gesagt, ich überleg's mir.«

»Ach so.« Jetzt begriff er erst, was sie die ganze Zeit gemeint hatte. Ums Cellospielen ging es. Sie wollte hören, wie er Cello spielte. Ausgerechnet jetzt, nachdem er tagelang keinen Strich geübt hatte.

»Außerdem musste ich einfach kommen. Ich hab mir überlegt, wenn der Glatz so sehr dagegen ist, dann muss man einfach dafür sein. Ich meine, das ist ja andersrum auch immer so.« Sie stellte das Glas ab. Ihr Blick glitt flüchtig über die Aquarelle an den Wänden.

»Ich rede Unsinn, oder?«

»Nein, ich ... habe gehört, dass einiges los ist«, beeilte Wolfgang sich zu sagen.

Svenja gab ein kurzes Auflachen von sich, das fast wie ein Husten klang. »*Einiges* ist gut. Ich würde sagen, die drehen alle durch!« Sie lehnte sich zurück, drückte sich in das Polster, als wolle sie darin verschwinden. »Ich hab mit Marco Schluss gemacht wegen dir. Wegen der Sache, meine ich.«

»Ehrlich? Wegen welcher Sache?«

»Ach, er hat bloß noch so nazimäßige Sprüche über Klone gebracht, einfach widerlich. Gestern Nachmittag habe ich mich schließlich gefragt, ob ich mir so was anhören muss, und bin zu dem Schluss gekommen, nein.«

»Sprüche? Was denn für Sprüche?«

Sie drückte sich noch tiefer in den Sessel. »Das willst du nicht wissen, glaub's mir.«

»Oh«, machte Wolfgang benommen. »Ach solche Sprüche.« In Wirklichkeit hatte er keine Vorstellung, was Marco gesagt haben mochte, aber Svenja hatte Recht: Er wollte es nicht wirklich wissen.

Einen Moment herrschte peinliche Stille. Wenn eine Stecknadel den Ehrgeiz gehabt hätte, einmal laut dröhnend zu Boden zu fallen, wäre das die Gelegenheit gewesen.

Dann streckte Svenja sich, atmete vernehmbar aus, sah sich um und fragte: »Übst du hier Cello?«

Wolfgang blinzelte. »Nein, in meinem Zimmer.« Klang das jetzt so, als wolle er sie gleich auf sein Zimmer locken, kaum dass sie mit Marco Schluss gemacht hatte? Konnte es jemanden auf diesem Planeten geben, der sich noch ungeschickter anstellte? »Aber hier ist die Akustik eigentlich viel besser«, beeilte er sich hinzuzufügen. »Ich, ähm, also, wenn ich jemandem vorspiele, dann mache ich das immer hier.«

Sie nickte, die Bilder an der Wand musternd. »Ich schätze, das ist immer fällig, wenn deine Großeltern kommen, oder?«

»Eher nicht. Meine Großeltern leben schon lange nicht mehr.«

»Dann bei Festen im Verwandtenkreis.«

»Verwandte haben wir eigentlich auch nicht.«

Sie sah ihn an. »Und wem spielst du dann hier vor?«

»Dir«, sagte Wolfgang ausweichend und mit dem Gefühl, dass das eine gute Gelegenheit für eine pfiffigere Antwort gewesen wäre, wenn er nur eine parat gehabt hätte. Er stand auf. »Ich hol mal alles her.«

Beim Treppensteigen ging ihm durch den Kopf, dass es eigentlich schon ziemlich ungewöhnlich und irgendwie auch ziemlich traurig war, keine Großeltern zu haben, keine Onkels oder Tanten oder Cousins oder Cousinen oder was andere so hatten. Das kannte er alles nur von Erzählungen. Aber wo hätte die Verwandtschaft auch herkommen sollen, bei zwei Elternteilen, die beide genau wie er selbst spät zur Welt gekommene Einzelkinder waren? Mutter war bei seiner Geburt achtunddreißig gewesen, Vater zweiundvierzig, und schon damals hatte von seinen Großeltern niemand mehr gelebt. Seine Eltern schien diese Einsamkeit weiter auch nicht zu beschäftigen; sie pflegten ja auch keinen Freundeskreis oder dergleichen. Sie waren eben so.

Er holte das Cello und den Bogen, die Svenja beide ausgiebig bewunderte. Ob sie den Bogen mal halten dürfe, wollte sie wissen. »Klar«, sagte Wolfgang und erklärte ihr, dass das Ende, das man hielt, *Frosch* hieß und dass es Pferdehaare waren, die in den Bogen eingespannt wurden. Er zeigte ihr, wie man den Bogen spannte und entspannte und wie man ihn richtig anfasste, und es durchfuhr ihn wie sanfte elektrische Schläge, dabei ihre Hand zu berühren, als er die Stellung ihrer Finger korrigierte, und er roch den Duft ihres Haares und betrachtete ihre Sommersprossen und redete eine Menge Unsinn und fühlte sich eigenartig beschwingt.

Was so ein Cello koste, wollte sie wissen und erstarrte fast vor Ehrfurcht, als er sagte, dass man für ein einigermaßen gutes Instrument um die fünftausend Euro anlegen müsse. »Mein Cello ist aber ein Familienerbstück, über zweihundert Jahre alt und mindestens das Vierfache wert.«

»Du meine Güte. Und damit läufst du einfach so durch die Stadt?«

Wolfgang zuckte die Schultern. »Na ja, es ist natürlich versichert und registriert und alles. Ich meine, es geht ja nicht anders.«

»Und der Bogen? Was kostet so ein Bogen?«

Wolfgang nahm den Bogen in die Hand. »Den habe ich jetzt schon eine ganze Weile. Der hat damals zweitausend Euro gekostet, glaube ich.«

Das erschütterte sie noch mehr. »Dafür hat mein Bruder ein Auto gekauft!«

»Warte mal.« Wolfgang ging hinüber ins Arbeitszimmer und holte seinen ersten Bogen, der dort über der Kassettensammlung an der Wand hing. »Den hatte ich als Kind, das erste halbe Jahr oder so, ein ganz billiges Teil. Pass mal auf.« Er strich damit über die leeren Saiten, einfach E-A-D-H, und war selber erstaunt, wie dumpf und leblos sein Cello dabei klang. Als er zum Vergleich dieselben Töne mit seinem guten Bogen spielte, hörte auch Svenja den Unterschied. Jeder hätte ihn gehört. Ein guter Bogen wirkte Wunder.

»Jetzt spiel mal was Richtiges«, forderte Svenja ihn schließlich auf.

»Moment«, sagte Wolfgang. »Da brauche ich noch Noten und Ständer.«

Es waren vertraute Bewegungen, den Ständer aufzustellen und einzurichten, das Lochbrett, in dessen Löcher der Stachel des Cellos Halt fand, an einem Stuhlbein zu befestigen, und sich mit dem Cello in die richtige Position zu setzen: aufrecht, den Korpus zwischen den Knien, das Griffbrett vor der Brust und links neben dem Kopf vorbeigehend, sodass es mit der linken Hand gut zu greifen war. Es war beinahe wie im Unterricht, bis ihm plötzlich einfiel, dass Svenja ja moderne Musik gewöhnt war, Popmusik, von der er keine Ahnung hatte, und sich vermutlich nur langweilen würde.

»Ich spiele was Kürzeres für den Anfang«, kündigte er an, den Bogen in der Hand.

»Ruhig auch was Längeres, wenn ich schon mal da bin«, meinte Svenja.

»Ich spiele etwas von Haydn. Einen Satz aus dem Cello-Konzert in C-Dur.«

»Sagt mir, ehrlich gesagt, nichts.«

»Es ist eigentlich sehr bekannt. Vielleicht erkennst du es wieder. Du musst einfach sagen, wenn du dich langweilst.«

»Ich werd's schon aushalten.«

Er begann. Genau wie er befürchtet hatte, geriet es ihm ziemlich furchtbar. Er griff immer ein bisschen daneben, sodass die Töne schräg und jammrig klangen, vom Tempo her war er zu schnell, sodass er bei den Sechzehnteln schlampte, und so weiter. Stümperhaft. Doch nach ein paar

Minuten wurde er ruhiger, wurden die Töne voller und präziser, füllten den Raum, der beinahe klang wie ein Konzertsaal. Das hatte er fast vergessen, weil Vater schon lange keine Aufnahme mehr von seinem Spiel gemacht hatte, was er früher oft getan hatte, immer hier unten im Wohnzimmer. Wolfgang spielte und vergaß die Welt umher.

Als das Stück zu Ende war, sah er von seinen Noten hoch und Svenja an und war einen Moment verblüfft, dass sie da war. Aber sie wirkte nicht wirklich begeistert.

»Es gefällt dir nicht, stimmt's?«, meinte er.

Sie lächelte zaghaft. »Also, meine Lieblingsmusik wird's wahrscheinlich nicht«, gestand sie und setzte rasch hinzu: »Aber man merkt, dass du es ziemlich gut kannst. Das hatte was.«

Wolfgang verzog das Gesicht. »Na ja. So toll war es gar nicht.«

»Tu nicht so. Ich fand's echt beeindruckend.«

»Nein, ehrlich, ich hab eigentlich schlecht gespielt. Ich war ziemlich nervös und so.«

Svenja grinste spitzbübisch. »Das will ich auch hoffen.«

»Ich kann noch was anderes spielen, wenn du möchtest«, bot er an, doch da verzog sie verschämt das Gesicht. »Ach, vielleicht ein andermal. Im Moment wäre es, glaube ich ... na ja, ein bisschen verschwendet. Meine Ohren sind das nicht gewöhnt, weißt du?« Sie nahm einen Schluck aus ihrem Glas, was ein wenig nervös aussah oder wie ein Ablenkungsmanöver.

»Wie bist du eigentlich mit den Aufgaben für den Wettbewerb zurechtgekommen?«, fragte sie dann.

Wolfgang blinzelte, brauchte eine Weile für den Themenwechsel. Er legte sorgsam das Cello beiseite und den Bogen darauf. »Na ja. Zwei gingen einigermaßen, aber für die dritte Aufgabe hab ich achtundzwanzig Seiten gebraucht. Da hab ich mich wahrscheinlich in den Wald gerechnet.«

»Achtundzwanzig Seiten? Das ist echt verdächtig.«

»Hab ich auch gedacht, aber mir hat's einfach gereicht. Ich hab heute Morgen alles zusammengeschrieben und abgeschickt. Und du?«

»Ging so. Ich hatte eine Aufgabe, die total leicht war, die anderen beiden waren so lala. Abschicken muss ich's noch.«

Eine Pause entstand. Wolfgang hatte das Gefühl, dass Svenja etwas ganz anderes beschäftigte, und er hoffte nur, es mochten nicht Überlegungen sein, dass sie mit jemandem, der klassische Musik mochte und in Mathematik Schwierigkeiten hatte, lieber doch nichts anfangen wollte.

»Diese ganzen Bilder ...«, begann sie und ließ den Zeigefinger Kreise ziehen, »hast du die gemalt?«

»Ich?« Wolfgang sah die Galerie der großen und kleinen, gerahmten und hinter Glas gelegten Aquarelle an und musste auflachen. »Nein. Die malt meine Mutter.«

»Deine Mutter? Echt?« Das schien sie nicht nur zu verblüffen, sondern auch zu erleichtern. »Die sind ziemlich ... ich weiß nicht.« Sie betrachtete eines davon, eine dunkle, in Grün- und Blautönen gehaltene Meeresszenerie. »Unheimlich, irgendwie.«

»Findest du?«

»Als hätte es jemand gemalt, dem ein Tonnengewicht auf der Seele liegt.«

Wolfgang besah sich das Bild, das dort an der Wand hing, seit er denken konnte. Das Meer darauf sah wirklich aus wie ein gefräßiges Tier. »Na ja, das hat sie gemalt, als ich unterwegs war. Vielleicht hat es ihr damals Leid getan, ihre Karriere als Sängerin aufzugeben.«

Svenja nickte grüblerisch. »Ja, vielleicht.« Es klang nicht, als habe sie das überzeugt.

Wolfgang hatte plötzlich das Gefühl, seine Mutter in Schutz nehmen zu müssen. »Sie malt nicht lauter so düstere Sachen, weißt du? Ich kann dir ihr Atelier zeigen, wenn du willst. Da hat's jede Menge Bilder ganz in Gelb, zum Beispiel.«

Sie runzelte die Stirn. »Ist es denn okay, wenn du mir das zeigst?«

»Klar, völlig«, versicherte Wolfgang eifrig. »Ich hab da drin immer gespielt als Kind. Und sie hat die Tür sowieso immer offen, wenn sie da ist. Sie schließt nur ab, wenn sie außer Haus geht. Ich glaube, damit Frau Krämer nicht reingeht und aufräumt.«

»Also, ich würde so was schon gern mal sehen«, meinte Svenja. »Wenn ich auch ehrlich nichts davon verstehe.«

Wolfgang sprang auf. »Warte, ich suche mal den Schlüssel.«

Doch der war nicht in der Holzschale auf der Garderobe. Der Schlüssel zum Atelier hatte einen auffälligen Anhänger, ein knubbeliges Lederteil mit Fransen, an dem man ihn von weitem erkannte. Hatte Mutter ihn mitgenommen? In dem Moment, in dem er sich das fragte, schoss Wolfgang eine Erinnerung durch den Kopf wie ein kurz aufleuchtendes Dia: wie er einmal durch die einen Spalt weit offen stehende Schlafzimmertür seine Mutter den Atelierschlüssel in ihre Nachttischschublade hatte legen sehen.

Zumindest nachschauen konnte er ja mal.

Er eilte die Treppe hoch. Die Hand auf der Türklinke zum Schlafzimmer seiner Eltern, zögerte er. Wirklich in Ordnung war das ja nicht, einfach so heimlich, ohne zu fragen ... Doch jetzt hatte er schon davon angefangen, und außerdem fand er es wichtig, dass Svenja auch andere als die düsteren Wohnzimmerbilder zu sehen bekam. Er öffnete die Tür.

Das Schlafzimmer roch muffig und kalt. Mit seinen kahlen weißen Wänden und der blütenweißen Bettwäsche wirkte es so gemütlich wie ein Operationssaal. Wolfgang war das letzte Mal mit vier Jahren oder so hier gewesen. Er achtete darauf, keine verräterischen Druckstellen am Bett zu hinterlassen, als er behutsam die Nachttischschublade seiner Mutter aufzog.

Zwei Packungen Papiertaschentücher lagen darin, eine gelbgrüne Tube mit einer Salbe gegen Erkältungen, ein weißer Babyschuh und ein blauer, ein mehrere Jahre alter Gartenmöbelprospekt, ein paar Postkarten, ein abgenagter Bleistiftstummel. Und der Schlüssel, mit seinem wuscheligen Anhänger.

Wolfgang schnappte ihn sich und musste grinsen, als er darunter, größtenteils versteckt unter den anderen Sachen, ein Foto von sich selbst erspähte, auf dem er vielleicht elf, zwölf Jahre alt war und verkniffen grinste. Irgendwie hätte er nicht erwartet, dass Mutter so etwas in ihrer Nachttischschublade aufbewahrte. Er schob sie zu und machte, dass er wieder hinunterkam.

Es roch nach Farbe, als sie die Tür zum Atelier aufschlossen, und nach abgestandener Luft. Die Vorhänge vor den großen Terassenfenstern waren zugezogen, der Raum in Halbdunkel getaucht. Zwei Tische lagen voller trocknender Bilder. Farbkästen, Mappen aus grauem Karton, Aquarellblöcke und leere Bilderrahmen füllten die Fächer eines Wandregals. In ehemaligen Gurken- und Marmeladengläsern, die überall herumstanden, trocknete grau gefärbtes Malwasser vor sich hin. Eine einzige Sitzgelegenheit gab es, einen hölzernen Drehschemel, am Fenster vor der Staffelei.

Sie gingen zwischen den Tischen umher, sahen sich die Bilder an, die, gerahmt oder ungerahmt, an der Wand hingen, und passten auf, nirgends anzustoßen und nichts zu berühren. Wolfgang hielt Ausschau nach den freundlicheren, lichten Bildern, die er Svenja versprochen hatte und an die er sich aus seinen Kindertagen noch zu erinnern glaubte. Doch da waren nur grausige, missgestaltete menschliche Leiber in schmutzigem Braun und Rot, bizarre Sturmwolken und Engelsgestalten mit Teufelsfratzen.

Vielleicht war Frau Krämer mit ihrer Ordnungswut doch nicht der Grund, warum Mutter das Atelier verschlossen hielt.

»Ich versteh davon echt nichts«, sagte Svenja schließlich.

»Früher hat sie wirklich auch andere Sachen gemalt«, meinte Wolfgang. »So was wie das große Bild draußen neben der Garderobe.«

Svenja hüstelte. »Na, das ist ja mal richtig hässlich. Sorry.«

Wolfgang sah hilflos umher. Er war selber überrascht, nein, regelrecht beunruhigt. Mutter wirkte immer so ruhig und ausgeglichen, aber wenn er das hier so sah, schien es ihm, dass sie auch Seiten hatte, die sie niemandem zeigte. »Sollen wir wieder gehen?«, fragte er.

»Au ja«, nickte Svenja. »Eigentlich würden mich deine achtundzwanzig Seiten sowieso viel mehr interessieren.«

»Ehrlich?«

»Klar.« Sie grinste. »Vielleicht find ich ja den Fehler.«

Während er die Tür zum Atelier wieder zuschloss, wie sie gewesen war, meinte er: »Ich kann sie mal holen. Aber es ist eine ziemliche Sauklaue, das sag ich dir gleich.« Er steckte den Schlüssel in die Tasche. »Ich räum bei der Gelegenheit auch schnell das Cello weg.«

Svenja folgte ihm ins Wohnzimmer. »Ich helf dir hochtragen.« Sie griff nach den Noten und dem Ständer, hielt in der Bewegung inne und fragte: »Da kann ich nichts kaputtmachen, oder?«

»Nein. Jedenfalls nicht aus Versehen.«

So kam es schließlich doch, dass sie nach oben in Wolfgangs Zimmer gingen. Während Wolfgang die Treppe hinaufstieg und hinter ihm Svenja mit dem Notenständer und den Noten in der Hand und er ihren Atem und ihre Schritte hörte, durchzuckten ihn bange Fragen wie Blitze eine Gewitternacht. Was war denn nun? Was hieß das eigentlich, dass sie gekommen war? War das nur eine freundliche Geste, nach dem Motto, *seid nett zu dem Behinderten, zu dem Monstrum, zu der Missgeburt?* In dem Moment, in dem er das dachte, wusste er, dass es nicht stimmte. Svenja war nicht so. Das spielte für sie alles keine Rolle. Sie war gekommen, weil sie es gewollt hatte, weil sie ihn Cello spielen hatte hören wollen ... oder weil sie ihn ein bisschen leiden mochte? Vielleicht. Hoffentlich. Toll wäre das natürlich schon ...

Er hätte sich zu gern einen Moment ausgeklinkt, Cem angerufen und um Rat gefragt, was er tun oder lassen musste, um es nicht zu versauen. Bei Cem sah es immer so leicht aus, wie er mit Mädchen redete und sie zum Lachen brachte; er wirkte dabei völlig entspannt. Dabei war es echt Stress.

Allerdings – warum eigentlich? Bis jetzt war Svenja total nett gewesen. Kein Grund, sich Sorgen zu machen.

»Hier hause ich«, sagte er und sah voller Unbehagen, dass das Bett nicht gemacht war und alte Socken herumlagen und überhaupt der völlige Schweinestall herrschte. Es roch auch ziemlich streng, nach Schlaf und Schweiß und schlechten Träumen. Er ging hastig ans Fenster und riss es auf. »Wir können das Mathezeug ja mit runternehmen.«

»Ach, wieso denn«, meinte Svenja, die den Notenständer samt Noten schon abgestellt hatte und am Schreibtisch stand, die erste Seite seines wirren Konzepts studierend. »Das sieht aber ziemlich merkwürdig aus«, stellte sie fest. »Wie bist du denn auf die Idee gekommen, so anzufangen?«

»Keine Ahnung«, gestand Wolfgang. Vielleicht war der Geruch ja doch nicht so unerträglich. Er schlug hastig die Bettdecke über das zerwühlte Laken und den hingeknüllten Schlafanzug. »Ist mir irgendwann so eingefallen.«

Svenja blätterte weiter. »Äußerst merkwürdig, ehrlich. Ich glaub nicht, dass ich kapiere, worauf du da hinauswillst.«

»Ehrlich gesagt bin ich mir selber nicht mehr sicher, dass es da überhaupt was zu kapieren gibt.« *In letzter Zeit braucht bloß jemand etwas von mir zu erwarten, und schon wird er enttäuscht.* Das sagte er nicht, aber er dachte es. Seine Beine fühlten sich plötzlich so labberig an, dass er sich hinsetzen musste. Überhaupt, hatte nicht auch sein Cellospiel nachgelassen? Was er da vorhin geboten hatte, war ja unterstes Niveau gewesen. Die rote Kassette fiel ihm wieder ein, die er neulich in der Anlage seines Vaters gehört hatte, diese uralte Aufnahme. Der Stimme nach konnte er damals keine zehn Jahre alt gewesen sein, und da hatte er gespielt wie ein Weltklasse-Cellist.

Svenja setzte sich auch, auf seinen Schreibtischstuhl, die einzige Sitzgelegenheit in seinem Zimmer außer dem Bett. Sie sah sich um, was Wolfgang mit jeder Sekunde peinlicher wurde. Aber falls ihr danach war, angewidert die Nase zu rümpfen, beherrschte sie sich jedenfalls hervorragend.

»Hier übst du also immer«, stellte sie fest. Es klang beinahe bewundernd. Falls er sich das nicht bloß einbildete.

»Meistens zumindest«, sagte er und wusste nicht, was nun werden sollte. Er sah sie an und konnte kaum glauben, dass dies die Wirklichkeit war, dass sie wirklich hier war und er nicht alles nur träumte.

»Wie schaffst du das eigentlich?«, fragte Svenja und sah ihn mit einem merkwürdigen Blick an. Ihre Augen hatten winzige, silbrige Einsprengsel in der Iris, bemerkte er fasziniert. »Das so konsequent durchzuhalten, meine ich. Über Jahre und Jahre hinweg.«

Es brach geradezu aus ihm heraus. Ehe er wusste, was geschah, redete er schon über das, was seit Tagen in ihm brodelte, über seine Zweifel an seinem Talent, seinen Überdruss an dem ewigen Üben, über den Druck, unter dem er sich fühlte. Und obwohl er das deutliche Gefühl hatte, dass es verdammt *uncool* war, ihr das alles vor die Füße zu werfen, konnte er einfach nicht aufhören. Es war, als redete sein Mund von selbst. »Mein Vater denkt, ich sei ein Riesentalent, weißt du, jemand wie Hiruyoki Matsumoto, so ein Wunderkind, das alle die normalen Cellisten in den Schatten stellt, Welttourneen macht und überall gefeiert wird wie sonst was. Und irgendwie hab ich das lange selber gedacht, glaube ich. Nicht so ausgesprochen, nicht so deutlich, aber ich hatte immer das Gefühl, ich muss das machen, ich muss üben ohne Ende, weil ich es irgendwem schulde – der Welt, meinem Vater, mir selber, diesem unerhörten Talent, das ich da angeblich habe. Aber ich hab es gar nicht. Ich glaub das nicht mehr. Ich kann nicht besser spielen als jeder andere, der vom Kindergarten an jeden Tag stundenlang geübt hat. Klar, ich konnte eher Noten lesen als Buchstaben – na und? Man hat's mir halt früher beigebracht, das ist alles. Wo ist da das Talent? Ich seh's nicht. Mein Vater bildet sich da was ein. Und, ja – ich frag mich, wozu ich das eigentlich mache. Das Üben und so weiter. Ob ich's nicht besser sein lassen soll.«

Erschrockene Stille. Wolfgang konnte kaum glauben, was er da eben gesagt hatte. *Das Cellospielen aufgeben?* Das hatte er noch nie im Leben auch nur *gedacht!*

»Macht es dir denn keinen Spaß, zu spielen?«, fragte Svenja stirnrunzelnd.

»Spaß?« Wolfgang stutzte. Was war das denn für eine Frage? »Keine Ahnung.« Spaß? Darüber hatte er noch nie nachgedacht. Und überhaupt, was *tat* er hier eigentlich? Sülzte sie mit seinen persönlichen Problemen voll, anstatt sich ins Zeug zu legen und sie zu beeindrucken, ihr zu beweisen, dass er ein viel tollerer Typ war als Marco. Das lief schief. Ganz verkehrt lief das. Jetzt konnte er sehen, wie er da wieder rauskam, wie er das wieder geradegebogen bekam ...

»Das klingt, als hättest du das alles eigentlich nur deinem Vater zuliebe gemacht«, sagte Svenja. Es tat gut, wie sie ihn ansah dabei, so ernsthaft, als interessiere sie die ganze Sache tatsächlich. Alle Gedanken von gerade eben verflogen wie Rauch.

»Ja«, sagte er. »Ich glaube, genauso war es.«

»Dass es in Wirklichkeit *sein* Ehrgeiz ist. *Sein* Traum.«

»Ich sollte einfach aufhören mit allem.« Er sah das Cello an. Es kam ihm auf einmal wie ein widerlich fremdartiger Gegenstand vor.

Svenja zog eine skeptische Miene. »Ich weiß nicht. Vielleicht brauchst du bloß mal einen wirklichen Vergleich. Damit sich diese Frage mit dem Talent klärt, weißt du? Du könntest zum Beispiel an einem Wettbewerb teilnehmen. Dich mit anderen messen. Dann siehst du's ja. Oder du fragst jemanden um seine Meinung. Jemand anders als deinen Vater, meine ich.«

»Mein Cellolehrer sagt bloß, ich soll mir nicht so viele Gedanken machen. Und mehr üben.«

»Klar, der lebt ja auch davon. So jemand meine ich auch nicht.« Sie sah grübelnd vor sich hin. »Du müsstest jemanden fragen wie – ich weiß nicht – einen Orchesterleiter oder wie das heißt. Jemand, der viele Cellisten hört. Oder überhaupt – es muss doch irgendjemanden geben, der so was wie die höchste Instanz ist. Das gibt es doch in jedem Gebiet. Eine führende Kapazität. Den Obercellisten. Wenn du so jemanden mal fragst, was er von deinem Talent hält?«

»Hmm«, machte Wolfgang.

»Weißt du«, sagte sie, »manchmal zweifelt man nämlich auch zu sehr an sich.«

Wolfgang sagte nichts, nickte nur nachdenklich. Plötzlich herrschte eine eigenartige, verzauberte, atemlose Stille. Wenn es ein Traum gewesen wäre, dann hätte sich Svenja jetzt zu ihm vorgebeugt und ihn geküsst, und Wolfgang hatte das Gefühl, dass er in diesem Moment auch hätte aufstehen und zu ihr hingehen und sie hätte küssen können, doch das traute er sich dann doch nicht. Und so verstrich dieser Augenblick, von dem er sich noch lange fragen sollte, ob er sich das alles nur eingebildet hatte. Irgendwo hupte ein Auto, Svenja sagte »Na ja«, und der Zauber verflog. Sie unterhielten sich noch über dieses und jenes, redeten über aktuelle Filme, ohne dazu zu kommen, einen konkreten gemeinsamen Kinobesuch auszumachen, und irgendwann ging Svenja dann, weil zu Hause noch ein paar Haushaltspflichten auf sie warteten.

Beinahe hätte er vergessen, den Atelierschlüssel zurückzulegen. Nachdem sie gegangen war, stand er lange in der Diele herum und fühlte sich ganz unbeschreiblich, hätte am liebsten lauthals gesungen, ein jubelndes Lied, wenn er eins gewusst hätte. Svenja war da gewesen. Sie hatte mit Marco Schluss gemacht. Alles war plötzlich möglich!

Dann hörte er, weit entfernt, das Geräusch des auffahrenden Garagentors, und da fiel es ihm wieder ein, die Hand in die Tasche zu stecken. Seine Eltern kamen zurück! Und er hatte noch den Schlüssel!

Im nächsten Augenblick raste er schon die Treppe hoch, und im übernächsten zog er die Nachttischschublade seiner Mutter zum zweiten Mal an diesem Tag und in seinem Leben auf, mehr als nur etwas zu heftig, und der Inhalt verrutschte. Als er hastig versuchte, die Taschentuchpäckchen und Babyschuhe und alles andere wieder dorthin zurück zu schieben, wo es vorher gelegen hatte, glitt das Foto unter dem Kram hervor, der es vorher zum größten Teil bedeckt gehabt hatte.

Er betrachtete es verwundert. Das Bild zeigte ihn in seinem besten weißen Hemd, sein Cello in der Hand haltend. Neben ihm stand ein älterer Mann mit lockigem weißem Haar, der ihm mit einem stolzen Lächeln die Hand auf die Schulter gelegt hatte.

Wolfgang starrte das Foto am Grund der Schublade an und hatte das unwirkliche Gefühl, dass sich der Boden unter ihm aufzulösen begann.

Er wusste nicht, wer dieser Mann war.

Schlimmer noch: Sosehr er sich das Hirn zermarterte, er konnte sich beim besten Willen nicht erinnern, wann und bei welcher Gelegenheit dieses Foto gemacht worden war.

Er schaffte es, den Schlüssel in die Schublade zu legen und sie wieder zuzuschieben, schaffte es sogar, noch rasch die Gläser und Flaschen aus dem Wohnzimmer in die Küche zu schaffen, ehe seine Eltern zur Tür hereinkamen, aber das Foto bekam er nicht mehr aus dem Kopf.

»Hast du Gespenster gesehen?«, fragte Cem, als er abends auftauchte, frisch geduscht und mit der Sporttasche in der Hand.

»So ähnlich«, erwiderte Wolfgang ausweichend. Er hätte ihm zu gern erzählt, was gewesen war an diesem Tag aller Tage, aber es ging irgendwie nicht. Nicht mit seinen Eltern unter demselben Dach. Vielleicht überhaupt nicht.

Beim Abendessen kam der erlösende Anruf: Der Gentest hatte eindeutige Differenzen zwischen Wolfgangs Probe und der seines Vaters ergeben. Wie Dr. Wedeberg prophezeit hatte, lautete das Ergebnis, dass sie beide verwandt, aber nicht genetisch identisch seien. Der Fernseher wurde wieder hervorgeholt, und gemeinsam verfolgten sie in den Nachrichten die Pressekonferenz, auf der ein Sprecher der Staatsanwaltschaft mitteilte, dass alle diesbezüglichen Ermittlungen eingestellt würden.

»Na also«, meinte Cem grinsend. »Jetzt werden sie blöd gucken in der Schule.«

»Hmm«, machte Wolfgang. Irgendwie beruhigte ihn das alles trotzdem nicht.

Kapitel 11

Am nächsten Tag ging Wolfgang mit einigem Bangen wieder in die Schule. Es wurde genauso grässlich, wie er es sich vorgestellt hatte: Man starrte ihn an, als habe er noch seinen Schlafanzug an und überdies ein lila Geweih auf dem Kopf, man tuschelte hinter seinem Rücken oder wich ihm gleich ganz aus. Anderen schien es ein dringendes Bedürfnis zu sein, ihm herzhaft auf die Schulter zu hauen und zu versichern, dass sie »ja von Anfang an gewusst« hätten, »dass an der Sache nichts dran« sei, was Wolfgang dazu veranlasste, sich zu fragen, ob er erstens wohl mit blauen Flecken auf den Schultern nach Hause kommen würde und zweitens, was diese Leute denn wohl gesagt hätten, wenn »an der Sache« eben doch etwas »dran gewesen« wäre: Hätten sie ihn dann verstoßen? Gelyncht? Geteert und gefedert und aus der Stadt gejagt?

Am liebsten waren ihm noch die, die sich bemühten, so zu tun, als sei nichts gewesen. Obwohl auch das gespielt war, natürlich. Aber immerhin erlaubte es ihm, sich auf seinem Stuhl klitzeklein zu machen und einfach nur dem Unterricht zu folgen, der ihm im Übrigen nicht das Gefühl gab, überhaupt etwas verpasst zu haben. Was er auch nicht anders erwartet hatte.

Und Svenja sah er überhaupt nicht. Das war das Schlimmste. Die Parallelklasse schrieb einen Aufsatz, vier Stunden lang, ohne Pause. Keiner von denen tauchte im Schulhof auf.

Nachmittags hieß es auch noch, die Cellostunde vom

Dienstag nachzuholen. Etwas, wozu er gerade absolut keine Lust hatte, aber Mutter bestand darauf. Mittwoch statt Dienstag, das sei so aus dem Rhythmus, dass es ihn völlig rausbringe, argumentierte er erfolglos. Der wahre Grund war natürlich, dass er keinen Ton geübt hatte. Und was das anbelangte, konnte man Herrn Jegelin nichts vormachen.

»Also weißt du, Wolfgang«, sagte er mit äußerst unterkühlter Miene, »ich könnte auch einen nassen Sack hinters Cello stellen und würde das gleiche Maß an Begeisterung spüren wie bei dir. Was ist los?«

Wolfgang schüttelte den Kopf. »Keine Ahnung.«

»Ist es wegen dieser Zeitungsgeschichte?«

»Ach, Quatsch.«

»Aber irgendwas ist los, oder?« Herrn Jegelins Blicke bekamen etwas Inquisitorisches. »Deine Gedanken sind weiß der Himmel wo, aber jedenfalls nicht beim Cellospielen.«

»Hmm«, machte Wolfgang und bemühte sich, unverwandt auf die Noten zu sehen. Ein Gedanke an Svenja schoss ihm durch den Kopf, und das brachte ihn auf eine Idee. »Mich beschäftigt da etwas.«

»Aha. Dachte ich mir.«

»Mein Vater hat mal erwähnt, es gäbe in Deutschland eine Art oberste Instanz, was das Cellospiel angeht. Einen Cello-Papst gewissermaßen. Stimmt das?«

Der Cellolehrer legte die Stirn in Falten. »Na ja«, meinte er, »Professor Tessari von der Staatsoper Berlin nennt man manchmal so. Aber wenn er verkünden sollte, dass der Bogen künftig links gehalten wird, würde trotzdem niemand auf ihn hören. Ich weiß jetzt nicht, was dich an dieser Frage so beschäftigt.«

»Aber wenn dieser Professor Tessari sagt, dass jemand Talent hat, dann hat er wirklich Talent, oder?«

»Oh, Wolfgang!« Herr Jegelin hob in einer fast bühnenreifen Geste die Hände in die Höhe und schlug sie über seinem Kopf zusammen. »Geht es immer noch darum? Ich habe dir doch gesagt, denk an die Musik, nicht an irgendwelche Karrieren.«

»Das ist es ja gerade«, rief Wolfgang. »Ich kann das Cello praktisch nicht anfassen, ohne an irgendwelche Karrieren zu denken. Ich habe das Gefühl, ich spiele überhaupt nur meinem Vater zuliebe. Ich plage mich ab, weil er sich einbildet, dass ich ein Riesentalent bin.

Aber ich glaube, das bin ich einfach nicht. Und wozu soll ich mich abplagen, wenn es schließlich doch zu nichts führt?«

Herr Jegelin nahm mit einer ruppigen Bewegung das Notenbuch vom Ständer, blätterte unwirsch darin umher, schnaubende Laute durch die Nase ausstoßend, um es schließlich auf genau derselben Seite aufgeschlagen zurückzustellen. »Schluss mit der Diskussion«, sagte er. »Du kommst hierher, um zu spielen. Wenn du nicht mehr spielen willst, dann komm nicht mehr. So. Und jetzt noch mal ab Takt zehn.«

Als die Stunde endlich um war und Wolfgang befreit von dannen zog, sah ihm Herr Jegelin – was er noch nie zuvor getan hatte – vom Flurfenster aus nach. Er achtete sorgfältig darauf, hinter der Gardine verborgen zu bleiben, und stellte fest, dass es sich genauso verhielt, wie er es vermutet hatte: Als Wolfgang auf die Straße trat, wartete dort ein schlankes, blondes Mädchen mit einem Fahrrad auf ihn. Der Musiklehrer beobachtete, wie die beiden miteinander sprachen – sehr vertraut; zwar küssten sie einander nicht gerade, aber dass da nicht einfach zwei Klassenkameraden standen und über Hausaufgaben plauderten, war unübersehbar. Er wartete, bis sie sich die Straße entlang in Bewegung setzten, dann ging er zum Telefon.

Wolfgang musste den Cellokoffer absetzen, so platt war er.
»Wo kommst du denn her?«

»Mein Geheimnis«, sagte Svenja mit herausforderndem Grinsen.

»Gib's zu. Du lässt mich von einem Detektiv überwachen.«

»Das hättest du wohl gern.«

»Aber wie hast du gewusst, dass ich heute Cellounterricht habe? Ich hab's doch selber erst beim Mittagessen erfahren.«

»Ich bin eben ziemlich schlau.« Es war offensichtlich, dass sie nichts zu verraten gedachte.

Wolfgang gab seufzend auf und schulterte den Trageriemen des Cellokoffers wieder. »Sieht ganz so aus«, gab er zu. »Jedenfalls eine nette Überraschung.«

Das schien sie zu freuen. »Ehrlich?«

»Ja, klar. Nachdem ich dich heute Morgen nicht ...«

Er brach ab. War das jetzt gut, zuzugeben, dass er nach ihr Ausschau gehalten hatte? Außerdem war das so eine Frage, die vielleicht viel zu anmaßend klang, so, als stünde schon fest, dass sie miteinander gingen oder so was. Er räusperte sich. »Wie war denn euer Aufsatz?«

»Na ja. Wie Aufsätze eben so sind. Nicht mein Lieblingsfach.«

Auch nicht so genial, wie es aussah. Er überlegte fieberhaft. Zum Verrücktwerden! Die ganze Zeit hatte er nur an Svenja gedacht und was er ihr alles sagen wollte, und nun fiel ihm nichts davon ein. Selbst während des Cellounterrichts hatte er ...

Halt mal! Idee! »Ich habe übrigens«, sagte Wolfgang so locker, wie er es nur fertig brachte, »noch mal nachgedacht über das, was du gesagt hast.«

»Ah? Was hab ich denn gesagt?«

»Na, das mit dem Cello. Dass ich mal an einem Wettbewerb teilnehmen oder jedenfalls eine andere Meinung einholen soll.«

Sie machte große Augen. Wunderbare große meerwasserblaugrüne Augen. »Und?«

Wolfgang hatte plötzlich das Gefühl, dass es nicht gut war, allzu lange hier vor Herrn Jegelins Haus herumzustehen und über derlei Dinge zu reden. Er setzte sich in Bewegung, und Svenja schob ihr Rad neben ihm her. Blöd, dass sie das dabeihatte, musste Wolfgang denken. Wenn sie beide jetzt einfach so nebeneinander herspaziert wären, hätte es passieren können, dass ihre Hände einander sozusagen zufällig berührten. Rein zufällig, natürlich, aber man hätte ja ein bisschen nachhelfen können. Hätte vielleicht sogar nach ihrer Hand greifen können ...

»Ich hab meinen Cellolehrer gefragt. Es gibt da wohl einen Professor Tessari, in Berlin allerdings, an der Staatsoper. Ich glaube, ich hab den Namen auch schon mal gehört. Der ist so was wie der Cello-Papst, zumindest hier in Deutschland.«

Svenja nickte verstehend. »Und den willst du fragen, ob du's draufhast mit dem Cello oder nicht.«

»Genau«, sagte Wolfgang mit mehr Entschlossenheit, als er in Wirklichkeit fühlte. »Ich weiß nur noch nicht genau, wie ich es anstelle. Ich meine, mein Vater erlaubt so was nie im Leben ...«

»Also darfst du ihn nicht fragen.«

»Eben. Aber das muss ich mir alles gut überlegen. Berlin ist ja nicht grade um die Ecke. Und sicher kann man nicht einfach in die Staatsoper hineinspazieren und Professor Tessari sprechen.«

»Der könnte ja auch gerade auf Reisen sein.«

»Also muss ich vorher einen Termin ausmachen«, führte Wolfgang seine Überlegungen weiter. Seltsam, eigentlich hatte er nur ein bisschen wild entschlossen tun wollen, um in Svenjas Augen nicht womöglich als Weichei dazustehen, aber einfach indem er so tat, formte sich das, was vorher nur ein vages Wischiwaschi in seinem Kopf gewesen war, wie von selbst zu einem richtiggehenden Plan. Er musste bloß mit den Gedanken mitgehen, wie sie kamen. Wirklich bemerkenswert. »Hinfahren kann ich mit dem Zug, das kostet nicht die Welt. Aber ich muss irgendwo übernachten in Berlin. Da muss ich erst ein paar Erkundigungen einziehen. Und nachschauen, wie viel auf meinem Sparbuch drauf ist.« Nicht viel, das wusste er auch ohne nachzuschauen. Ein Plan war schön und gut, aber man brauchte auch das nötige Kleingeld dafür. Er konnte förmlich spüren, wie ihm der Mut sank.

»Bei Irena«, sagte Svenja. »Das ist eine von meinen großen Halbschwestern. Sie lebt in Berlin. Bei der kannst du unterkommen.«

Nun war die Reihe an Wolfgang, die Augen aufzureißen. »Meinst du?«

»Klar. Ich war schon oft dort. Leo – das ist ihr Mann – hat eine Computerfirma und verdient irre gut. Die beiden haben vier Kinder und ein tolles Haus, mit Gästezimmer und allem.« Sie legte die Stirn in Falten, und ihre Nase machte dabei wieder diese phantastische Kräuselbewegung. »Irena würde das auch organisieren mit dem Termin bei diesem Professor, wenn ich sie drum bitte. Von dort aus geht das sicher viel leichter. Ich könnte mitkommen, was hältst du davon? Nächstes Wochenende fangen die Pfingstferien an, das passt doch. Oder? Würde es dir was ausmachen, wenn wir zusammen nach Berlin fahren?«

»Ob es mir was ausmachen...?« Wolfgang hatte das Gefühl, zu träumen. »Das wäre toll!«

»Also, dann rufe ich sie heute Abend an und mache was aus. Am besten gleich für nächste Woche.«

Schon?, entfuhr es Wolfgang beinahe, doch irgendwie schaffte er es, das Wort gerade noch zu verschlucken und stattdessen zu versichern: »Das ist großartig. Ganz – große – Klasse. Ehrlich. Lass es uns so machen.« Mit den Schmetterlingen, die da plötzlich in seinem Bauch flatterten, konnte er sich ein andermal näher befassen.

»Der Name war Tessari, oder?«

»Tessari, genau«, nickte Wolfgang tapfer. »Staatsoper Berlin.« Da hatte er sich ja auf was eingelassen, du meine Güte!

»Tessari, Staatsoper«, sagte Svenja. »Ist gespeichert.«

Und dann geschah etwas ganz und gar Unfassbares. Nämlich: Sie ließ mit der einen Hand den Lenker ihres Fahrrads los, um Wolfgang damit am Arm zu fassen, streckte sich schnell wie der Blitz zu ihm hin...

Küsste!

Ihn!

Leicht wie eine Feder auf die Wange...

Und schwang sich im nächsten Augenblick aufs Rad und fuhr davon. »Tschüss!«, rief sie noch, und: »Bis morgen!« Dann war sie weg. Und Wolfgang stand da, betastete sein Gesicht und war plötzlich so verrückt glücklich wie noch nie im Leben.

Wolfgang schwebte nach Hause, gerade mal so in Bodennähe gehalten von seinem schweren Cellokoffer. Zumindest kam es ihm so vor. Er hatte auch das Gefühl, ziemlich schwachsinnig vor sich hin zu grinsen, aber oh Wunder!, es machte ihm nicht das Geringste aus. Svenja hatte ihn geküsst. Svenja war jetzt seine Freundin. Das Leben war wunderbar.

So war er in keinster Weise gewappnet für das Donnerwetter, das über ihn hereinbrach, kaum dass er die Haustür hinter sich geschlossen hatte.

»Wie kommst du dazu, das Üben zu vernachlässigen?«

Es war Vater. Er stand in der Tür zu seinem Arbeitszimmer, ohne Jackett, ohne Krawatte, den Hemdkragen offen, mit verschwitztem Gesicht und unnatürlich starrem Blick.

»Wie bitte?«, fragte Wolfgang.

»Wie kommst du dazu, an deinem TALENT ZU ZWEIFELN?« Die letzten drei Worte hatte Vater übergangslos geschrien, in einer Lautstärke, die das Dach abzuheben und den Boden unter seinen Füßen zum Beben zu bringen schien.

Wolfgang war zusammengezuckt. Jeder wäre zusammengezuckt in diesem Augenblick. »Was?«, flüsterte er, setzte den Cellokoffer ab, stellte ihn so vor sich, als müsse er dahinter in Deckung gehen.

»Wie kommst du dazu, auch nur daran zu DENKEN...?« Ein keuchendes Atemholen. Vaters Gesicht wurde dunkler, seine Augen sahen plötzlich aus wie Kugeln aus kaltem, totem Glas. »Wie kommst du dazu, auch nur daran zu denken, mit dem Cellospielen aufzuhören? Sag mir das, mein Sohn. Sag mir, wie du auf diese Idee gekommen bist. Sag mir, wer dich darauf gebracht hat.«

Die Tür zum Arbeitszimmer schwang auf. Ob von einem Luftzug, vom schieren Schalldruck oder von einer unbeabsichtigten Berührung, Wolfgang wusste es nicht, aber er sah voller Entsetzen, dass dahinter das reine Chaos herrschte, Papiere, Schallplatten, CDs und Kassetten, alles durcheinander auf dem Boden, als habe ein Berserker darin getobt und eine sinnlose Wut an wehrlosen Gegenständen ausgelassen.

Mutter stand mit einem Mal auf der Treppe, auf halber Höhe, im Gesicht weiß wie ein Leintuch. »Richard, so beruhige dich doch«, bat sie. Plötzlich dämmerte Wolfgang, was geschehen war.

»Herr Jegelin hat angerufen.«

»Ja, das hat er. Das hat er allerdings. Bloß hätte er das viel eher tun sollen, dann wäre es erst gar nicht so weit gekommen.« Die Stimme seines Vaters war zu einem tonlosen Flüstern geworden, das auf seine Art noch ungleich schrecklicher klang als sein Schreien davor.

»Er hat mir erzählt, dass du nicht übst. Dass du Dinge behauptest wie, du würdest nur mir zuliebe spielen. Mir zuliebe! Ist dir eigentlich klar, was ich alles auf mich genommen habe, um dir diesen Weg zu ermöglichen? Dein unglaubliches Talent für die Musik in Abgeschiedenheit zur Entfaltung bringen zu können, geschützt vor einer gierigen, sensationslüsternen Welt, die jeden Sinn für wahre Werte verloren hat, die nur nach dem nächsten Nervenkitzel hungert, in der alles zum Party-Smalltalk und zum Fernseh-Sensationsbericht verkommt? Anstatt froh zu sein, dass du dich deinen Anlagen gemäß entwickeln kannst, dass du gefördert wirst, ohne in das Korsett einer Familientradition gepresst zu werden, trittst du das, was wir für dich tun, mit Füßen? Obwohl deine Mutter Sängerin war und dein Vater Dirigent hätte werden können, wenn man ihn gelassen hätte, zweifelst du daran, musikalisches Talent zu haben?« Seine Augen funkelten. »Von wem hast du dir das einreden lassen? War es dieses Mädchen?«

Ein Schrecken durchfuhr Wolfgang, der sich anfühlte, als habe jemand eine glühend heiße Lanze von oben nach unten durch seinen Körper gebohrt. Es war ein Entsetzen, das ihm den Atem raubte, als sei es ein körperlicher Schmerz.

»Svenja hat nichts damit zu tun«, schrie er.

»Richard!«, mahnte Mutter noch einmal.

Vater machte eine wütende, abweisende Handbewegung, ohne den Blick von seinem Sohn zu nehmen.

»Du wirst dieses Mädchen nicht wieder sehen!«, befahl er.

»Ich sehe sie jeden Tag«, entgegnete Wolfgang. »Sie geht mit mir in die Schule.«

»Das ist mir egal. Du wirst sie nicht wieder sehen. Und wenn ich dich dafür auf eine andere Schule schicken muss!«

Wolfgang wollte noch etwas erwidern, aber er hielt inne und ließ es bleiben, als er den Ausdruck in den Augen seines Vaters sah. Dr. Richard Wedeberg hatte seinen Sohn niemals geschlagen, nicht ein einziges Mal in seinem ganzen Leben, so lange Wolfgang sich zurückerinnern konnte. Aber jetzt, in diesem Augenblick, vor dem Hintergrund seines verwüsteten Arbeitszimmers, wirkte er, als würde etwas unsagbar Furchtbares geschehen, falls es jemals doch so weit kommen sollte.

Zunächst lief es auf schlichten Hausarrest hinaus. Wolfgang durfte in die Schule und natürlich zum Cellounterricht, aber er musste unmittelbar danach heimkommen, zu genau festgelegten Uhrzeiten. Keine Besuche, keine langen Telefonate, stattdessen vier Stunden Cello am Nachmittag, ein Wert, der sich ab Samstag, sobald die Pfingstferien begannen, noch steigern würde.

Vater nahm seinen normalen Arbeitsalltag wieder auf, war also den Tag über außer Haus, doch wenn es darum ging, die Einhaltung solcher Vorschriften zu überwachen, war Mutter ebenso unerbittlich, eher noch strenger. Sie verlangte sogar, dass er beim Celloüben die Tür seines Zimmers offen ließ, was den Trick mit dem Tonband unmöglich machte: Ohne die dämpfende Wirkung der Zimmertür hörte man den Unterschied nämlich.

»Umso wichtiger, dass du nach Berlin fährst«, meinte Svenja in der großen Pause. »Zumindest zeigst du ihnen damit, dass du dir nicht auf der Nase herumtanzen lässt.«

»Ich weiß nicht«, sagte Wolfgang. Inzwischen war ihm äußerst unwohl bei der Sache. »Mein Vater erschlägt mich, wenn ich zurückkomme.«

»Dann gehst du eben nicht zurück. Erschlagen zu werden, das muss man sich nicht mehr bieten lassen heutzutage.«

»Das sagst du so.« Andererseits, wie hätte Svenja den Ernst der Lage richtig einschätzen sollen? Er hatte ihr nur eine reichlich abgemilderte Version dessen erzählt, was im Hause Wedeberg abgegangen war.

Wolfgangs Blick fiel auf Marco Steinmann, der bei seinen Freunden stand und so zu tun versuchte, als bemerke er Wolfgang und Svenja überhaupt nicht. Ganz gelang es ihm nicht; ab und zu konnte er nicht anders, als einen zornigen Blick in ihre Richtung zu werfen. Noch jemand, der ihn wahrscheinlich nur zu gern erschlagen hätte.

Auch als er am Donnerstag vom Cellounterricht kam, sah Mutter keinen Anlass, ihm den Rest des für den Nachmittag angesetzten Übens zu erlassen. »Bis zum Abendessen noch.«

»Und meine Hausaufgaben?«, versuchte es Wolfgang.

»Na, so viele werden das ja nicht sein, zwei Tage vor den Ferien«, war die lakonische Antwort. »Mach sie danach.«

Aus purem Trotz nahm er sich die langweiligsten Etüden und stumpfsinnigsten Fingerübungen vor, die er in seinem Repertoire finden konnte. Geisttötend, wenn man sie anderthalb Stunden lang immer wieder von vorne spielte – aber eine wahre Qual, wenn man sie sich so lange wieder und wieder anhören musste. Hoffte Wolfgang zumindest.

Zumindest lief es wie von selbst, und er konnte mühelos an etwas anderes denken dabei. Svenjas Besuch ging ihm durch den Kopf. Hier auf dem Stuhl hatte sie gesessen, als wäre es die selbstverständlichste Sache der Welt. Svenja, die ihn gestern geküsst hatte. Svenja, die jetzt seine Freundin war.

Das Bild fiel ihm wieder ein. Das Foto in der Nachttischschublade seiner Mutter. Der unbekannte Mann. Verdammt, dass er sich nicht daran erinnerte, wann das Bild aufgenommen worden war?! So lange konnte das doch noch gar nicht her sein. Wer war der Mann? Unten klingelte das Telefon. »Hör mal einen Moment auf«, hörte er Mutter rufen und gleich darauf, wie sie abnahm. Er ließ den Bogen sinken und horchte. Klang amtlich. Und so, als würde es eine Weile dauern. Doktor Lamprecht vielleicht.

Er legte das Cello beiseite. Das war die Gelegenheit, oder? Er durfte sich nur nicht erwischen lassen.

Er stand auf. Mutter telefonierte noch immer, im Wohnzimmer, wie es sich anhörte, bei offener Türe. Er tat, als würde er aufs Klo gehen. Die Tür der oberen Toilette gab ein charakteristisches Quietschgeräusch von sich, leise, aber dennoch im ganzen Haus zu hören. Was man nicht hörte, war, dass er sie nur auf- und wieder zumachte, ohne hineinzugehen. Stattdessen huschte er auf Zehenspitzen den Gang entlang zum Schlafzimmer seiner Eltern.

Als er die Hand auf die Türklinke legte, die sich kühl und feindselig anfühlte, spürte er sein Herz wild schlagen. Wenn seine Mutter ihn hierbei erwischte, würde er allerhand zu erklären haben. Und vielleicht nicht nur das.

Noch konnte er umkehren. Er stand da, überlegte. Das gehörte sich nicht. Ganz eindeutig gehörte sich das nicht.

Andererseits: Wer war der Mann auf dem Foto?

Er drückte die Klinke hinab. Sie ging schwer, gab aber keinen Laut von sich.

Wieder die Kühle, wieder der eigenartige Geruch. Er schlüpfte hinein, schloss die Tür hinter sich bis auf einen schmalen Spalt und ging rasch zum Nachttisch seiner Mutter. Zog die Schublade auf. Sein Herz schlug ein Paukenfortissimo.

Alles war noch so, wie er es zurückgelassen hatte. Auch das Foto lag noch da, halb unter den anderen Sachen versteckt. Allzu oft schien seine Mutter hier nicht hineinzusehen.

Es einfach mitnehmen, konnte er das riskieren? Würde Mutter bemerken, dass es fehlte? Seine Finger berührten das Bild, zogen es heraus, als hätten sie beschlossen, nicht mehr so lange zu warten, bis er zu einem Entschluss gekommen war.

Unten, die Stimme seiner Mutter. Klang, als würde sie in den Flur zurückkommen. Immer noch telefonierend, aber das war schon die Verabschiedung.

Wolfgang steckte das Foto hastig unter sein Hemd, schob die Schublade wieder zu, musste sich geradezu zwingen, nicht in Hektik zu verfallen. Leise, leise. Zurück zur Tür, hinaus auf den Flur, die Türe schließen, lautlos. Unten wurde das Telefon aufgelegt. Stille, eine Furcht erregende, alles aufsaugende Stille entstand. Wenn Mutter jetzt einfiel, die Treppe hochzukommen ...

Aber das fiel ihr nicht ein. Wolfgang atmete aus. Die Türklinke fühlte sich schweißnass an unter seiner Hand. Er ließ sie los und rieb sie mit seinem Ärmel trocken, so gut es ging. Immer noch Stille unten.

Bis zur Toilettentür waren es zehn Schritte, aber Wolfgang kamen sie vor wie zehntausend. Endlich konnte er die Hand ausstrecken, die Tür aufstoßen und so tun, als käme er gerade ...

»Ich glaube, du hast zu spülen vergessen«, sagte seine Mutter unvermittelt, von unten zwar, aber so deutlich, als stünde sie neben ihm.

Wolfgang erstarrte. Lauschte sie etwa? Er musste erst einmal schlucken, ehe er ein Wort herausbrachte.

»Ach so, ja«, sagte er und hoffte, dass es überzeugend klang. Dann ging er hinein, betätigte die Spülung und zog, während es kräftig rauschte, die Tür von außen zu.

Er spähte über die Brüstung in die Diele hinunter. Mutter lauschte nicht, sie stand am Dielenschränkchen neben dem Telefon, ganz versunken in die Betrachtung des Bildes, das dahinter an der Wand hing.

»Es ist scheußlich, oder?«, murmelte sie.

Wolfgang konnte ehrlichen Herzens nicht widersprechen. Von all den hässlichen Aquarellen, die Mutter gemalt hatte, war das in der Diele, das eine Art ätherische, missgebildete Lichtgestalt in unharmonischen gelben und violetten Farbtönen zeigte, das mit Abstand hässlichste. Also schwieg er.

»Du kannst weitermachen«, sagte sie, ohne hochzusehen.

»Wer war's denn?«, tat Wolfgang harmlos.

»Nichts Wichtiges.«

»Ach so.« Sie schien tatsächlich keinen Verdacht geschöpft zu haben. War ahnungslos. Jetzt nur noch Rückzug in sein Zimmer, das Foto aus seinem Hemd in ein Versteck verschwinden lassen. Und es nicht übertreiben, so tun, als sei er einfach gerade nur auf dem Klo gewesen, als sei überhaupt nichts ...

»Ach übrigens, Wolfgang ...?«, erwischte ihn die Frage von unten, wie eine Harpune mit Widerhaken.

Er spürte seine Handflächen feucht werden. »Ja?«

»Spiel bitte endlich was anderes. Nicht dieses Anfängerzeug.«

Täuschte er sich, oder hatte sein Herz gerade ein, zwei Extraschläge gemacht? Er glaubte seine Stimme zittern zu hören, als er erwiderte: »Okay.«

Aber als er dann endlich saß und das Foto sicher in seinem Schreibtisch lag, gut versteckt unter der untersten Schublade, bebten seine Hände so, dass er erst einmal unfähig war, auch nur einen Ton zu spielen. Er saß einfach nur da, das Cello zwischen den Schenkeln, blätterte in seinen Noten und versuchte, sich zu beruhigen, bis schließlich das wohl bekannte »Wolfgang? Ich höre dich nicht üben!« seiner Mutter an sein Ohr drang und er weiterspielen musste, wollte er sich nichts anmerken lassen.

Es ließ ihm keine Ruhe. Nachts trieb es ihn wieder aus dem Bett und an den Schreibtisch, wo er das Foto herauszog und unter der Schreibtischlampe genauestens studierte. Das Dunkelbraune hinter ihm und dem Unbekannten war, wie er jetzt sah, eine Art Holztäfelung. Was schon einmal sehr mysteriös war, denn er konnte sich nicht erinnern, jemals woanders Cello gespielt zu haben als in seinem Zimmer, bei

Herrn Jegelin oder unten im Wohnzimmer. Wo war dieses Bild aufgenommen worden? Und wer war der Mann neben ihm?

Er mochte Mitte fünfzig sein, hatte ein breites, grobknochiges Gesicht mit fleckiger Haut und dunkle, wässrig wirkende Augen. Er lächelte stolz. Die Geste mit der Hand auf Wolfgangs Schulter sah aus, als habe dieser gerade eine Prüfung mit Bravour bestanden. Nur, dass er sich an nichts dergleichen erinnern konnte.

Das war alles mehr als merkwürdig. Das war fast schon unheimlich.

Und was war an diesem Foto, das Mutter bewogen hatte, es in der Nachttischschublade aufzubewahren? Das Fotografieren wurde wenig gepflegt im Hause Wedeberg. Wozu auch, es gab so gut wie nichts, was man unbedingt hätte fotografisch festhalten müssen. Da Vaters Beruf Urlaubsreisen so gut wie unmöglich machte, hatte es weder Strandszenen noch Schenswürdigkeiten zu fotografieren gegeben. Große Feste im Kreis der Verwandtschaft fanden nicht statt, in Ermangelung einer solchen. Keine Onkel, keine Tanten, von seinen Großeltern kannte er nur die Gräber und auch die nicht gut. In einem Fach unten im Wohnzimmerschrank gab es ganze vier Alben mit Fotos darin, und die hatte er sich das letzte Mal angeschaut, als er noch in die Grundschule gegangen war.

Vielleicht war das ein Fehler gewesen. Wolfgang legte das Foto beiseite und sah auf die Uhr über seinem Bett. Halb zwei. Ganz schön spät. Ganz schön ruhig im Haus.

Er versteckte das Bild sorgfältig wieder, dann löschte er das Licht und wartete, bis sich seine Augen an das Halbdunkel gewöhnt hatten. Von draußen, von der Straße her, drang etwas Licht von den Straßenlaternen herein, die Bäume vor dem Fenster warfen krakelige, unscharfe Schatten. Es war ganz still. Als er sicher war, sich bewegen zu können, ohne irgendwo anzustoßen, stand er auf und öffnete die Tür seines Zimmers.

Stille und Dunkelheit. Er ließ die Tür angelehnt und huschte die Galerie entlang zur Treppe, am Rand, dort, wo nichts knackte. Was würde er sagen, falls Vater oder Mutter ihn erwischten und fragten, was er wollte mitten in der Nacht? Er hatte keine Ahnung. Er wusste nur, dass er unbedingt jetzt und sofort diese Fotoalben durchblättern musste, um nachzuschauen, ob sich der unbekannte Mann darin fand. Ob er ein entfernter Verwandter oder einer von Vaters ehemaligen Kollegen war, von früher, als er noch in Berlin gearbeitet hatte.

Die Treppe hinab, lautlos wie eine Katze. Die Wohnzimmertür jammerte leise, und es knackte, als er sie wieder schloss. Er lauschte auf Geräusche, Schritte, irgendwelche Reaktionen. Nichts. Gut.

Hier unten war es dunkler, weil die Büsche direkt vor den Fenstern in den letzten Jahren so hoch und dicht gewachsen waren, dass sie das Licht der Straßenlaternen nicht mehr durchließen. Er bewegte sich langsam, mit ausgestreckten Händen tastend, bis er die kleine Stehlampe in der hintersten Ecke anschalten konnte. Dann holte er die vier Alben.

Eines davon, ein kitschig-rosarotes mit einem dicken roten Herz darauf, enthielt nur die Bilder von der Hochzeitsreise seiner Eltern nach Spanien: Mutter vor Palmen, Mutter vor altem Gemäuer, Mutter beim Bummeln über einen Markt. Wenig ergiebig. Er legte es beiseite und widmete sich dem kleinen Album mit schwarzem Einband, das Vater neulich hervorgeholt hatte. Es enthielt Fotos seiner Familie, allerdings nicht sonderlich viele. Ein Drittel der Seiten waren unbenutzt und etliche Bilder verloren gegangen; nur leere Rechtecke zwischen brüchigen Fotoecken zeugten davon, dass da einmal etwas gewesen sein musste.

Wolfgang betrachtete alte, braunstichige Schwarzweißfotos seiner Urgroßeltern, die ernst und würdevoll dreinblickten und ordentlich frisiert waren, und verblassende Farbaufnahmen seiner Großeltern. Da, das Foto von Großvater Wedeberg, das Vater als Vergrößerung im Arbeitszimmer hängen hatte: die ausgeprägte Nase, aber ein schmaleres Gesicht und ein bitterer Zug um den Mund. Jemand, der unzufrieden war mit sich und der Welt. Bilder seiner Großmutter zeigten eine unscheinbare Gestalt mit grauen Haaren und umschatteten Augen. Von ihr wusste Wolfgang nur, dass sie Krankenpflegerin gewesen war; ein Bild zeigte sie in ihrer altertümlichen Schwesterntracht.

Ein schmales Album mit grünem Leineneinband enthielt Bilder seiner Großeltern mütterlicherseits, die noch weniger Spuren hinterlassen hatten. Auf einem geschleckt wirkenden Hochzeitsfoto lächelten beide gezwungen in die Kamera, ein weiteres, leicht unscharfes Bild zeigte sie neben ihrem neuen Auto stehend. Von Großvater, der zeitlebens stark geraucht hatte und früh an Lungenkrebs gestorben war, gab es nur noch zwei weitere Fotos: auf einem hielt er seine neugeborene Tochter – Wolfgangs Mutter also – behutsam im Arm, das andere musste eine Art Bewerbungsfoto oder die Vergrößerung eines Passbildes sein, so ernst und sachlich, wie er einen daraus anblickte mit hellen, etwas verschmitzt wirkenden Augen. In ungelenken, kindlichen Buchstaben hatte Wolfgang damals seinen Namen darunter geschrieben: *Ewald Dorn*. Ja, er erinnerte sich. Diesen Großvater hätte er gerne gekannt.

Es folgten noch eine Reihe von Bildern der verwitweten Großmutter, die nicht wieder geheiratet hatte, sondern ihre Tochter unter großen Entbehrungen allein aufgezogen hatte. Sie wirkte von Bild zu Bild müder, trauriger und gebrochener. Das einzige Foto, auf dem sie zumindest ansatzweise lächelte, war das letzte, das sie zusammen mit Mutter und Vater vor dem Brandenburger Tor zeigte. Waren die beiden jung gewesen! Wolfgang musste grinsen. Vater hatte sein Haar schon damals lang getragen, nur war es da noch dunkel gewesen, was ihn ein wenig wie einen steckbrieflich gesuchten Terroristen hatte aussehen lassen. Was Mutter wohl an ihm gefunden haben mochte? Schwer zu sagen. Aber die beiden hatten jahrelang zusammengelebt, also musste es etwas gegeben haben, das sie verbunden hatte. Dass sie erst kurz vor seiner, Wolfgangs, Geburt geheiratet hatten, war sicher nur eine Formsache gewesen.

Wolfgang sah auf, betrachtete sein Spiegelbild im dunklen Fenster und überlegte, was Svenja wohl an *ihm* finden mochte. Auch schwer zu sagen.

Das vierte Album war dick, dunkelblau und groß. Es enthielt praktisch ausschließlich Bilder von Wolfgang. Wolfgang als Baby, in der Wiege, beim Wickeln, in der Badewanne, auf dem Boden sitzend und stolz eine Rassel in die Höhe haltend. Sommers im Gras, winters im Schnee. Im Kindergarten. Mit der Schultüte vor der Haustüre. Und natürlich jede Menge Fotos, auf denen er Cello spielte.

Ganz nett, aber alles in allem nicht sehr ertragreich. Ohne große Erwartungen blätterte Wolfgang doch noch den Band mit den Spanienbildern durch.

Den Bildern war die Wedeberg'sche Unlust am Fotografieren deutlich anzumerken. Es mochten nette Erinnerungen sein, aber genau genommen waren sie ausgesprochen nichts sagend. Auf neunzig Prozent von ihnen sah man Mutter, auf den übrigen Vater, verkniffen dreinsehend, als fürchte er um seinen Fotoapparat, und der Hintergrund zeigte palmengesäumte Strände, palmengesäumte Straßen oder palmengesäumtes altes Gemäuer. Dass das alles in Spanien stattgefunden hatte, musste man schon dazusagen.

Wolfgang wollte das Album gerade zuschlagen, als sein Blick an einem Foto hängen blieb, an dem ihn irgendetwas irritierte. Nur was? Er rückte näher ans Licht, betrachtete es genauer. Es war eines von der *Mutter-vor-altem-Gemäuer-Sorte*. Das alte Gemäuer war ein großer Platz vor einem Felsen, auf dem sich eine wuchtige Festungsmauer erhob und darüber ein Leuchtturm. Im Hintergrund ragten ein paar Antennen in die Höhe. Mutter stand da, hielt ihren breitkrempigen Sonnenhut auf dem Kopf fest und deutete aufs Meer hinaus. Wie man es eben so macht, wenn man sich fotografieren lässt.

Es war wie ein Faustschlag in die Magengrube, als Wolfgang plötzlich klar wurde, was ihn an dem Foto irritiert hatte.

Er *kannte* dieses Gemäuer!

Mehr noch: Jeder, der die letzten paar Wochen nicht gerade auf einem anderen Planeten zugebracht hatte oder ein notorischer Fernsehhasser war, kannte dieses Gemäuer. Vielleicht hatte nicht jeder eine Geschichtslehrerin, die sich gedrängt fühlte, anhand einer Videoaufnahme eines mittlerweile berühmten Fernsehinterviews mit einem mittlerweile eher berüchtigten Wissenschaftler zu erklären, dass diese Anlage *Castillo del Morro* hieß. Aber niemandem konnte entgangen sein, dass besagtes Interview in Havanna aufgenommen worden war.

Mit anderen Worten: Seine Eltern, die ein Jahr vor seiner Geburt geheiratet hatten, waren auf ihrer Hochzeitsreise nicht in Spanien gewesen, sondern auf Kuba.

Kapitel 12

»Das muss nichts zu bedeuten haben«, sagte Svenja.

»Ich bin aber sicher, dass das was zu bedeuten hat«, sagte Wolfgang.

Sie sah ihn zweifelnd an. »Aber ...«

»Verdammt, Svenja, sie haben mich belogen! Sie haben mir nie gesagt, dass sie auf Kuba waren. Nie. Spanien, verdammt noch mal. Sie waren auf Kuba, genau zur fraglichen Zeit. Es passt alles!« Es brach förmlich aus ihm heraus. Erst jetzt, als er endlich jemand davon erzählen konnte, merkte er, wie er innerlich zitterte. Es war große Pause, und sie hatten sich an den äußersten Rand des Schulhofs absetzen können, einem Bereich zwischen dem Fahrradschuppen und der Nussbaumhecke des angrenzenden Parks, der einer stillschweigenden Übereinkunft nach den Liebespärchen vorbehalten war.

»Aber der Gentest hat doch ergeben –«

»Das kann alles Mögliche heißen. Bewiesen ist damit bloß, dass ich nicht der Klon meines Vaters bin. Ansonsten kann ich der Klon von sonst wem sein, von Fidel Castro vielleicht oder von Adolf Hitler oder was weiß ich von wem.« Wolfgang hielt inne, versuchte ruhig zu bleiben, klar zu denken. »Obwohl, nein. Wenn ich daran denke, wie mein Vater drauf ist, bin ich wahrscheinlich ein Klon von Pablo Casals.«

»Wer ist Pablo Casals?«

»Ein spanischer Cellist. Wahnsinnig bedeutend, hat die Technik des Cellospiels revolutioniert und so weiter.«

»Verstehe. Und der lebt nicht mehr, oder?«

»Schon lange nicht mehr. Ist 1973 oder so gestorben.«

»Woher sollte dann jemand seine DNS haben?«

Wolfgang winkte ab. »Das ist das kleinste Problem. Denk an die genetischen Untersuchungen, die die Polizei heutzutage macht. Denen reicht doch schon ein Haar oder eine Schweißspur. Es braucht bloß einer Casals Bogen aufbewahrt zu haben; an dem sind garantiert noch irgendwelche Hautschuppen oder so was zu finden. Es geht im Extremfall ja nur um eine einzige verdammte Zelle.«

Svenja überlegte. »Und woher will man wissen, dass die Zelle, die man gefunden hat, wirklich von diesem Pablo Casals stammt und nicht von dem Sammler? Oder sonst jemandem?«

»Vielleicht ist genau das passiert«, meinte Wolfgang düster. »Eine Verwechslung. Und vielleicht tue ich mich deswegen auch so schwer mit dem Cello. Weil ich in Wirklichkeit der Klon des Museumsverwalters bin.« Ein Gedanke kam ihm. »Hast du eigentlich noch den Schlüssel zur Oberstufenbücherei? Ich würde mir über die Ferien gern ein Buch zur Gentechnik ausleihen. Ich dachte, ich mach mich besser mal damit vertraut, wer ich bin.«

»Findest du nicht, dass du jetzt ein bisschen übertreibst?«, fragte Svenja, während sie in ihrem Geldbeutel nach der Chipkarte kramte.

Wolfgang spürte einen dicken Kloß im Hals. »Svenja, ich bin ein Klon. Ich weiß es.« Besser, er sagte es jetzt. Wenn sie mit ihm daraufhin Schluss machen würde, hatte er zweieinhalb Wochen Zeit, darüber hinwegzukommen.

»Du sagst das, als ob du erwartest, dass ich um Hilfe schreie oder so was.«

»Ein Klon, Svenja. Letztendlich ein Monstrum aus dem Labor, irgendwie.«

Ihr Gesicht verdüsterte sich. Er hatte es geahnt. Hoffentlich würde er Französisch und Chemie noch durchstehen, ohne dass man ihm etwas ansah.

»Jetzt mal langsam, Herr Wedeberg«, sagte Svenja ernst. »Ich habe mit Marco Schluss gemacht, weil er solche Sachen über dich gesagt hat. Fang also bitte du jetzt nicht selber damit an.«

»Aber hast du dir überlegt, was ist, wenn sich herausstellt, dass es stimmt?«

Sie musterte ihn, als wolle sie später aus dem Gedächtnis ein Porträt von ihm malen. »Du bist so, wie du bist«, erklärte sie bedächtig. »Und ich mag, wie du bist. Das ist es, was für mich zählt. Nicht, wie es zu Stande gekomen ist, du alter Esel.« Sie beugte sich vor und küsste ihn auf den Mund. »So. Du hast es doch darauf angelegt, dass ich dir solche Liebesschwüre mache, oder? Gib's zu. Ich fall auf so was immer rein.«

Wolfgang war völlig geplättet. »Was? Ich?«

»Abgesehen davon«, fuhr Svenja fort und betrachtete dabei äußerst interessiert die Spitzen ihrer Schuhe, »glaube ich, dass die herkömmliche Methode, Menschen in die Welt zu setzen, einfach konkurrenzlos ist.« Wolfgang wurde regelrecht heiß. Was hieß *das* jetzt? »Ähm, ja, also ...«, stotterte er und hatte das Gefühl, rot wie eine Tomate zu werden. Das durchdringende Klingeln zum Pausenende enthob ihn einer Antwort, was gut war, denn ihm wären ohne Zweifel nur ausgesprochen dämliche Antworten eingefallen.

»Jetzt sehen wir uns ziemlich lange nicht«, sagte er also stattdessen, wie er es sich vorgenommen hatte zum Abschied.

»Wenigstens weiß ich, wo du bist.«

»Ich würde dich gern noch mal küssen.« Das allerdings war ihm einfach so herausgerutscht.

»Dann tu's doch«, sagte Svenja.

Es wurden eintönige Ferientage. Wolfgang spielte pflichtbewusst Cello und gab sich sogar Mühe dabei, in der Hoffnung allerdings, dass derlei gute Führung dazu führen mochte, dass sein Hausarrest in absehbarer Zeit aufgehoben würde und er Svenja treffen konnte. Sie nicht wenigstens einmal am Tag zu sehen, vermisste er mehr, als er erwartet hatte. Zum ersten Mal in seinem Leben wünschte er sich, die Ferien würden schneller vorübergehen.

In seinen freien Stunden las er in dem Buch, das er aus der Oberstufenbücherei mitgenommen hatte. Es war von einem Autorenpaar namens Ian Wilmut und Keith Campbell verfasst worden, zwei britischen Wissenschaftlern, die 1996 am Roslin Institut in Edinburgh das erste aus einer Körperzelle geklonte Säugetier erzeugt hatten, das berühmt gewordene Schaf Dolly. Wolfgang, der sich auf eine schwierige Lektüre eingerichtet hatte, stellte erstaunt fest, dass das Buch interessant und angenehm zu lesen war, und obwohl es naturgemäß ziemlich viel um Biologie ging, erklärten die Autoren die Zusammenhänge weitaus verständlicher, als das dem »Kittel« je gelungen war.

Nicht ohne Beunruhigung las er zum Beispiel, dass Dolly aus Brustdrüsenzellen eines sechs Jahre alten Mutterschafes geklont worden war, das zum Zeitpunkt der Experimente schon längst nicht mehr gelebt hatte. Mit anderen Worten, es war durchaus möglich, einen Toten zu klonen. Wolfgang konnte daraufhin nicht anders, als das Buch beiseite zu legen und in seinem uralten Musiklexikon nach Porträts berühmter Cellisten zu suchen. Immerhin vermochte er zwischen sich und Pablo Casals nicht die geringste Ähnlichkeit festzustellen, nicht einmal, nachdem er einen Handspiegel aus dem Bad zu Hilfe geholt hatte. Auch von den anderen großen Cellisten ähnelte ihm keiner, weder von den lebenden noch von den toten.

Zumindest, soweit sie in seinem Lexikon abgedruckt waren. Er stieß interessanterweise bei dieser Suche auf den Namen Tessari: ein gewisser Sjepan Tessari, ein gebürtiger Rumäne, dessen viel versprechende Karriere als Cellovirtuose von einem Unfall beendet worden war, bei dem er sich die Hand gebrochen hatte. Danach hatte er sich dem Unterrichten und der Förderung junger Talente gewidmet und in dieser Eigenschaft weltweiten Ruhm in Fachkreisen erworben. Sogar, dass er seit fünfundzwanzig Jahren an der Staatsoper Berlin war und an der Musikhochschule lehrte, stand da. Nur abgebildet war er nicht.

Berlin. Das hatte er ganz vergessen. Und jetzt, mit dem Hausarrest, würde auch nichts mehr draus werden. Vermutlich hatte Svenjas Schwester das Ganze sowieso nicht so ernst genommen.

Und schließlich hatte er inzwischen auch andere Sorgen.

»Ihr wart doch auf eurer Hochzeitsreise in Spanien, nicht wahr?«, fragte er seine Mutter einmal beim Mittagessen, betont harmlos. »Wo wart ihr denn da überall?«

»Oh«, war die zögerliche Antwort. »Madrid. Barcelona. So genau weiß ich das nicht mehr. Da fragst du besser deinen Vater. Er hat alles organisiert, er erinnert sich bestimmt noch.«

Es klang nicht gerade wie jemand, den man auf frischer Tat ertappt hatte, aber auch nicht so, dass Wolfgangs Befürchtungen dadurch zerstreut worden wären.

War er ein Klon? Morgens vor dem Badezimmerspiegel betrachtete er sein Spiegelbild und fragte sich, was es bedeuten würde. Ein Klon zu sein, das kam ihm vor, als habe er sich versehentlich in den Finger geschnitten und entdeckt, dass unter seiner Haut eine Plastikschicht war. Als hätte er sich den Arm gebrochen und gesehen, dass darin Kabel und Gestänge liefen. Natürlich war das Unsinn. Ein Klon war kein Roboter – aber doch ein künstliches Wesen, oder? Etwas durch und durch Unnatürliches.

Doch aus dem Buch erfuhr er, dass Klonen – wissenschaftlich exakt sprach man eigentlich von *Klonierung* – keineswegs ein so unnatürlicher Vorgang war, wie immer getan wurde. Klonierung war im Grunde nur eine Form ungeschlechtlicher Fortpflanzung, die vor allem bei niederen Lebewesen eher die Regel als die Ausnahme war. Wenn man etwa den Ableger einer Zimmerpflanze eintopfte, tat man nichts anderes, als einen Klon dieser Pflanze heranzuziehen. Alle Cox-OrangeBäume auf der ganzen Welt zum Beispiel waren Klone eines Baumes, der im neunzehnten Jahrhundert aus einem Apfelsamen gewachsen war. Viele Pilzsorten pflanzten sich ausschließlich ungeschlechtlich fort. Bei Moosen, Farnen und normalem Grasrasen kam es zumindest häufig vor. Es gab eine natürliche Form des Klonens, die man *Parthenogenese* oder »Jungfernzeugung«, nannte, bei der eine Eizelle sich sozusagen selbstständig machte und zu einem neuen Lebewesen heranwuchs. Bei Wirbeltieren war das zwar selten, kam aber vor, etwa bei manchen Eidechsenarten, beim Lachs oder beim Haustruthahn.

Bei Säugetieren allerdings funktionierte Parthenogenese nicht. Hier musste man, um Klone zu erzeugen, zu massiven technischen Mitteln greifen, und dass das kein *im Grunde natürlicher Vorgang* mehr sein konnte, sah man spätestens an einem Phänomen, das die Forscher *Riesenfetussyndrom* nannten: Feten von Wiederkäuern, die durch Zellkerntransfer geklont worden waren, wogen bei der Geburt in der Regel mindestens ein Drittel mehr als normal. Das machte den Geburtsvorgang schmerzhafter und medizinisch aufwändiger. Aus diesem Grund hatte man in den

USA Versuche, Rinder sozusagen fabrikmäßig zu klonen, wieder aufgegeben.

»War ich eigentlich eine schwere Geburt?«, fragte Wolfgang bei einer Gelegenheit, bei der es ihm gelungen war, das Gespräch unauffällig auf das Thema Kindheit zu lenken.

Mutter holte tief Luft bei der Erinnerung. »Und wie! Du hast über viereinhalb Kilo gewogen. Ein Riesenbrocken warst du. Fast wäre ich um einen Kaiserschnitt nicht herumgekommen.« Es schien keine angenehme Erinnerung zu sein, denn sie blinzelte, als wolle sie sie vertreiben, und fragte: »Wieso willst du das denn wissen?«

»Ach, nur so«, sagte Wolfgang.

War er ein Klon? Konnte es überhaupt stimmen, was dieser Frascuelo Aznar behauptet hatte? Das Klonen war, so las er es hier, ein unsinnig aufwändiger Prozess. Die Schöpfer von Dolly hatten nicht weniger als 277 Schafsembryonen erzeugt und Muttertieren eingepflanzt, doch nur ein einziger Embryo war zu einem lebensfähigen Tier herangewachsen, während alle übrigen bei Fehlgeburten zu Grunde gegangen waren.

War es unter solchen Bedingungen überhaupt vorstellbar, dass jemand einen Menschen klonte, ohne dass etwas davon durchsickerte? Ohne dass zum Beispiel eine der beteiligten Mütter redete? Äußerst unwahrscheinlich.

Am Ende war alles falscher Alarm. Vielleicht gab es in Spanien ein Bollwerk mit Leuchtturm, das genauso aussah wie das *Castillo del Morro* oder ihm zumindest so ähnelte, dass man es verwechseln konnte. Und warum auch nicht? Immerhin, was hatte Frau Pohl erzählt? Im siebzehnten und achtzehnten Jahrhundert hatte Kuba noch zu Spanien gehört. Also war dieses *Castillo* doch wohl von Spaniern errichtet worden. Die würden sich für ihre überseeischen

Festungsanlagen kaum völlig neue Baupläne ausgedacht, sondern auf Bewährtes zurückgegriffen haben.

Genau. Bestimmt gab es eine einfache, einleuchtende Erklärung für alles. Und eines Tages würde die auch auftauchen.

Und er würde sich einstweilen nicht mehr darum kümmern.

So schleppten sich die Pfingstferien dahin, so träge, wie noch nie Ferien vergangen waren. Er las das Buch über Klone und Gentechnik aus schierer Langeweile zu Ende und war gerade damit durch, als seine Mutter ihn herunter ans Telefon rief. »Dein Freund Cem«, sagte sie und hielt ihm den Hörer hin. »Er will irgendetwas wissen wegen einer Hausaufgabe.«

Wolfgang wusste nichts von einer Hausaufgabe. Das fehlte noch, dass die Lehrer anfingen, ihnen über die Ferien Hausaufgaben aufzugeben. Aber er nahm den Hörer, ohne sich seine Verwunderung anmerken zu lassen. »Cem?«

»Hi«, hörte er Cems Stimme, wie immer glänzender Laune. »Wie ernst ist es? Hört deine Mutter zu?«

»Ja«, nickte Wolfgang. Sie lehnte mit verschränkten Armen im Durchgang zum Wohnzimmer und beobachtete ihn mit sichtlicher Skepsis.

Cem kicherte. »Verstehe. Verschärfte Einzelhaft. Das macht die Sache ein bisschen aufregender.«

»Das ist doch keine schwierige Aufgabe«, sagte Wolfgang.

»Gute Antwort. Also, pass auf. Zunächst mal viele Grüße von deiner Freundin, du Glückspilz. Sie steht echt schwer auf dich, wenn ich das mal so fachmännisch sagen darf. Ach übrigens, nur damit du es nicht von jemand anders erfährst und dir unnötige Sorgen machst: Marco versucht gerade, sich wieder an Svenja ranzumachen. Aber er hat keine Chance, glaub mir. Das ist gelaufen.«

»Verstehe«, sagte Wolfgang.

»Gut, so weit die Nachrichten. Jetzt zur Vorhersage für die kommende Woche. Ich soll dir sagen, dass Svenjas Schwester einen Termin bei dem Professor ausgemacht hat. Keine Ahnung, was sie damit meint, aber du weißt angeblich Bescheid. In drei Tagen. Überübermorgen, mit anderen Worten.«

»Ja. Das ist, ähm, gut.«

»Wie wär's, wenn du zur Abwechslung mal was sagst, das auch so klingt, als würdest du mich bei einer Hausaufgabe beraten?«

»Hmm. Ja.« Wolfgang überlegte. »Du musst, ähm, den Term nach x auflösen. Und die binomische Formel anwenden. Und den Logarithmus von –«

»Gut, danke, reicht. Da schwindet ja mein Feriengefühl, wenn ich so was höre. Also, Svenja organisiert alles, du musst nur noch packen. Womit wir zur Frage aller Fragen kommen, nämlich: Kannst du unauffällig verschwinden?«

»Nein.«

»Aha«, sagte Cem. »Da müssen wir uns was ausdenken.«

Zwei Tage später klingelte es früh am Nachmittag an der Haustür. Wolfgang hörte seine Mutter öffnen und mit einem Mann sprechen. Gleich darauf rief sie nach ihm.

»Was ist?«, fragte er von der Galerie herab.

Sie hatte jenen schmallippigen Gesichtsausdruck, der deutlich signalisierte, dass man gut daran tat, ihr nicht zu widersprechen. Hinter ihr stand ein breitschultriger Mann in einer beeindruckend aussehenden grauen Uniform, der auch nicht so wirkte, als könne man ihm dumm kommen. Seine Augen funkelten kampfeslustig.

»Pack dein Cello und komm«, sagte Mutter. »Dieser Herr vom Sicherheitsdienst wird dich zum Unterricht fahren.«

»Cellounterricht?«, protestierte Wolfgang. »In den Schulferien? Seit wann das denn?«

Mutter verzog unwillig das Gesicht. »Seit heute.«

»Ihr Vater hat Extrastunden ausgemacht«, erklärte der Mann und verschränkte dabei die Arme hinter dem Rücken. »Zweimal die Woche. Ich habe den Auftrag, Sie, ähm, *abzuschirmen*.«

»Aber ich habe heute doch schon vier Stunden lang geübt! Mein Arm ist der reinste –«

»Wolfgang!«

Er ließ die Schultern sinken. »Ja, schon gut.« Damit schlurfte er davon, packte seinen Cellokasten und die wichtigsten Noten und kam wenig später die Treppe herunter. Sie sahen ihm beide zu, wie er die Schuhe anzog und seine Windjacke. »Die brauchst du doch nicht«, meinte Mutter halblaut, aber er zog sie trotzdem an.

Sie ging noch mit hinab, als müsse sie überwachen, dass er auch tatsächlich in das Auto stieg, einen dunkelgrauen Mercedes, der aussah, als wäre er gepanzert oder so was. »Stell dich nicht so an«, meinte sie zum Abschied. »Du weißt doch, wie Vater ist. Er mag keinen Widerspruch.«

»Ja, ich weiß«, sagte Wolfgang, schob den großen schwarzen Instrumentenkoffer auf den Rücksitz des Wagens und stieg hinterher.

»Auf Wiedersehen, Frau Wedeberg«, sagte der Mann mit der Boxerstatur und nahm auf dem Fahrersitz Platz. Sie fuhren los, und Wolfgang warf noch einen Blick zurück. Mutter stand mit verschränkten Armen da und sah ihnen reglos nach.

Es war tatsächlich zu warm für eine Jacke. Gleich nachdem sie um die Kurve waren, zog er sie wieder aus.

»Alles klar?«, kam es von vorne.

»Alles klar.« Wolfgang ließ die Verschlüsse des Cellokoffers der Reihe nach aufschnalzen. »Ich kann es noch gar nicht glauben. Sie hat es dir abgekauft, zu hundert Prozent.«

»Hör mal, ich bin schließlich Schauspieler«, meinte der Mann, der niemand anderes war als Gürkan Bardakci, Cems großer Bruder, mit leicht beleidigtem Unterton. »So was mach ich praktisch jeden Tag.«

»Leute entführen?« Er klappte den Deckel auf, so gut es ging. Eine Menge Wäsche, Hemden und Hosen, die in den Raum zwischen dem Instrument und dem Deckel gestopft gewesen waren, quollen hervor, außerdem eine Stofftasche, in die Wolfgang nun alles umpackte. Zum Schluss nestelte er seinen Waschbeutel unter dem Hals des Cellos hervor. »Wenn meine Mutter auf die Idee gekommen wäre, meinen Vater anzurufen, wäre alles aufgeflogen.«

Gürkan grinste breit. »Auf die Idee ist sie schon gekommen«, sagte er genüsslich. »Nur leider war ständig belegt.«

»Ach.«

»Dein Vater denkt, er spricht gerade mit dem Sekretär eines krebskranken Industriellen aus Ankara über Behandlungsmethoden und die Kosten einer bevorzugten Unterbringung. Aber ich fürchte, in Wirklichkeit ist bloß Cem am anderen Ende der Leitung. Und Svenja blockiert das Telefon deines Cellolehrers.«

Wolfgang grinste. »Ihr seid einfach genial.«

Sie fuhren ohne weiteren Aufenthalt bis nach Rottweil, wo Cem und Svenja schon vor dem Bahnhof warteten und ihnen mit ihren Handys zuwinkten, als sie vorfuhren. Zehn Minuten später stiegen Svenja und Wolfgang in den ICE nach Stuttgart, wo sie in einen weiteren ICE umstiegen, der direkt nach Berlin fuhr.

Arne Maitland saß in der Hofeinfahrt inmitten einer Sammlung abgegriffener Modellautos und fütterte die Schildkröte, die »der Brocken«, hieß, mit Salat. Er sah kaum auf, als ein knatterndes Moped mit chromblitzendem Motor vor ihm hielt. Er kannte den großen Jungen, der darauf saß und ein finsteres Gesicht machte. Das war Marco, der einmal mit Svenja gegangen war. Jetzt musste man ihm immer sagen, dass sie nicht da war, wenn er anrief, selbst wenn es nicht stimmte, weil sie nichts mehr von ihm wissen wollte.

»Hey, Arne«, sagte der große Junge. »Ist Svenja da?«

Arne streckte ihm die Zunge raus. »Nein.«

»Wo ist sie?«

»Sag ich nicht.« Der Brocken zog seinen Kopf in den Panzer zurück. Der hatte es gut.

Marco stieg ab, schwang sein Motorrad auf den Ständer und setzte sich neben Arne auf den Boden. Er hatte eine schwarze Lederjacke an und eine Lederhose mit Nieten, wie sie richtige Motorradfahrer trugen.

»Von mir aus«, sagte er. »Dann werde ich eben hier warten, bis sie wiederkommt.«

Arne verschluckte sich fast vor Lachen. »Da kannst du lange warten«, prustete er. »Sie ist nämlich mit ihrem neuen Freund bei unserer großen Schwester in Berlin und kommt erst nächste Woche wieder!«

Kapitel 13

Kurz vor Mitternacht kamen sie in Berlin an. Irena und ihr Mann Leo holten sie am Bahnhof ab, was Wolfgang sehr beruhigend fand, denn es wimmelte dort nur so von unheimlichen Gestalten, danach ging es mit dem Auto kreuz und quer durch endlose Häuserschluchten einer Hauptstadt, die nicht im Mindesten daran zu denken schien, schlafen zu gehen. Ebenso wenig wie ihre Bewohner, und so saßen Wolfgang und Svenja wenig später in der behaglichen Wohnküche der Francks, sahen zu, wie Irena Spagetti kochte, und als das Nudelwasser siedete, kamen nacheinander auch die vier Kinder angetappt und die zwei Hunde. Während die Kinder sich an ihre Tante schmiegten, beschnupperten die Hunde den Fremden in ihrer Mitte, Wolfgang, ließen sich gutmütig von ihm streicheln und verzogen sich schließlich auf einen Wink Leos auf eine zerknüllte Decke in einer Ecke.

Die Spagetti – mit scharfer Soße – schmeckten herrlich. Irena und Leo schienen sich ehrlich zu freuen, sie zu sehen, und fanden die Geschichten rund um Wolfgangs Flucht aus dem Hausarrest höchst aufregend.

»Aber Wolfgang«, meinte Irena, »deine Eltern werden sich trotz allem wahnsinnige Sorgen um dich machen. Sollten wir ihnen nicht lieber eine Nachricht zukommen lassen?«

Wolfgang schüttelte den Kopf. »Ich habe einen Zettel auf meinen Schreibtisch gelegt, dass ich was erledigen muss und in ein paar Tagen zurückkomme. Unübersehbar, würde ich sagen.«

»Gut.« Irena nickte zufrieden. Abgesehen davon, dass sie dunkles Haar hatte, sah sie Svenja erstaunlich ähnlich. »Dann zeige ich euch jetzt mal das Zimmer. Spät genug ist es ja.«

Der Zettel, den Wolfgang auf seinen Schreibtisch gelegt hatte, wartete dort ruhig bis in die Nacht hinein. Dann wurde plötzlich die Zimmertür aufgerissen, und Wolfgangs Vater schrie ins Dunkel: »Wolfgang? Bist du da?« Natürlich kam keine Antwort, worauf er wieder davonstapfte. Die Tür ließ er offen stehen.

Als wenig später Dr. Lamprecht, der Rechtsanwalt der Familie, durch die Haustür trat, zog es einen Moment lang kräftig quer durchs Haus. Der Zettel mit der beruhigenden Nachricht wurde an den Rand des Schreibtisches geweht, blieb kurz zwischen Wandregal und Schreibtisch hängen und rutschte dann in den schmalen Spalt hinter der Schultasche.

Man hätte ihn freilich auch dort finden können, wenn man sich etwas Mühe beim Suchen gegeben hätte. Nur tat das niemand. Zwei flüchtige Blicke auf Bett und Schreibtisch, ein Rundblick von nicht einmal zwanzig Sekunden Dauer – das war alles, was an Suche stattfand.

Dr. Lamprecht hockte im Sessel und schwitzte. Kleine silberne Schweißperlen rannen ihm an Schläfe und Wange herab und sammelten sich in seinem scharf ausrasierten Kinnbart. »Eine Entführung ist durchaus denkbar«, erklärte er. »Du bist ein wohlhabender Mann, Richard. Und diese unselige Zeitungsgeschichte hat Aufmerksamkeit erregt, vielleicht bei den falschen Leuten ... Denkbar ist es.«

Dr. Wedeberg hörte ihm nicht zu. Er stand mitten im Raum und schien gewissermaßen im eigenen Saft zu schmoren. Wenn man ihn eine Weile ansah, konnte man glatt glauben, dunklen Rauch über ihm aufsteigen zu sehen.

»Dass du dir aber auch nicht wenigstens das Nummernschild des Wagens gemerkt hast, Julia«, grollte er zum wiederholten Mal.

Seine Frau saß in dem anderen Sessel, eine Ärgerfalte auf der Stirn, die wie eintätowiert wirkte. »Möchte mal wissen, wie viel Nummernschilder du auswendig kennst. Nicht mal dein eigenes.«

»Aber irgendjemandem, der an die Tür kommt und eine Uniform anhat, einfach alles zu glauben! Wirklich, ich hätte geglaubt, dass du ...«

»Wenn es sich um eine Entführung handeln sollte«, warf Dr. Lamprecht ein, »werden die Entführer sich irgendwann melden. Darauf sollten wir uns vorbereiten. Ein Tonbandmitschnitt des Gesprächs ist ...«

Dr. Wedeberg begann wieder, auf und ab zu gehen.

»Das ist keine Entführung«, meinte er. »Der Junge ist durchgebrannt. Mit diesem Mädchen. Und wir wissen nicht mal, wie sie heißt.«

»Svenja«, sagte Wolfgangs Mutter ruhig. »Er hat ihren Namen erwähnt.«

»Nicht gerade ein Allerweltsname. Es sollte kein Problem sein, den Nachnamen herauszufinden.« Grübelnd betrachtete er die Uhr an der Wand. »Man könnte die Rektorin anrufen. Die Elternsprecher. Oder ...«

»Aber nicht mehr heute, Richard«, sagte seine Frau und stand auf.

Am nächsten Morgen wurde Wolfgang das Gefühl nicht los, alles nur zu träumen. Sie saßen an diesem riesigen runden Küchentisch aus hellem Holz, in dieser lichtdurchfluteten, weiten Küche, durch deren Fenster der Blick auf einen Dachgarten voller Grün und dahinter über dieses unglaubliche Häusermeer ging, hatten ein Gebirge aus Milchflaschen, Müslischachteln, Körben mit Brötchen oder Obst und zwei Dutzend verschiedener Gläser mit Marmelade, Honig und anderen Brotaufstrichen vor sich, dazu Wurst und Käse und Orangensaft und Kräuterquark und überhaupt alles, was auf einem Frühstückstisch nur denkbar war, futterten voller Behagen, lachend und schwatzend, und ringsum tobte das Leben, stritten die beiden Ältesten, krakeelte das jüngste Kind der Francks, balgten sich die Hunde um einen zernagten Ball. Wenn es einen Himmel gab, konnte er sich von diesem wunderbaren Morgen nur noch in Nuancen unterscheiden.

»Dein Termin ist um zwei Uhr«, sagte Irena, schaute aber zur Sicherheit noch einmal auf den Terminkalender, der neben dem Telefon an der Wand hing. »Richtig, um zwei. Und du sollst ein bisschen eher da sein, hat die Sekretärin gemeint.«

»Mmmh«, nickte Wolfgang mit vollem Mund. Als er den Bissen unten hatte, fügte er hinzu: »Damit sich das Cello an den Raum anpasst. Und dann muss ich es noch stimmen.«

Leo sah auf die Uhr. »Ich muss los.« Er stand auf, stürzte im Stehen den letzten Schluck Kaffee hinab.

»Falls sie ihn gleich für das Orchester engagieren, ruf mich im Büro an«, schärfte er seiner Frau ein. »Dann besorge ich Champagner.«

»Mach ich«, versprach Irena und gab dem größeren der beiden Hunde, der vorwitzig etwas vom Tisch wegschnappen wollte, einen Klaps aufs Maul. »Für Champagner tu ich doch fast alles. Was soll das?«, fauchte sie den Hund an, als der es noch mal probierte. Wolfgang musste an zu Hause denken, an das stille, düstere Haus, das unendlich weit weg zu sein schien und ihm aus dieser Distanz wie ein trostloses Gefängnis vorkam. »Vielleicht fragen sie mich auch nur, ob ich das Cello nicht an jemanden verkaufen will, der wirklich etwas damit anfangen kann«, unkte er.

»Hört ihn euch an«, grinste Svenja. »Plötzlich macht er sich Sorgen, dass der Cello-Papst nicht genauso begeistert von ihm sein könnte wie sein Vater.« Sie knuffte ihn in die Seite. »Ich dachte, du wolltest da hingehen, um die Wahrheit zu erfahren? Dann wirst du sie auch verkraften müssen, schätze ich.«

Frau Horn, die Rektorin, war zu Hause und beim Frühstück, als Dr. Wedeberg vor der Tür stand. Sie bat ihn trotzdem herein. An einem Tisch unter einer Sammlung handgeschnitzter afrikanischer Masken hörte sie sich an, was Wolfgangs Vater ihr zu sagen hatte, dann faltete sie die Hände und sah ihn nachdenklich an.

»Es wundert mich, dass Sie mich das fragen müssen«, gestand sie. »Dass Sie nicht wissen, wie die Freundin Ihres Sohnes heißt.«

Dr. Wedeberg nickte zögernd. »Nun ja. Es gab Streit deswegen. Ich kenne das Mädchen nicht.«

»Darf ich fragen, was der Anlass des Streits war?«

»Was in solchen Fällen der Anlass ist. Wolfgang fing an, seine schulischen Pflichten zu vernachlässigen.«

»Falls Sie wissen wollen, wie sich das auf seine Noten auswirkt, müsste ich Sie bitten, in meine offizielle Sprechstunde zu kommen.«

»Es ging vor allem um seinen Cello-Unterricht.«

»Ach ja, richtig. Er spielt Cello.« Die Rektorin nickte dünnlippig. »Es hat mich immer gewundert, dass er nicht dem Schulorchester beitritt.«

»Dafür gibt es Gründe«, meinte ihr Besucher nur. Einen Moment lang sagte niemand etwas. Frau Horn schien zu warten, dass er weitersprach. »Wie gesagt«, fuhr er schließlich fort, »ich glaube, dass er mit diesem Mädchen ... nun ja, durchgebrannt ist. Und um der Sache nachgehen zu können, bitte ich Sie, mir ihren Nachnamen zu nennen.«

»Ich kann Sie beruhigen. Der Sexualkundeunterricht an meiner Schule ist gründlich, an der heutigen Lebenswirklichkeit orientiert und erzieht die jungen Leute zu Verantwortlichkeit. Seit ich Rektorin bin, hat es keinen einzigen Fall einer ungewollten Schwangerschaft am Gymnasium Schirntal gegeben, von Schlimmerem ganz zu schweigen.«

Dr. Wedeberg kniff die Augen zusammen. »Darum geht es doch überhaupt nicht. Es geht darum, dass ich meinen Sohn finden will, und dazu benötige ich den Namen dieses Mädchens.«

»Da reden wir von personenbezogenen Daten. Gerade Sie als Arzt sollten einsehen, dass ich damit nicht nach Belieben verfahren kann.«

»Sicher, aber in diesem Fall ...«

»Ich möchte Ihnen einen anderen Vorschlag machen«, unterbrach die Rektorin ihn mit jener stählernen Stimme, die alle Schüler des Schirntaler Gymnasiums nur zu gut kannten: Was so begann, war nicht wirklich ein Vorschlag, sondern das letzte Wort.

»Ich höre«, sagte Dr. Wedeberg mit mühsam gewahrter Fassung.

»Wolfgang wird zweifellos wieder auftauchen. Das ist

nicht der erste derartige Fall, den ich erlebe. Und wenn er wieder zu Hause ist, dann schlage ich vor, dass Sie beide hierher zu mir kommen zu einer offenen Aussprache über alle Probleme, die Sie miteinander haben.«

Um das Kinn ihres Besuchers zuckte es verräterisch.

»Vielen Dank«, sagte er knapp. »Aber wir haben keine Probleme.«

»Oh doch, die haben Sie ohne Zweifel.« Frau Horn faltete wieder ihre Hände, der Tonfall ihrer Stimme wurde weicher. »Versetzen Sie sich einmal in Wolfgangs Lage, Herr Wedeberg. Erst diese Geschichte mit der Zeitung, das Fernsehen fällt über ihn her ... Er ist fünfzehn, bald sechzehn, frisch verliebt – und Sie erteilen ihm Hausarrest, nur weil er anderes im Kopf hat als Cello zu spielen. Mal ehrlich, Herr Wedeberg – was hätten Sie denn an seiner Stelle getan? Können Sie nicht nachvollziehen, dass er einfach mal ausbüxen musste?«

»Von einer Rektorin hätte ich erwartet, dass sie vor allem die Sorgen nachvollziehen kann, die wir *Eltern* uns machen.« Dr. Wedebergs Stimme war wie Eis, seine Gesichtszüge hart wie gemeißelt.

»Ich bin überzeugt, dass zu Sorge kein Anlass besteht«, sagte Frau Horn unnachgiebig.

»Endlich mal ein netter Junge«, lobte Irena ihre kleine Halbschwester, als Wolfgang gerade nicht in der Nähe war. »Nicht so ein Kotzbrocken wie dieser Marco, den du letztes Jahr angeschleift hast.«

Das Lenkrad seines Wagens bekam auf der Rückfahrt eine ganze Menge Schläge und Flüche ab, obwohl es unschuldig war. Mittendrin klingelte das Telefon. Er hielt an und beäugte erst misstrauisch das Display, ehe er sich meldete, weil er jetzt keine Anrufe aus der Klinik gebrauchen konnte. Aber es war Dr. Lamprecht.

»Ich habe mit einem der Elternbeiräte gesprochen«, sagte der Rechtsanwalt mürrisch. »Das Mädchen heißt Svenja Maitland. Ich habe auch die Adresse, falls du die brauchst.«

»Einen Moment.« Dr. Wedeberg angelte nach einem Rezeptblock und einem Kugelschreiber. »Die Rektorin wollte mir nämlich nichts sagen. Angeblich aus Datenschutzgründen. Wie hast du das aus ihm herausbekommen?«

Am anderen Ende der Verbindung war ein verächtliches Schnauben zu hören. »Wie Rechtsanwälte so etwas eben machen. Ich habe damit gedroht, ihn zu verklagen.«

»Maitland, hast du gesagt?« Er kritzelte den Namen hin. »Und du bist sicher, dass das stimmt?«

Der Anwalt diktierte ihm die Adresse und meinte: »Es ist die einzige Svenja an der ganzen Schule. Wenn es die nicht ist, hat dein Sohn dich belogen.«

Die Adresse bezeichnete ein verwittertes, niedriges Haus am entgegengesetzten Ende von Schirntal, umgeben von einem wild wuchernden Garten voller Spielzeug und dicht an der Ausfallstraße neben dem Industriegebiet gelegen. Er hielt auf der gegenüberliegenden Straßenseite, stieg aus, überprüfte den Namen, der auf dem Briefkasten stand, öffnete das Gartentürchen und ging zur Haustür, um zu klingeln.

Eine Frau mit halblangem blondem Haar machte auf. Sie hatte eine Küchenschürze umgebunden und trug ein Trockentuch über der Schulter. »Ja?«

»Guten Tag«, sagte er. »Mein Name ist Wedeberg. Doktor Richard Wedeberg. Ich leite die Kurklinik.«

»Und?« Sie schien nicht sehr beeindruckt.

»Mein Sohn ist, glaube ich, mit Ihrer Tochter befreundet. Sie haben doch eine Tochter namens Svenja, nicht wahr?«

»Als ich das letzte Mal nachgezählt habe, war's noch so.«

»Ich würde sie gern sprechen.«

Svenjas Mutter nahm das Trockentuch von der Schulter und fing an, sich die Hände abzutrocknen. »Sie ist nicht da.«

»Wo ist sie?«

Sie musterte ihn abweisend. »Das geht Sie nichts an, würde ich sagen.«

»Ich denke, dass mich das sehr wohl etwas angeht. Mein Sohn ist verschwunden, und ich habe Grund zu der Annahme, dass er mit ihrer Tochter zusammen ist.«

»Sie können annehmen, was Sie wollen. Es geht Sie trotzdem nichts an, wo Svenja ist.«

»Ich warne Sie, Frau Maitland!«, zischte Dr. Wedeberg. »Wenn ich unverrichteter Dinge gehen muss, komme ich mit der Polizei wieder. Und der müssen Sie Auskunft geben.«

»Tun Sie, was Sie nicht lassen können«, erwiderte Svenjas Mutter und machte ihm die Tür vor der Nase zu.

Dr. Wedeberg hieb den Daumen erbittert von neuem auf den Klingelknopf, doch die einzige Reaktion war das Bellen eines Hundes. Eines großen Hundes, wie es sich anhörte. Kurz darauf war zu hören, wie eben dieser Hund auf der anderen Seite des Hauses in den Garten hinausgelassen wurde. Dr. Wedeberg machte, dass er davon und in sein Auto kam. Wieder bekam das Lenkrad seinen ganzen Ärger ab.

An einer der nächsten Ampeln hielt ein Moped neben ihm. Ein junger Mann in schwarzer Lederkluft, die an einem Mopedfahrer etwas albern aussah, beugte sich zum Fenster herab. »Ich habe mitgekriegt, dass Sie Ihren Sohn Wolfgang suchen.«

»Ach ja?«, versetzte Dr. Wedeberg unwirsch. »Weißt du etwa, wo er steckt?«

Der Junge lächelte finster. »Ganz genau sogar.«

Gernot Jegelin musste den Telefonhörer ein Stück von seinem Ohr weghalten, so laut dröhnte Dr. Wedebergs Stimme. »Wolfgang ist in Berlin. Wir sind auf dem Weg zum Flughafen«, schrie es aus der Muschel, »unsere Maschine geht in einer Stunde. Verstehen Sie mich?«

»Ja, ich höre Sie bestens.« Im Hintergrund röhrte und krachte es, als führe der Weg zum Flughafen durch eine Kesselfabrik.

»Sie haben doch oft mit ihm gesprochen, Herr Jegelin. Hat er Ihnen vielleicht gesagt, was er vorhat?«

»Nein«, schrie der Musiklehrer zurück und kam sich dabei äußerst unkultiviert vor.

»Auch keine Andeutungen? Irgendwas?«

»Nichts.« Doch, etwas fiel ihm ein. »Es sei denn ...«

»Was? So reden Sie, Mann!«

»Er hat mich neulich gefragt, wer so eine Art oberste Instanz ist, was das Cellospiel angeht. Der Cello-Papst, sozusagen.« Gernot Jegelin zuckte zusammen, als ein fürchterliches Krachen aus dem Hörer sein Trommelfell malträtierte.

»Herr Wedeberg?«

Keine Antwort. Das eben hatte sich so angehört, als sei Dr. Wedeberg das Handy vor Schreck aus der Hand gefallen.

Pünktlich zur vereinbarten Zeit wurden sie in der Staatsoper vorstellig, Wolfgang in seinem besten Hemd, das Irena ihm eigens noch einmal aufgebügelt hatte, und Svenja in einem Kleid, in dem sie ungewohnt aussah und sich ungewohnt fühlte. Der Cellokoffer schien größer und schwerer zu sein als sonst, als sie in den hallenden Gängen des altehrwürdigen Gebäudes, in denen sich auch Riesen nicht die Köpfe angehauen hätten, nach dem Sekretariat suchten.

Die Sekretärin war rundlich, elegant gekleidet und freundlich, fand ihren Namen gleich auf ihrer Liste und führte sie schnellen Schrittes in einen ringsum mit dunklem Holz getäfelten Saal, in dem problemlos ein Orchester hätte proben können, so groß war er. Jetzt standen nur drei Stühle und ein Notenständer mitten darin, sonst nichts. »Bitte warten Sie hier«, sagte die Frau. »Der Herr Professor kommt gleich.«

Also warteten sie. Wolfgang packte sein Cello aus, stellte den Stachel ein, kollophonierte den Bogen zum wohl zehnten Mal heute, setzte sich zurecht und fuhr probeweise über die Saiten. Es klang beeindruckend in diesem Raum. Behutsam korrigierte er die Stimmung, bis das Instrument nach menschlichem Ermessen perfekt gestimmt war.

Endlich öffnete sich eine andere Tür, und ein alter Mann, der gebückt und auf einen Stock gestützt ging, betrat den Saal. Reste weißen Haars umflorten seinen kahlen, breiten Schädel. Seine Augen schimmerten feucht. Er lächelte im Näherkommen. Er wirkte gebrechlich, wie er über das Parkett auf sie zuhielt, doch zugleich innerlich unbeugsam. Etwas wie eine große Wolke warmen Wohlwollens ging von ihm aus.

Doch dann, als er auf wenige Schritte heran war, stutzte er plötzlich, sah Wolfgang entgeistert an. »Johannes?«, rief er aus. »Johannes, du? Wie ist das möglich?«

»Wolfgang«, berichtigte Wolfgang behutsam.

Professor Tessari blinzelte, schien aus einer Art Traum zu erwachen. »Ach ja, natürlich«, nickte er verstehend. »Es kann ja nicht sein. Unmöglich. Aber du siehst deinem Bruder so ähnlich, dass ich für einen Moment vergessen habe, welches Jahr wir schreiben. Und dass er tot ist.« Er lächelte gütig. »Wolfgang also?«

»Ja«, nickte Wolfgang. Es schien etwas dran zu sein an dem Klischee, dass Professoren immer geistesabwesend sind. »Allerdings habe ich keinen Bruder. Leider.«

Eine wegwischende Handbewegung war die Antwort. »Aber doch, natürlich. Johannes Dorn. So ein überaus begabter junger Cellist; ich erinnere mich an ihn, als ob es erst gestern gewesen wäre. Johannes Dorn, so war der Name. Es muss dein Bruder gewesen sein. Du bist ihm ja wie aus dem Gesicht geschnitten.«

Wolfgang fühlte plötzlich nicht mehr Blut durch seine Adern fließen, sondern etwas Eiskaltes, Furchtbares.

»Das kann nicht sein«, flüsterten seine Lippen.

»Er heißt Wedeberg, Herr Professor«, sagte Svenja, ahnungslos, wie sie war.

»Dorn ist der Mädchenname meiner Mutter«, hörte Wolfgang sich sagen, mit jedem Wort mehr ergriffen von einem Entsetzen, das wie ein schwarzer Schatten rings um ihn aufstieg. »Sie war früher Sängerin in Berlin.«

»Ja, ich erinnere mich«, nickte der Professor. »Julia Dorn, nicht wahr?«

»Ja«, sagte Wolfgang. »Julia Dorn.« Plötzlich, endlich, begriff er alles, fügten sich alle Teile des Puzzles zu einem Bild, doch es war ein ungeheuerliches Bild, eines, das anzusehen fast mehr war, als er ertragen konnte. Er sah Svenja an, sah in ihre Augen und in einen Abgrund jähen Begreifens. »Verstehst du?«, fragte er.

»Nein«, schüttelte sie den Kopf. Wollte es nicht wahrhaben.

»Ich bin der Klon meines Bruders«, sagte er also. »So muss es gewesen sein. Johannes Dorn muss mein Bruder gewesen sein. Meine Eltern haben mir nie gesagt, dass sie schon einmal einen Sohn hatten. Weil ich dessen Klon bin. Es ist tatsächlich wahr. Ich bin der Klon eines Bruders, von dem ich nie etwas gewusst habe.«

Der Mann auf dem Foto, er hatte ihn gefunden. Es war Professor Tessari.

Kapitel 14

Nachdem Wolfgang alles erzählt hatte, was es zu erzählen gab, war es still. Es war, als sei die Welt außerhalb dieses Raumes verschwunden, und auch dessen dunkle Wände begannen, unwirklich zu werden. Es war, als existiere vom ganzen Universum nur noch diese kleine helle Insel, die drei Stühle, auf denen sie saßen, der Notenständer mit seinem kleinen gelblichen Strahler, der einen schimmernden Lichtkreis um sie zog, und das Cello. Es war wie das Ende der Welt.

Irgendwann, hundert Millionen Jahre später, so schien es Wolfgang, räusperte sich der Professor.

»Ich verstehe nichts von diesen Dingen – Gentechnik, Klonen und so weiter«, sagte er bedächtig. »Ich verstehe nur etwas vom Cello. Und ich verstehe etwas von Talent. Dein Bruder Johannes war ein großes Talent, ein wirklich außerordentlich großes Talent. Er hätte das Zeug gehabt, einer der großen Cellisten dieses Jahrhunderts zu werden. Wenn er es gewollt hätte. Ich glaube, sein Unglück war, dass er so sehr gedrängt wurde. Als er zu mir kam, liebte er das Cello nicht mehr, im Gegenteil, er hasste es.«

»Wie ist er gestorben?«, fragte Wolfgang flüsternd.

Die weißen Augenbrauen des Professors hoben sich, formten sich zu einem Gesichtsausdruck großer Betrübnis. »Ach, eine tragische Geschichte. Ein Badeunfall, soweit ich weiß, während eines Sommerurlaubs. Johannes ist ertrunken, mit gerade mal sechzehn Jahren. Danach sind seine Eltern weggezogen aus Berlin. Ich habe nichts mehr von ihnen gehört.«

Wolfgang starrte blicklos ins Halbdunkel. »Sie sind nie mit mir in Urlaub gefahren«, murmelte er. Jetzt verstand er, warum.

Professor Tessari wirkte gleichfalls, als schaue er zurück in eine lange vergangene Zeit. »Ich habe oft über ihn nachdenken müssen. Mir kam dieser Tod immer vor wie eine Flucht aus einem unerträglich gewordenen Leben. Wisst ihr, Johannes war jemand, den es mit aller Macht hinauszog in die Welt. Reiseschriftsteller wollte er werden, hat er mir einmal anvertraut, oder, fast lieber noch, Entwicklungshelfer. Nachmittags mit seinem Cello im Zimmer zu sitzen und zu üben war wie Gefängnis für ihn. Sein Vater hat sein Talent erkannt und gefördert, oft unter hohem persönlichen Einsatz, das muss man sagen. Aber im Nachhinein betrachtet war es, fürchte ich, zu viel des Guten. Die beiden lagen immer im Streit, furchtbar. Manchmal, wenn ich etwas davon mitbekam, hatte ich das Gefühl, dass sie sich eines Tages gegenseitig an die Gurgel gehen.« Er schüttelte den Kopf und blinzelte, wie um die Erinnerungen abzuschütteln. »Tragisch, das alles.«

»Und als Johannes tot war, hat mein Vater ihn geklont, um es noch einmal zu probieren.« Wolfgang betrachtete seine Hände, als gehörten sie ihm nicht. »Hat es wenigstens etwas genützt?«

»Dazu müsste ich dich spielen hören«, sagte der Professor. Er seufzte. »Was ich unter diesen Umständen kaum von dir verlangen kann.«

»Ich würde es trotzdem gern versuchen«, beharrte Wolfgang. Er musste an die rote Kassette denken, auf der nur der Buchstabe J gestanden hatte. J wie Johannes. Er hatte also damals seinen Bruder spielen hören, nicht sich selbst.

»Wenn wir schon dabei sind, die Wahrheit herauszufinden, möchte ich das auch noch wissen.«

Professor Tessari neigte den Kopf zur Seite. »Wie du meinst. Versuchen wir es.«

Wolfgang legte die Noten der Solo-Suiten von Johann Sebastian Bach auf, nahm das Cello auf, setzte den Bogen an, wartete auf ein aufmunterndes Nicken des Gelehrten zu beginnen, holte tief Luft – und spielte. So gut wie noch nie im Leben. Seine Finger trafen die Saiten an genau den richtigen Stellen, in jeweils dem genau richtigen Moment, und auch der Bogen bewegte sich wie von selbst, mit genau dem richtigen Druck, in genau dem richtigen Tempo. Alles geschah, als handle sein Körper selbstständig, ohne sein Zutun. Wolfgang hatte die ganze Zeit das eigenartige Gefühl, sich selber zuzusehen und zuzuhören und überhaupt nicht anwesend zu sein dabei.

Als er fertig war und innehielt, während der letzte Ton im Raum verhallte, sah er, dass Svenja große Augen machte. *Das war es,* dachte er. *Besser kann ich es nicht.* Professor Tessari sah vor sich hin und neigte den Kopf dabei leicht von der einen zur anderen Seite, als seien alle Töne, die Wolfgang gespielt hatte, noch darin, und als müsse er sie sich alle noch einmal vergegenwärtigen.

»Darf ich dir eine Frage stellen?«, sagte er schließlich, nach einer fast unerträglich langen Pause.

»Klar.«

»Hast du jemals freiwillig Cello gespielt? Einfach aus Lust an seinem Klang, meine ich, oder aus Freude an der Bewegung des Bogens?«

Wolfgang blinzelte verblüfft. »Sie meinen, ob ich schon mal eine Stunde extra drangehängt habe, um eine besonders schwierige Passage zu üben?«

»Nein, das eben nicht. Ich würde gern wissen, ob du dir

das Instrument manchmal vornimmst und spielst, einfach um es zu hören. Oder um die Saiten unter den Fingern zu spüren. Um es zu riechen, meinetwegen. Mich interessiert, ob du etwas für dein Cello empfindest, das dem Gefühl ähnelt, das du deiner Freundin entgegenbringst.« Er warf Svenja einen Blick zu, der um Entschuldigung für diesen Vergleich bat. »Ob du dich zu ihm *hingezogen* fühlst.«

»Nein.« Wolfgang schüttelte befremdet den Kopf. »Ganz bestimmt nicht.«

»Siehst du, aber darauf kommt es an.« Professor Tessari beugte sich vor, schwer auf seinen Stock gestützt.

»Du hast viel geübt, das ist nicht zu überhören. Du hattest gute Lehrer, ohne Frage. Du hast darüber hinaus die richtigen körperlichen Voraussetzungen – die notwendige Kraft und Elastizität der Finger, das motorische Geschick, das tonale Gehör und so weiter. Wenn das alles stimmt, was du erzählt hast, und ich das, was ich über das Klonen weiß, richtig verstehe, dann ist durchaus vorstellbar, dass du diese Aspekte der Musikalität von deinem Bruder sozusagen geerbt hast. Aber nachdem ich dich jetzt spielen gehört habe, neige ich zu der Auffassung, dass Talent – *wirkliches* Talent – mehr sein muss als eine bestimmte Konstellation von Genen.« Er hielt inne, sah Wolfgang forschend an. »Geht es dir immer noch um die Wahrheit? Auch wenn sie nicht schmeichelhaft ist?«

Wolfgang nickte gefasst und mit einem seltsam leichten Gefühl in seiner Brust, ahnend, was kommen würde. »Ja.«

»Johannes hasste das Cello, aber wo Hass ist, war auch einmal Liebe. Und zumindest empfand er etwas für sein Instrument. Wenn man dir zuhört, bleibt alles kühl und leer in einem. Es springt kein Funke über. Man empfindet keine Begeisterung – weil du selber keine empfindest. Du spielst die Töne, nahezu vollkommen, aber du bist nicht beteiligt. Und darum ist es der Zuhörer auch nicht. Man hat den Eindruck, du spielst nicht, du arbeitest. Man sieht dir beim Arbeiten zu. Und wer will das?« Der Professor sah sie beide ernst an. »Ich habe mich mein Leben lang mit der Frage beschäftigt, was das eigentlich ist – Talent. Genie. Ich glaube heute, dass das, was wir landläufig als Genialität bezeichnen, im tiefsten Grunde vor allem eines ist, nämlich die Bereitschaft, sich mit einer Sache unbegrenzt viel Mühe zu geben. Und diese Bereitschaft, das ist der springende Punkt, muss von innen heraus kommen, aus einem selbst. Und dazu ist etwas nötig, das man heutzutage zu gern außer Acht lässt, weil man es ärgerlicherweise weder berechnen noch digitalisieren kann – dabei ist es das Wichtigste, das es gibt, und im Grunde unseres Herzens wissen wir das. Liebe. Wenn man mit etwas, das man tut, Außerordentliches vollbringen will, muss man es zutiefst lieben. Anders geht es nicht.«

Wolfgang legte das Cello beiseite, den Bogen darauf, und wusste plötzlich, dass er nie wieder zu Herrn Jegelin gehen würde. Dass es vorüber war. Trotzdem fragte er: »Raten Sie mir also, das Cellospielen aufzugeben?«

»Diese Entscheidung musst du selber treffen. Aber wenn es dir keine Freude bereitet zu spielen, sehe ich keinen Sinn darin«, meinte der alte Mann. »Wohlgemerkt, deine technischen Fertigkeiten sind gut. Du könntest zweifellos dein Auskommen etwa als Orchestermusiker finden. Aber ich glaube nicht, dass du auf diesem Weg glücklich werden würdest. Du hast vielleicht den Körper deines Bruders, ich weiß es nicht, trotzdem bist du ein anderer Mensch. Ich kann es hören. Da spielt nicht Johannes Dorn, wenn du spielst.«

So still war es in der Küche der Francks wahrscheinlich noch nie gewesen. Sie saßen reglos um den großen, blank gescheuerten Tisch, selbst die kleinen Kinder, von denen eines flüsternd wissen wollte, ob jemand gestorben sei. Sogar die Hunde schienen zu spüren, dass Ausgelassenheit unerwünscht war; sie hatten sich auf ihre Decken in der Ecke zurückgezogen und lagen da, wedelten mit den Schwänzen und beobachteten aus weiten, dunklen Augen, was am Tisch geschah.

»Also, das ist die unglaublichste Geschichte, die ich je gehört habe«, meinte Irenas Mann irgendwann. Er hatte auf ihren Anruf hin in seiner Firma alles liegen und stehen lassen und war gekommen. »Wirklich wahr.«

Aber niemand sagte etwas darauf, und so kehrte wieder Stille ein. Durch die Fenster und das Oberlicht leuchtete ein strahlend blauer Himmel auf sie herab. Draußen auf dem Dachgarten stritten zwei Krähen um ein paar Brotkrumen.

»Will jemand etwas trinken?«, fragte Irena.

Niemand wollte.

Der Kühlschrank summte kaum hörbar, hatte eigentlich die ganze Zeit gesummt und hörte plötzlich damit auf, mit einem leisen, scheppernden Geräusch. In der Ferne hupte ein Auto mehrmals ungeduldig.

Wolfgang hatte seine Hände flach vor sich auf der Tischplatte liegen, betrachtete die Schatten, die die Finger warfen, und die Winkel, die sie zueinander bildeten. Seine Hände. Johannes' Hände. »Herr Franck?«, sagte er in die Stille hinein, und es war gut, dass es still war, denn lauter hätte er es nicht sagen können und auch kein zweites Mal.

»Ja, Wolfgang?«

»Kann ich Sie um etwas bitten?«

»Klar.«

»Würden Sie die Polizei anrufen?«

Einige Zeit später klingelte es unten. Leo Franck sagte zu seiner ältesten Tochter: »Rebekka, machst du den Polizisten bitte die Tür auf?«

»Ja, Papa.« Das Mädchen rutschte vom Stuhl und eilte hinaus, gefolgt von einem der Hunde, der vermutlich auf ein lustiges Spiel hoffte.

Aber es wurde kein lustiges Spiel. Man hörte erregte Stimmen, Geschrei von unten, der Hund bellte, die Tür knallte, und Rebekka kreischte: »Hilfe! Papa! Zu Hilfe!«

Mit einem Mal war Tumult. Leo Franck sprang auf, schrie: »Was ist da los?!« und stürzte aus der Küche, gefolgt von seinem anderen Hund und den beiden Jungs, die das »Dirk! Jens! Bleibt hier!« ihrer Mutter einfach ignorierten. Man hörte Männer, die sich anschrien, dann schwere Schritte, die die Treppe hochgestürmt kamen.

Es waren keine Polizisten. Es waren Wolfgangs Eltern.

Vater kam in die Küche gestapft, warf einen lodernden Blick in die Runde und donnerte: »Hier bist du also?!« Hinter ihm kam Mutter, leichenblass im Gesicht, und Leo mit den Kindern und den Hunden, und als der etwas sagen wollte, richtete Dr. Richard Wedeberg den ausgestreckten Arm wie eine Waffe auf ihn und herrschte ihn an: »Mit Ihnen rechne ich später ab, Herr Franck! Und das wird nicht gemütlich, das sage ich Ihnen gleich.« Der Arm schwenkte herum wie der Lauf einer Panzerkanone und fasste Wolfgang ins Visier. »Und jetzt ist Schluss hier. Wolfgang, du packst dein Cello und deine Sachen und kommst *auf der Stelle* mit!«

Jeder im Raum war zusammengezuckt, nur Wolfgang blieb sitzen wie aus Stein gemeißelt. Er sah seine Eltern an, als sei er durch ein unerklärtes Mysterium plötzlich der deutschen Sprache nicht mehr mächtig. Dann zückte er das Foto und ließ es quer über den Tisch segeln.

»Warum habt ihr mir nie gesagt, dass ich einen Bruder habe?«

Er sagte es, ohne die Stimme zu heben, fast im Gesprächston, doch die Wirkung wäre kaum größer gewesen, wenn er seine Eltern stattdessen mit einem Kübel eiskalten Wassers übergossen hätte. Vaters Arm sank schlaff herab, beider Blicke richteten sich in jähem Entsetzen auf das kleine, bunte Rechteck, und dann fielen sie schwer auf zwei der frei gewordenen Stühle, als seien sie lang erwartete Gäste und überdies den ganzen Weg von Schirntal nach Berlin zu Fuß gegangen und deshalb zu Recht erschöpft bis ins Mark. Irgendwie schien noch ein fernes Echo der Schreie im Haus unterwegs zu sein und nur zögernd verhallen zu wollen.

»Woher hast du das?« Seine Mutter beugte sich über das Foto, fasste es aber nicht an, als wage sie es nicht.

»Das ist doch unwichtig«, sagte Wolfgang. Sein Vater blickte finster zur Seite. »Julia, woher hat er dieses Bild?«

Mutter antwortete nicht, verschränkte nur die Hände ineinander. Schmerz stand in ihrem Gesicht.

»Ich habe einen Bruder gehabt, nicht wahr?«, fragte Wolfgang.

»Ja«, nickte sie.

Vater schnaubte wie jemand, der sich zu Unrecht verdächtigt fühlt. »Wir wollten dich nicht damit belasten. Du warst noch nicht auf der Welt, als ... es passiert ist.«

»Und wie ist es passiert?«

»Es war ein Unfall. Ein Unglücksfall beim Baden im Meer. Johannes ist ertrunken.« Vater sah ihn an, und als Wolfgang nichts sagte, fuhr er fort: »Es war auf Sizilien.

Johannes ist an einer Stelle mit gefährlichen Strömungen ins Wasser gefallen und nicht mehr aufgetaucht.«

»Dabei war er ein so guter Schwimmer«, sagte Mutter mit Tränen in den Augen.

»Wir sind da sommers immer hingefahren. Südlich von Valetto hatte ein ehemaliger Studienkollege ein kleines Haus, nicht weit von einer Reihe wunderbarer, einsamer Buchten ... Man konnte zu Fuß hingehen, baden, hatte seine Ruhe ... Nur eben diese Strömung. Johannes wusste Bescheid, wusste, wo es gefährlich war ... Es war furchtbar, das kannst du dir ja vorstellen.«

Wolfgang saß reglos, fühlte nur einen unsagbaren Schmerz in sich wühlen. »Wo ist er beerdigt?«

Sein Vater schüttelte den Kopf. »Nirgends. Man hat seinen Leichnam nie gefunden. Es war, als habe ihn eine göttliche Macht von einem Moment zum anderen einfach aus unserem Leben genommen.«

»Und dann seid ihr nach Kuba gegangen und habt ihn geklont. Um ihn wieder zu haben.«

»Was?«, zuckte Mutter zusammen.

»Und ihr habt nur geheiratet, damit der nächste Wundercellist einen anderen Nachnamen hat.« Wolfgang wünschte, er hätte auch weinen können. Oder schreien. Irgendwas, um die entsetzliche Verzweiflung hinauszulassen, die sich in ihm zusammenballte.

»Wie kommst du nur auf diese Idee?«, brauste Vater auf.

»Ihr habt die Bilder eurer Hochzeitsreise nicht sorgfältig genug ausgesiebt«, sagte Wolfgang bitter. »So komme ich auf diese Idee. Es ist ein Foto dabei, auf dem Mutter vor dem *Castillo del Morro* steht, an fast genau derselben Stelle, an der das Interview mit Frascuelo Aznar aufgenommen wurde.«

»Das ist Unsinn.«

Jetzt schrie Wolfgang. »Ich bin der Klon von Johannes, so ist es doch? Ich bin Johannes der Zweite!«

»Unfug, nein. Du bist einfach sein Bruder.«

»Ich sehe ihm so ähnlich, dass Professor Tessari mich für ihn gehalten hat im ersten Moment.« Er wies auf das Foto. »Verdammt, ich habe ja *selber* geglaubt, dass ich das bin auf dem Bild!«

»Der Professor ist ein alter Mann. Es ist zwei Jahrzehnte her, dass er Johannes zuletzt gesehen hat. Wenn er dich mit Johannes verwechselt, heißt das nur, dass er senil geworden ist«, versetzte Vater. »Es ist ja schließlich nichts Ungewöhnliches, dass Brüder einander ähneln.«

Wolfgang hatte das Gefühl, innen wund zu sein. Jeder Atemzug tat weh. Er hätte so gern geweint, aber dafür war jetzt weder die Zeit noch die Gelegenheit. Sein Leben war eine Lüge, so war es doch, oder? Hilfe suchend sah er Leo Franck an, und der nickte ihm zu, verstand.

»Ich glaube, das genügt jetzt«, ging der Unternehmer mit Bestimmtheit dazwischen. »Wir werden abwarten, was der Staatsanwalt zu alldem meint.«

Wolfgangs Eltern wechselten einen irritierten Blick.

»Wie bitte?«, fragte Vater argwöhnisch.

»Ich habe vorhin mit dem Berliner Landeskriminalamt telefoniert. Ein Kommissar Nolting mit seinen Leuten wird jeden Moment da sein. Sie werden bei Wolfgang noch einmal eine Genanalyse vornehmen.«

Ein herablassendes Lächeln kroch in Vaters Gesicht.

»Eine Genanalyse? Ach wirklich? Und was, bitte, wollen sie da analysieren? Wolfgangs Bruder ist tot, sein Leichnam unauffindbar verschwunden. Es gibt kein Vergleichsmaterial.«

Leo Franck verschränkte die Arme vor der Brust. »Wie

Wolfgang mir erklärt hat, benötigt man überhaupt kein Vergleichsmaterial, um festzustellen, ob jemand geklont ist. Und bei dem Telefonat mit dem Kommissar hat sich herausgestellt, dass die Leute vom Deutschen Biotechnischen Institut das auch so sehen.«

Vaters winziges Lächeln gefror. Er sah sich nach Wolfgang um. »Interessant.« Es klang misslungen. In seinen Augen war mit einem Mal Angst zu lesen.

»Und wie soll das gehen?«

Wolfgang hielt dem bohrenden Blick stand, so gut es ging. Er spürte, wie sich etwas in seinem Unterkiefer verkrampfte. »Sie werden die Länge meiner Telomeren messen«, sagte er mit aller Ruhe, die er aufbrachte. Ein Volltreffer, das war unübersehbar. Sein Vater wollte den Mund öffnen, um noch etwas zu sagen, schloss ihn aber wieder und sank in sich zusammen, besiegt. Jetzt hätten sie da sein sollen, die Polizisten. Dies war der Moment, in dem sie ein Geständnis bekommen hätten.

Und er würde schnell vorbei sein, wie er Vater kannte. Svenja hielt es nicht mehr aus. »Wolfgang, bitte...!?« Ihre Handfläche knallte auf den Tisch, unabsichtlich wohl, denn sie schien selber zu erschrecken. »Wovon redest du, um Himmels willen?«

Er sah sie an und merkte dabei, wie sehr es in seinem Inneren brodelte. »Ich habe dieses Buch ausgeliehen, erinnerst du dich? Über Gentechnik, Klonen, Zellen und so weiter. Darin steht alles. Und es ist überhaupt nicht schwierig zu begreifen.« Er warf Vater einen wütenden Blick zu. »Telomere sind Strukturen an den Enden der Chromosomen, die sich im Lauf des Lebens immer weiter verkürzen, bei jeder Zellteilung ein kleines bisschen. Wenn ich wirklich ein Klon bin, heißt das, dass meine Gene aus einer Körperzelle eines anderen Menschen stammen – und damit *sind sie älter als ich!* Man kann messen, wie lang die Telomeren an den Enden meiner Chromosomen sind. Falls sie kürzer sind, als sie bei jemandem meines Alters sein dürften, bin ich ein Klon, ganz einfach.«

Und es war so. Er brauchte nur seinen Vater anzusehen, um zu wissen, dass die Untersuchung genau dieses Ergebnis haben würde. Es war alles wahr, alles. Es war ein entsetzliches Gefühl von Verlorenheit, ein Gefühl wie ein eisernes Gewicht, unter dessen Last sein Herz nur noch mühsam schlug.

Unten klingelte es erneut. Die Polizei. Zu spät, wenn er den kriegerischen Ausdruck im Gesicht seines Vaters richtig deutete.

Leo stand auf. »Diesmal gehe ich selbst«, sagte er.

»Ich glaub das alles nicht«, flüsterte Svenja ins Leere.

Man hörte die Schritte auf der Treppe, verhaltene, sonore Stimmen von der Haustür.

Wolfgang beugte sich über den Tisch und zog das Foto wieder zu sich her, mit dessen Entdeckung alles angefangen hatte. Er legte es vor sich hin, starrte es an. Als er in die erdrückende Stille hinein sprach, tat er es zu sich selbst. »Ich habe mich die ganze Zeit gefragt, wer der Mann ist«, sagte er. »Tagelang habe ich mir das Hirn zermartert. Am Schluss habe ich an meinem Verstand gezweifelt. Wer ist der Mann, habe ich mich wieder und wieder gefragt. Wieso kenne ich ihn nicht?« Er lachte bitter auf. »Ich hätte mir bloß einmal die Frage stellen sollen, *wer der Junge ist!*«

Er beugte sich darüber, über dieses einzige Bild seines Bruders, das er je zu sehen bekommen hatte, und in diesem Moment entdeckte er es. Es war die ganze Zeit da gewesen. Unübersehbar. Er hätte nur ein einziges Mal genau hinschauen müssen.

Er hatte das Gefühl, seine Augen anschwellen zu spüren.

»Ach du meine Güte«, stieß er hervor. »Das kann doch nicht wahr sein.«

Er sah hoch, suchte den Blick Irenas und bat, während er nach seinem Geldbeutel tastete: »Ich muss telefonieren. Bitte. Unbedingt.«

Kapitel 15

Das Auftreten der Polizisten machte unmissverständlich klar, dass das Verbrechen in der Hauptstadt einen anderen Stellenwert genoss als in den ländlichen Regionen des Schwarzwalds. Die vier Männer, die die Küche betraten und sich dabei nach allen Seiten umsahen, als erwarteten sie, in einen Hinterhalt gelockt worden zu sein, trugen wuchtige Waffen am Gürtel und Funkgeräte vor der Brust und glichen eher Kämpfern eines Geiselbefreiungsteams als dem normalen uniformierten Streifenpolizisten, den man nach dem Weg fragte. Diese Männer würde niemand nach dem Weg fragen. Man würde einen großen Bogen um sie machen und sich lieber einen Stadtplan kaufen.

Ein pockennarbiger, breitschultriger Mann, der eine schwarze Lederjacke trug und einen intensiven Geruch nach Tabakqualm verbreitete, trat ein, gefolgt von einem schnöselig dreinblickenden, ziemlich jungen Mann, der aussah, als lasse er sich bei der Auswahl seiner Garderobe von den gängigen Vorabendkrimis im Fernsehen inspirieren.

»Nolting ist mein Name«, sagte der Pockennarbige und sah in die Runde, mit einer Behäbigkeit, als habe er alle Zeit der Welt. »Eigentlich hatte ich erwartet, den jungen Herrn Wedeberg hier anzutreffen, von dem in dem Telefonat heute Nachmittag die Rede war.«

»Der ist nur eben kurz rausgegangen«, sagte Svenja rasch. »Er kommt gleich wieder.«

»So. Na schön.« Sein Blick blieb auf Wolfgangs Vater hängen. »Dr. Wedeberg, wenn ich mich nicht irre? Der Vater?«

»Bin ich verpflichtet, darauf zu antworten?«

»Sind Sie nicht«, räumte der Kommissar ein. »Aber es würde einen besseren Eindruck machen.« Er lächelte freudlos. »Es war allerdings nur eine rhetorische Frage. Wir hätten ohnehin dieser Tage miteinander Bekanntschaft gemacht. Ich leite nämlich die Ermittlungen im Fall Aznar und habe gestern die Akte mit den Einzelheiten der genetischen Untersuchung auf den Tisch bekommen, die in Freudenstadt, hmm, sagen wir mal, *nicht ganz sachgemäß* durchgeführt wurde.«

Dr. Wedeberg erhob sich zu seiner ganzen Ehrfurcht gebietenden Größe. »Haben Sie einen Haftbefehl gegen mich?«, fragte er finster.

»Nein.«

»Gut. Dann werden wir jetzt gehen. Komm, Julia.«

Auf einen kaum merklichen Wink Noltings hin versperrten die beiden Polizisten den Weg durch die offene Küchentür. »Ich fürchte, das kann ich unmöglich zulassen.«

»Sie haben kein Recht, mich festzuhalten.«

»Da irren Sie sich, Herr Wedeberg. Ich kann Sie verhaften. Und das tue ich hiermit.«

»Mit welcher Begründung?«

»Hauptsächlich, weil ich davon ausgehen muss, dass in Ihrem Fall akute Verdunkelungsgefahr besteht. Wenn ich Sie heute Abend gehen lasse, muss ich morgen früh ganz Europa nach Ihnen absuchen.«

»Das ist absurd. Ich bin ein unbescholtener Bürger, Chefarzt einer angesehenen Klinik ...«

»Vor allem sind Sie ein Meister im Versteckspiel. Ich habe gerade eine Stunde damit zugebracht, mir anzuschauen, wie Sie es fertig gebracht haben, die Tatsache, dass Sie einen Sohn namens Johannes hatten, der immerhin vierzehn Jahre lang hier in Berlin gelebt hat, zur Schule gegangen ist und so weiter, nicht nur vor den Medien, sondern auch vor den meisten Behörden zu verbergen, und ich muss gestehen, so ganz habe ich es immer noch nicht nachvollzogen. Respekt, Herr Wedeberg.«

»Unsinn. Ich habe überhaupt nichts verborgen. Und dass deutsche Behörden ineffizient arbeiten, dafür können Sie mich nicht verantwortlich machen.«

»Niemand in Schirntal weiß, dass Sie schon einmal einen Sohn hatten. Finden Sie das nicht selber höchst merkwürdig?«

»Wir haben Johannes sehr geliebt und unter schrecklichen Umständen verloren. Ich finde es im Gegenteil völlig normal, dass man in so einer Situation einen Neuanfang versucht.«

In diesem Moment ging weiter hinten im Flur eine Tür, und Wolfgang kam wieder zum Vorschein. Er kam in die Küche, so tief in Gedanken versunken, dass er die Anwesenheit der Polizisten nicht einmal zu bemerken schien, und stellte das Telefon zurück in die Ladestation.

»Wolfgang Wedeberg?«, fragte der Kommissar.

»Ja«, sagte Wolfgang, als erwache er aus einem Tagtraum.

»Ich bin Kommissar Nolting. Wir haben das mit deinem Bruder nachgeprüft. Es stimmt.«

Wolfgang nickte blass. »Dann gehen wir jetzt zur Genanalyse, nehme ich an?«

»Wenn du bereit bist«, sagte der Mann in der Lederjacke.

»Ja«, sagte Wolfgang.

Sein Vater bedachte ihn mit einem grimmigen Blick.

»Das wird ein Nachspiel haben«, sagte er.
»Ja«, erwiderte Wolfgang. »Das glaube ich auch.«

Auf dem Weg zu dem Polizeiauto, das sie zum Institut bringen sollte, raunte Svenja ihm zu: »Wenn sich jetzt herausstellt, dass du doch kein Klon bist, hast du es dir mit deinen Eltern aber mächtig verschissen.«

Wolfgang ließ sich das eine Weile durch den Kopf gehen. Dann meinte er: »Nein. Umgekehrt. Meine Eltern haben sich's mit *mir* verschissen. Mir einen *Bruder* zu verschweigen! Das ist doch echt der Abschuss.«

Wie eine Flutwelle überrollten ihn Erinnerungen, die er längst vergessen geglaubt hatte. Wie oft hatte er das Gefühl gehabt, dass etwas nicht stimmte? Als kleines Kind war er überzeugt gewesen, dass noch jemand im Haus wohnte, der unsichtbar war und der ihn fressen würde, wenn er nach ihm suchte oder fragte. Und dieser Traum, der ihn lange Jahre verfolgt hatte und in dem sich immer herausstellte, dass seine Sachen ihm alle nicht gehörten und er sie hergeben musste an jemand, der kein Gesicht besaß.

Im tiefsten Inneren hatte er es wohl die ganze Zeit geahnt.

Sie fuhren in einem Kleinbus mit drei Sitzreihen. Wolfgang und Svenja saßen hinten, seine Eltern vor ihnen, begleitet von jeweils einem Polizisten, und entsprechend schweigsam verlief die lange Fahrt durch den Berliner Berufsverkehr. Kommissar Nolting saß vorn neben dem Fahrer, hatte ein tragbares Internetterminal auf dem Schoß und bearbeitete irgendwelche E-Mails oder Akten.

Wolfgang musterte seine Mutter von der Seite. Sie sah starr geradeaus, bleich wie ein Laken. Man hatte das Gefühl, dass sie kaum atmete.

Es ging langsam voran, von einem Stau in den nächsten, vorbei an Baustellen und kurz angebundenen Ampeln. Insassen eines Busses schauten neugierig zu ihnen herein; zwei Frauen schienen Wolfgang zu erkennen, zumindestens deuteten sie in seine Richtung und debattierten heftig. Er drehte sich weg und vertiefte sich in die Betrachtung einer altehrwürdigen Häuserfassade.

»Wofür haben Sie eigentlich Ihr Blaulicht auf dem Dach?«, fragte Vater irgendwann bissig.

»Für Notfälle«, entgegnete Kommissar Nolting, ohne aufzusehen.

Sie fuhren in die anbrechende Dämmerung. Als sie auf dem Gelände des Instituts für Biotechnologie ankamen, gingen dort eben die Laternen auf den Parkplätzen und entlang der Wege zwischen den Gebäuden an; die Straßenbeleuchtung brannte schon längst.

»Hier hat sich ja überhaupt nichts getan«, stellte Wolfgangs Vater plötzlich fest und spähte aus dem Fenster, musterte die Szenerie. »Das sieht alles noch aus wie vor zwanzig Jahren.« Er schien für einen Moment zu vergessen, weswegen sie hier waren, sah sich stattdessen höchst interessiert um und meinte kopfschüttelnd: »Schau dir das an, Julia. Alles wie damals, die reinste Zeitreise. Sogar die Graffiti am Fahrradkeller sind noch da, bloß ein bisschen von Efeu überwuchert.« Er drehte sich, es war kaum zu fassen, zu Wolfgang um, zeigte auf einen flachen Anbau neben dem hohen, in filigrane Metallstrukturen gehüllten Hauptgebäude und erklärte, als sei dies alles nur ein lustiger Familienausflug: »Dort sind die Tiergehege. Alles von der Labormaus bis zum Menschenaffen, der reinste Zoo. Und siehst du dort oben, diese beiden Fenster, in denen Licht brennt, im vierten Stock? Das links daneben war damals mein Büro. Oder ...?« Er zählte die dunklen Fenster nach und nickte bekräftigend. »Ja, stimmt. Ein enges Loch, das ich mir auch noch mit jemandem teilen musste. Eine Legebatterie für wissenschaftliche Erkenntnisse, haben wir immer gesagt. Und der Anbau auf der anderen Seite, siehst du den? Mit dem Übergang im zweiten Stock? Dort sind die Kältekammern, wo alles aufbewahrt wird, Samenzellen, Eizellen, Gewebeproben, überzählige Embryos, einfach alles.« Hinter dem flachen, fensterlosen Bau führte eine schmale Zulieferstraße bis zu einer Laderampe, an der gerade ein Lieferwagen stand und zwei Männer in Overalls einen silbrig schimmernden Behälter ausluden, um den herum eine Art Nebel wallte, der im Schein der Laternen gelblich leuchtete. »Flüssiger Stickstoff«, erklärte Vater. »Minus 210 Grad Celsius. Davon wird hier jede Menge gebraucht.«

Wolfgang war unbehaglich zu Mute ob der unvermittelten Redseligkeit seines Vaters. Er sah flüchtig in die angegebenen Richtungen, aber im Grunde interessierte es ihn nicht die Bohne, was auf diesem Gelände wo stattfand und ob sich in den letzten zwanzig Jahren daran etwas geändert hatte. Er behielt stattdessen seinen Vater im Auge, beobachtete ihn verstohlen und fand es seltsam, wie fasziniert dieser von der Anlieferung des flüssigen Stickstoffs schien.

Der Wagen hielt nach einigem Gekurve über den schon weitgehend geleerten Parkplatz vor dem Hauptgebäude an, wo sie zwei weitere Polizeiautos erwarteten. Beim Aussteigen wurde klar, dass die Tiergehege sich in der Tat immer noch in besagtem Anbau befanden, denn ein unverkennbares Krakeelen und Kreischen kam aus dieser Richtung. »Es ist Fütterungszeit«, kommentierte Wolfgangs Vater mit wissendem Lächeln. Eine Schiebetür, über der ein orangerotes Warnlicht rotierte, fuhr auf, so groß, dass ein Elefant mühelos hindurchgepasst hätte, aber es kam nur ein einzelner Mann heraus, der zwei leere Holzkisten trug. Es war ein merkwürdig skurriler Anblick. Ein Geruch nach Dung wehte herüber.

Im Eingang des Hauptgebäudes, einem großen gläsernen Windfang, warteten ein halbes Dutzend Uniformierte. »Alles bereit?«, wollte der Kommissar wissen. »Ist unser Justiziar schon da? Das ist so eine Art Notar, der die Entnahme der Zellprobe überwachen muss«, erklärte er Wolfgang, der sich neben ihm hielt, auf Distanz zu seinen Eltern, die von zwei Polizisten eskortiert wurden. »Damit die ganze Sache später vor Gericht gegebenenfalls Beweiskraft hat.«

Allgemeines Kopfnicken. »Vor zehn Minuten angekommen«, hieß es. »Ist schon hoch ins Labor.«

Einer der wartenden Beamten, ein walrossartiger Mann mit Schnauzbart und unglaublich dicken Fingern, trat neben den Kommissar und sagte halblaut: »Oben wartet außerdem ein Herr von der Presse. Er hat gesagt, er sei herbestellt worden.«

»Die hören wohl das Gras wachsen, verdammt noch mal?«, zischte Nolting. »Davon weiß ich nichts.«

»Kein Problem, wir können ihn wieder rauswerfen.« Die dicken Finger zückten das Funkgerät. »Ich habe ihn vorsorglich von einem Mann begleiten lassen.«

Wolfgang zupfte den Kommissar am speckigen Ärmel seiner Jacke. »Entschuldigen Sie, aber das geht in Ordnung. Das war ich. Der ihn herbestellt hat, meine ich.«

»Warten Sie«, sagte Nolting zu dem Polizisten und sah dann missbilligend auf Wolfgang herab. »Darf man auch erfahren, wozu?«

Wolfgang nickte. »Sobald wir oben sind.«

Der Kommissar musterte ihn nachdenklich und zuckte schließlich mit den Schultern. »Macht man heutzutage wohl so, was?« Er wandte sich an den Mann hinter dem Schnauzbart. »Also, Sie haben es ja gehört. Es geht in Ordnung. Sie sichern auf jeden Fall mit Ihren Leuten das Gebäude, bis wir wiederkommen. Keine weitere Presse. Wer rauswill, darf raus, aber wer reinwill, muss sich ausweisen. Ist alles übrigens mit dem Dekan abgesprochen: nur, falls jemand zu maulen anfängt.«

Während es zu den Fahrstühlen ging, rätselte Wolfgang, was der Kommissar damit gemeint hatte, *dass man das heutzutage wohl so mache.* Dann begriff er, dass Nolting wahrscheinlich annahm, er habe mit einer Zeitung einen hochbezahlten Exklusivvertrag geschlossen, was Fotos, Interviews und die sonstige Vermarktung seiner Geschichte betraf, wie das viele Leute taten, die in spektakuläre Rechtsfälle verwickelt waren.

»Daran hab ich überhaupt nicht gedacht«, murmelte Wolfgang vor sich hin, während die Aufzüge überaus gemächlich aufwärts surrten.

»Was?«, wisperte Svenja neugierig.

»Ach, nichts«, erwiderte er. »Wahrscheinlich habe ich mir bloß gerade 'ne Million durch die Lappen gehen lassen.«

Sie musterte ihn nur mit großen Augen. Wie man halt jemanden anschaut, der allem Anschein nach dabei ist, den Verstand zu verlieren.

Die oberen Stockwerke waren bei weitem nicht so licht und großzügig gebaut wie die Eingangshalle, im Gegenteil: Die Gänge waren schmal, hoch und dunkel, die Wände aus freudlos grauem Sichtbeton. Einzig die Türen, von denen jede in einem anderen knalligen Farbton gestrichen war, boten dem Auge Erfreuliches, doch kleine Plastikschilder, die alle paar Meter an dünnen Ketten von der Decke hingen, warnten: *Vorsicht! Türen öffnen zum Gang hin.* Entlang der Wände reihten sich Aktenschränke jeder Art und Größe, die meisten sorgsam verschlossen, aber manche standen auch unbekümmert offen, voll gestopft bis zum letzten Winkel mit Aktenordnern, Büchern und Stapeln von Computerbändern.

Eine dunkelgrüne, breite Tür am Ende des Ganges führte in ein, wie das Türschild verhieß, *Humandiagnostisches Labor*. In einer Ecke stand eine wuchtige Liege, umringt von allerhand höchst medizinisch aussehenden Gerätschaften, der Rest des Raumes sah aus wie eine Kreuzung aus einer Arztpraxis und einer Bibliothek. Neben einem Regal mit Ordnern und buntrückigen Büchern stand ein Kühlschrank, durch dessen gläserne Tür man zahlreiche Gestelle mit ordentlich aufgereihten, kleinen Röhrchen darin sah. Auf langen, glänzend weißen Tischen reihten sich Computerbildschirme an klobige, selbst gebaut wirkende Messgeräte, wirre Geflechte gläserner Röhren und Kolben und Kästen, die wie zu klein geratene Mikrowellenherde aussahen. Überall stapelten sich Papiere, Mappen und CDs. Zwischen zwei Tischen stand ein Gerät, das auf den ersten Blick wie ein angeberisch designter Geschirrspüler wirkte, auf dem aber neben einem dicken Regelknopf die Aufschrift *DNA Sequencer* prangte.

Zwei Frauen und ein Mann in weißen Labormänteln sahen ihnen abwartend entgegen, ein älterer, etwas gereizt wirkender Glatzkopf im Anzug – vermutlich der Justiziar – saß in einem Drehsessel, ein junger Polizist in Uniform sprang von der Tischkante auf, gegen die er sich gelehnt hatte, und ein fünfter Mann, der weder vom Aussehen noch von seiner Kleidung hierher zu gehören schien, blieb einfach sitzen. Er war braun gebrannt, hatte einen verfilzt wirkenden Vollbart und das Outfit eines Abenteurers, der gerade frisch von einer Safari kam.

Es war der Journalist, den Wolfgang unter dem Namen Tommaso Conti kennen gelernt hatte.

»Hallo, Wolfgang«, sagte er.

Dann glitt sein Blick zu den übrigen Neuankömmlingen, sprang von Gesicht zu Gesicht und blieb schließlich an einem davon hängen. Seine Stimme zitterte, als er sagte: »Hallo, Mutter.«

Julia Wedeberg riss die Augen auf, den Mund, schrie in höchster Fassungslosigkeit: »Johannes?!«

Und Dr. Richard Wedeberg fiel in Ohnmacht.

»Das finde ich jetzt reichlich ungewöhnlich«, sagte Kommissar Nolting stirnrunzelnd und im Übrigen völlig ungerührt.

Während man seinen Vater auf die Liege bettete und ihm den jungen Polizisten zur Bewachung an die Seite stellte, erklärte Wolfgang hastig und von Rückfragen des Kommissars unterbrochen den Hergang der Ereignisse. Wichtigster Gegenstand war das Foto. »Ich habe mir bis heute immer nur den Mann angeschaut und mich gefragt, wer das sein könnte. Weil ich natürlich dachte, der Junge auf dem Bild sei ich selbst. Erst vorhin, als klar war, dass das Foto Professor Tessari und meinen Bruder zeigt, bin ich auf die Idee gekommen, genauer hinzusehen.« Er hielt es dem Kommissar unter die Nase. »Schauen Sie, die Hand, mit der er das Cello hält? Die gezackte Narbe darauf? Ich hatte diese Narbe schon einmal gesehen.« Er deutete auf die linke Hand des Journalisten. »Hier.«

»Stimmt das?«, wollte Kommissar Nolting wissen.

»Sind Sie sein Bruder?«

»Ja«, sagte der Mann mit dem wildverwegenen Aussehen. »Mein richtiger Name ist Johannes Dorn.«

»Und woher kommen Sie jetzt so plötzlich?«

»Ich habe ein kleines Büro nicht weit von hier. Ich wohne auch dort, wenn ich in Berlin bin.«

»Sie sind demnach öfter in Berlin?«

»Journalisten werden von Hauptstädten geradezu magisch angezogen.«

Aus Richtung der Liege kam ein stöhnendes Geräusch. Wolfgangs Vater schien allmählich wieder zu sich zu kommen. »Bleiben Sie noch etwas liegen«, sagte eine der Weißbekittelten zu ihm und griff nach seinem Handgelenk, um den Puls zu fühlen.

Seine Mutter saß, beobachtet von der anderen Ärztin, kreidebleich in dem Drehsessel, den der Justiziar bereitwillig freigegeben hatte. »Johannes?«, fragte sie leise. »Wie kommt es, dass du lebst?«

»Das wollte ich Sie auch gerade fragen«, fügte Kommissar Nolting hinzu und verschränkte die Arme. »Unseren Datenbanken zufolge sind Sie nämlich seit siebzehn Jahren tot. Ertrunken in Sizilien.«

Der Angesprochene nickte. »Johannes Dorn war tot. Bis heute. Bis Wolfgang mich angerufen hat und die Wahrheit wusste. Bis zu diesem Moment gab es nur Tommaso Conti.«

»Das ist keine Sichtweise, die mit unserem Rechtsverständnis in Deckung zu bringen wäre«, ließ sich der Justiziar näselnd aus dem Hintergrund vernehmen.

Johannes sah ein, dass seine Erklärung ein wenig dürftig war, holte Luft und sagte: »Ich bin damals weit entfernt von der Stelle, an der ich ins Wasser gestürzt bin, an Land gekommen. Zuerst habe ich mich in einer Höhle versteckt. Ein paar Tage danach bin ich bei einem Bauern untergekommen, erst als Helfer auf dem Hof, später dann ...« Er zögerte. »Ehe ich weiterrede, brauche ich Ihre Zusicherung, dass das keine rechtlichen Konsequenzen für diejenigen hat, die mir geholfen haben.«

Nolting wechselte einen fragenden Blick mit dem Justiziar, der den Kopf missbilligend hin und her wiegte und schließlich mit einem *Also-gut-von-mir-aus-Gesicht* nickte.

»Geht klar«, sagte der Kommissar.

»Danke. Signore Mario Conti und seine Frau sind nämlich die warmherzigsten und freundlichsten Menschen, denen ich jemals begegnet bin, und sie haben es nicht verdient, meinetwegen in Schwierigkeiten zu kommen. Sie verstanden, was los war, ohne dass ich viel erzählen musste – was mir damals auch schwer gefallen wäre, weil ich erst noch dabei war, die italienische Sprache zu lernen –, und sie haben mich einfach an Sohnes statt aufgenommen. Aus Johannes Dorn wurde Tommaso Conti, ohne dass die staatliche Bürokratie übermäßig viel davon erfahren hat: Auf Sizilien ist so etwas auch heute noch kein großes Problem. Tommaso Conti machte seinen Schulabschluss, besuchte die Journalistenschule in Neapel und reiste mit seinem italienischen Pass durch die ganze Welt, wie ich es immer gewollt hatte.« Er wies seine Hände vor, an denen ein schmaler goldener Ring glänzte.

»Seit vier Jahren bin ich verheiratet. Wir wohnen in der Nähe von Rom.«

Seine Mutter hatte diesen Ausführungen mit wachsender Fassungslosigkeit und unwillkürlich zunehmendem Kopfschütteln gelauscht. »Ich begreife das nicht. Johannes!? Was hat dich dazu gebracht, uns glauben zu lassen, du seiest tot? Kannst du dir nicht vorstellen, wie furchtbar das alles für mich gewesen ist? Und jetzt bist du einfach wieder da und ... Ich weiß gar nicht, was ich sagen soll. Ich kann es nicht fassen, dass du so etwas Entsetzliches wie diesen Unfall nur benutzt hast, um spurlos zu verschwinden.«

»Ja, ich verstehe dich«, nickte Johannes traurig. Er zögerte. »Die Sache ist nur die – es war kein Unfall.«

Kapitel 16

Johannes hielt den Kopf gesenkt, während er erzählte, und er drehte dabei die ganze Zeit an seinem Ehering.

»Ich habe das nie jemandem erzählt. Nicht einmal meiner Frau. Es ist merkwürdig, nach all den Jahren und der Geheimhaltung nun davon anzufangen. Aber ich schätze, diesmal muss es sein, oder?«

Er sah kurz hoch, nickte matt in die Runde und konzentrierte sich wieder auf den Ring an seiner Hand.

»Es war an diesem Strand südlich von Valetto. Die Buchten sind auf den Karten, die man kaufen kann, nicht eingezeichnet, aber die Einheimischen kennen sie und die gefährlichen Strömungen dort. Am gefährlichsten sind sie an der Spitze einer schmalen Halbinsel, die ein Stück ins Mittelmeer hinausragt; im Volksmund heißt sie *la lingua di diavolo,* die Teufelszunge. Dort bin ich mit meinem Vater spazieren gegangen, um ihm zu erklären, dass ich fest entschlossen war, mit dem Cellounterricht aufzuhören und nach dem Abitur eine Journalistenschule zu besuchen. Es war Abend, es wurde allmählich dunkel, weit und breit war niemand zu sehen. Wir waren ganz allein und gerieten wieder einmal in Streit. Es war mir klar gewesen, dass es dazu kommen musste, und ich war entschlossen, die Sache auf jeden Fall durchzustehen. Ich hatte mir allerdings nicht vorstellen können, welche Dimensionen diese Auseinandersetzung annehmen würde.«

Er sah zu Boden. Sein Brustkorb hob und senkte sich mit

einem Mal heftig. Er schüttelte den Kopf, schluckte, fuhr sich mit den Händen übers Gesicht.

»Er wurde so wütend, wie ich ihn noch nie erlebt hatte. Er schrie herum, alles Mögliche, drohte und fluchte und... Aber ich habe immer nur Nein gesagt. Ich habe gesagt, er könne machen, was er wolle, ich würde Journalist werden. Und da hat er angefangen, mich zu schlagen.«

Johannes rieb sich die Brust, sah mit fahrigem Blick hoch. »Wissen Sie, was seltsam ist? Immer, wenn ich später mal Angst hatte – wenn ich im Kaukasus in ein Feuergefecht zwischen Rebellen und Regierungstruppen geraten bin zum Beispiel, oder wenn ich in Kolumbien im Haus eines Drogenbarons war und es plötzlich aussah, als überlege er, mich abmurksen zu lassen –, dann habe ich immer einfach zurückgedacht an diesen Abend und mir gesagt, dass mir das Schlimmste im Leben schon passiert ist. Dass nichts mehr kommen kann, das schlimmer ist als das. Dass mein eigener Vater mich schlägt, als ob er mich umbringen wollte.«

Kommissar Nolting nickte bärbeißig. »Erzählen Sie der Reihe nach.«

Johannes schien nicht wenig nachdenken zu müssen, um die Reihenfolge der Ereignisse richtig herzustellen. »Er hat mich geschlagen wie ein Irrsinniger«, erzählte er schließlich. Seine Worte kamen zögernd, so, als müssten sie sich aus einem Morast tief unten in seiner Seele ans Freie wühlen. »Ich habe versucht, zu fliehen. Aber er hat mich festgehalten, auf mich eingedroschen, mir einen Schlag versetzt, der mich rücklings auf die Steine geworfen hat. Ich erinnere mich an einen furchtbaren Schmerz in der Brust, und dann ... Ich weiß nicht, was genau passiert ist. Aber ich glaube, ich war eine Weile tot.«

»Eine *Weile* tot?«, wiederholte der Kommissar mit hochgezogenen Augenbrauen. »Das hört man in meinem Beruf eher selten.«

Johannes knetete seine Hände, schien ihn nicht zu hören. »Ich war außerhalb meines Körpers, verstehen Sie? Vielleicht ist es nur eine Erinnerung, ich weiß es nicht, aber ich erinnere mich daran, dass ich mich selber da liegen gesehen habe, auf den Steinen, mit offenen Augen und verdrehten Gliedmaßen. Und alles, was ich denken konnte, war, dass ich ihm entkommen bin und dass es gut so ist. Ich habe gesehen, wie Vater sich über mich beugte und an meinem Hals herumtastete und er immer wieder sagte ›Oh, nein‹ und ›Das darf nicht wahr sein‹, hunderte Male, zumindest kam es mir so vor, immer dieselben Worte, wie ein tibetisches Mantra. Ich dachte nur, dass mein Herz aufgehört hätte zu schlagen und dass ich jetzt sterben würde. Aber dann...«

Er schloss die Augen, verharrte einen Moment so, und niemand sagte etwas. Alles wartete gebannt.

»Er sagte: ›Warte, so kommst du mir nicht davon. Wir können noch mal von vorne anfangen.‹ Ich erinnere mich genau an diese Worte. Er beugte sich über mich und ... und hatte plötzlich sein Messer in der Hand, sein Taschenmesser, und ... er griff nach meinem Mund und machte ihn auf und ... *schnitt* mit einer einzigen schnellen Bewegung ein Stück Fleisch aus der Innenseite meiner Wange!« Johannes hatte blankes Entsetzen in den Augen, während er das sagte. »Es tat furchtbar weh. Ich weiß nicht, ob der Schmerz etwas damit zu tun hatte oder was es war, aber ich war auf einmal wieder in meinem Körper, sah meinen Vater über mir stehen und das Stück von meinem Fleisch in ein schwarzes Döschen tun, in eine Filmdose oder so etwas, sah den Himmel über uns, der dunkelblau war wie Flaschenglas, und aus einer Art instinktivem Reflex rollte ich mich zusammen und zur Seite. Ich lag ziemlich am Rand eines überstehenden Felsens, und als ich mich zur Seite drehte, fiel ich über die Kante und stürzte ins Wasser.«

»Um Himmels willen«, hauchte jemand.

»In dem Moment, in dem ich in das eiskalte Wasser gefallen bin und von der Strömung erfasst wurde, spürte ich mein Herz schlagen wie wild, konnte mich wieder bewegen, und ich schwamm um mein Leben, in jedem Sinne des Wortes.«

»Ich erinnere mich«, stieß Mutter hervor. »Als Richard zurückkam, hatte er eine kleine Gefrierdose dabei, so eine Art winzige Thermosflasche, und ich habe mich noch gewundert, was das sollte und woher er die hatte, aber dann hat er von dem Unfall erzählt und dass du verschwunden seiest, und da habe ich natürlich nicht mehr darüber nachgedacht.« Sie hielt inne und begriff erschauernd, was das hieß. »Daraus hat er also die Zellkultur gezogen. Er muss zuerst in ein Krankenhaus gefahren sein, um die Gefrierdose zu besorgen, und erst dann ist er gekommen und hat Alarm geschlagen?!«

»Du verstehst, warum ich nicht zurückwollte?«, fragte Johannes.

Seine Mutter wandte sich zu der Liege um, auf die man ihren Mann gelegt hatte. »Richard? Wie konntest du nur so etwas Abscheuliches tun?«

Doch den Bruchteil eines Augenblicks zuvor war Dr. Richard Wedeberg von der Liege geglitten, hatte dem jungen Polizisten, der davor gestanden hatte, die Waffe entrissen und presste sie ihm nun mit wilder Entschlossenheit unter das Kinn.

»Ihr Kleingeister!«, zischte er. »Ihr erbärmlichen Gestalten. Nichts kennt Ihr als eure Paragrafen, eure Regeln und Gesetze und Vorschriften und Bestimmungen ... sinnlose Worte, auf totes Papier gedruckt, das ist alles, was euch wichtig ist. Aber ich, ich wollte der Welt dieses einmalige, gottgegebene Talent erhalten, es ihr zurückgeben mit den Mitteln, die mir in die Hände gegeben waren. Versteht das denn niemand? Ist das so verdammt schwierig zu verstehen?«

Dem jungen Polizisten quollen fast die Augen aus den Höhlen vor Schmerzen, so fest presste Wedeberg ihm den Lauf des Revolvers in den Hals. Bei jeder unbedachten Bewegung ächzte er. Auf seiner Stirn stand der Schweiß.

»Herr Wedeberg«, mahnte der Kommissar ruhig, »das hat doch keinen Sinn, was Sie da machen –«

»Für Sie immer noch *Doktor* Wedeberg«, versetzte Wolfgangs Vater zornig.

»Also gut, Herr *Doktor* Wedeberg ...«

»Und was verstehen Sie von Sinn? Was versteht einer wie Sie überhaupt? Wieso rede ich eigentlich mit Ihnen?« Er zwang seine Geisel, sich zwei Schritte in Richtung auf die Tür zuzubewegen. »Sie geben jetzt alle Ihre Waffen her«, befahl er. Er deutete mit einem Kopfnicken auf einen Karton mit Styroporeinsätzen für Chemikalienflaschen und dem Aufdruck *Pro-Mitosin* neben dem Logo eines großen Chemiekonzerns. »Leeren Sie den da aus und tun Sie Ihre Waffen hinein, und alle Funkgeräte und Handys auch gleich. Los, schnell!«

»Richard«, hauchte seine Frau. »Was hast du vor?«

Er sah sie mit einem wilden Blick an. »Bring mich jetzt bitte nicht raus, Julia. Ich weiß, was ich tue.«

»Hören Sie auf Ihre Frau, Doktor Wedeberg«, versuchte der Kommissar gleich nachzuhaken, aber das Resultat war nur ein aufstöhnender junger Polizist, an dessen Hals jetzt ein dunkler Tropfen Blut hinabrann.

»Waffen, Walkie-Talkies, Handys, her damit!«

Nolting nickte, griff nach dem Karton, mit bedächtigen Bewegungen, drehte ihn um, sodass das Styropor herausfiel, nahm dann seinen Revolver und legte ihn hinein, dazu sein Mobiltelefon und zuletzt sein Funkgerät. Er wollte es ausschalten, ehe er es hineinlegte, aber Wedeberg fuhr ihn an: »Lassen Sie es an! Sie halten mich wohl für blöd, was?«

Die beiden anderen Beamten legten ihre Ausrüstung gleichfalls in die Schachtel. Johannes legte sein Handy, das dummerweise überdeutlich sichtbar in einer Ledertasche an seinem Gürtel baumelte, dazu.

»Jetzt das Telefon dort.«

Der Kommissar langte grimmig nach dem Bürotelefon, das auf einem der Tische stand, wollte den Anschlussstecker herausfummeln, aber Wedeberg befahl ungeduldig: »Reißen Sie es aus der Wand. Ich hab nicht ewig Zeit.«

Ein kurzer Ruck genügte, und das Gerät trennte sich mit einem splitternden Geräusch von seinem Kabel. Der Kommissar legte es mit in den Karton.

»Gut. Jetzt auf den Boden stellen und zu mir herüberschieben. Aber langsam.«

Nolting tat wie geheißen. Dr. Wedeberg ließ sein Opfer los, richtete den Lauf der Waffe auf dessen Hinterkopf und befahl: »Langsam bücken und den Karton aufheben.«

Wolfgang sah, dass die Hände des jungen Mannes zitterten, als er dem Befehl gehorchte. Er konnte immer noch nicht fassen, was hier geschah. Dass sein eigener Vater sich benahm, redete und handelte wie ein ... Verbrecher. Er spürte ein elendes Entsetzen seinen Rücken hochkriechen, als ihm klar wurde, dass buchstäblich alles geschehen konnte in den nächsten Minuten.

Sein Vater zog sich mit seiner Geisel, die den Karton trug, zur Tür des Labors zurück, sie mit dem Ellbogen öffnend. Wolfgang hörte Kommissar Nolting scharf einatmen, als die Tür aufging und der Gang sichtbar wurde. Er verstand. Draußen waren noch andere Beamte unterwegs, die eingreifen konnten, sobald sie merkten, was hier vor sich ging.

»Stellen Sie den Karton draußen neben der Tür ab«, ordnete sein Vater an. Der junge Polizist, den er in der Gewalt hatte, gehorchte.

Irgendwo in den weitläufigen Fluren des Instituts knallte eine Tür.

»Johannes?«, sagte Dr. Wedeberg.

Der Mann mit dem krausen Bart, den die Zeitungsleute in Deutschland und Italien unter dem Namen Tommaso Conti kannten, sah unwillig auf. »Ja?«

»Das hätte alles nicht geschehen müssen, das ist dir klar, oder? Das hier nicht, und dein Unfall damals auch nicht. Wenn du nicht ständig so ... *widerspenstig* gewesen wärst. Verdammt, ich habe doch immer nur dein Bestes gewollt!«

Johannes sah ihn abschätzig an. »Das ist dummes Geschwätz, Vater.«

Wolfgang spürte, wie sich die Gestalt Kommissar Noltings neben ihm spannte, einem Panther gleich, der zum Sprung auf die Beute ansetzt. Das Viereck der Tür zum Gang klaffte wie ein gefräßiges Maul.

»Geschwätz, hmm? Na ja. Wie du meinst.« Er ging rückwärts auf die Tür zu, den jungen Polizisten vor sich.

Dann, als er draußen stand und seine Geisel noch drinnen, gab er dem Mann einen derben Stoß in den Rücken, der ihn unerwartet traf und drei, vier Schritte in den Raum zurück taumeln ließ. Die Tür schlug krachend zu. Ein rumpelndes, schabendes Geräusch von außen verhieß nichts Gutes. Der Kommissar schnellte auf die Tür zu, warf sich dagegen, doch sie gab nicht nach. »Er hat einen der Aktenschränke davorgeschoben.« Er sah den jungen Polizisten an. »Sind Sie in Ordnung?«

Der nickte, sich den Hals reibend. »Ja, geht schon.«

»Gut.« Nolting trat ans Fenster, schob es auf, besah sich den schmalen, rings um das Geschoss verlaufenden Feuerbalkon. »Na, das ist doch genial.« Er kletterte hinaus und beugte sich über die Brüstung. »Hallo!«, brüllte er ins Halbdunkel hinab. »Müller? Steinitz? Hier oben!«

Johannes war schon dabei, das nächste Fenster aufzureißen und ebenfalls hinauszuklettern. Wolfgang folgte ihm, obwohl es ihn draußen schauderte. Der für Notfälle gedachte Balkon war verdammt schmal, sein mickriges Geländer aus fingerdünnem Stahlrohr war alles andere als vertrauenerweckend. Von hier oben betrachtet sah das Institutsgebäude wesentlich höher aus, als es von unten gewirkt hatte.

Unten, zwischen den von Laternen beschienenen Lichtinseln im Gebüsch und den sanft geschwungenen Fußwegen, war Bewegung zu erkennen. Männer in dunklen Lederjacken, mit Schirmmützen auf dem Kopf.

»Kommissar Nolting?«, rief einer, kaum zu verstehen vor dem Hintergrundlärm der nahen Schnellstraße. »Sind Sie das?«

»Ja«, brüllte der Kommissar zurück. »Riegeln Sie alle Ausgänge ab, Steinitz! Wedeberg ist flüchtig und bewaffnet. Schnell!«

Einer der Männer sprach in sein Funkgerät, die anderen rannten davon, ihre Revolver aus den Koppeln ziehend.

»Wie viele Zugänge gibt es zu dem Gebäude?«, wandte Nolting sich an die Wissenschaftler, die noch im Labor standen.

Der Mann, der dünnes blondes Haar, aber erstaunlich buschige Augenbrauen hatte, überlegte hastig. »Vorne der Haupteingang, die Laderampe hinten zur Hans-Spemann-Straße ... es gibt einen separaten Zugang zu den Tiergehegen ... außerdem die Tiefgarage natürlich. Ja, und die Kellertreppe beim Heizungsraum.«

»Ein Schweizer Käse, mit anderen Worten. Verdammt«, knurrte der Kommissar. Er fuhr seine Beamten an, die noch immer wartend herumstanden: »Will vielleicht endlich einer von euch diese Tür dort aufmachen?«

Bewegung kam in die Sache. Bewaffnet mit dem schweren gusseisernen Fuß eines Instrumentenhalters kletterte einer der Polizisten auf den Feuerbalkon hinaus, um einige Meter weiter damit die Fensterscheibe zu einem anderen Raum einzuschlagen, einem Büro.

Doch dessen Tür war ordnungsgemäß zugeschlossen.

»Das darf doch nicht wahr sein!«, fauchte Nolting.

»Brechen Sie sie auf, verdammt noch mal. Oder probieren Sie es im nächsten Zimmer.«

Unten kamen weitere Polizeiwagen mit Blaulicht und Sirene an. Uniformierte schwärmten aus. Das zuckende blaue Licht verwandelte die friedliche Parkanlage in eine Szenerie aus einem Albtraum.

Inzwischen war auch Svenja durchs Fenster geklettert und stand schaudernd neben Wolfgang. Sie warf einen vorsichtigen Blick hinab durch das Gitter, auf dem sie standen. »Kacke, ist das hoch.«

Johannes beugte sich zu ihnen herüber und sagte leise:

»Kommt. Das ist ein Notbalkon für den Fall, dass es brennt; er muss also zu einer Feuertreppe führen. Lasst uns verschwinden. Das ist jetzt Sache der Polizei.«

»Die machen das schon, oder?«, nickte Svenja bang.

»Klar. Die machen so was jeden Tag.«

»Worauf warten wir dann?«

Johannes eilte vorneweg auf der Suche nach dem Zugang zu der Feuertreppe. Svenja und Wolfgang folgten ihm, kamen aber nicht so rasch vorwärts, weil sie der Sache misstrauten und doch lieber die Hand am Geländer hielten und die andere auf den Fensterbrettern, nur für den Fall, dass die Konstruktion so zerbrechlich war, wie sie aussah.

Johannes war gerade um die Ecke verschwunden, als Svenja abrupt stehen blieb und auf ein Fenster deutete, das einen Spalt weit offen stand. »Schau mal, hier«, meinte sie und drückte dagegen. »Es lässt sich aufschieben.«

»Das hat doch keinen...«, begann Wolfgang, unterbrach sich aber, als er sah, dass in dem Raum dahinter, eine Art Teeküche, die Tür zum Flur einen Spalt weit offen stand. »Ja, genial. Lass uns hier reingehen.«

Sie kletterten in den kahlen, mit einer uralten, ramponierten Küchenzeile möblierten Raum, in dem es so durchdringend nach Zigarettenrauch stank, als sei es einziger Treffpunkt aller Raucher des gesamten Instituts. Womöglich war das sogar der Fall; jedenfalls erklärte es, dass das Fenster offen gestanden hatte.

Sie rannten den Flur zurück, der von den Schlägen widerhallte, mit denen die Polizeibeamten versuchten, eine der verschlossenen Bürotüren aufzubrechen. Die Türrahmen aus lackiertem Stahlrohr waren offenbar stabiler als vermutet, und die Türen desgleichen. Wolfgangs Vater hatte in der Tat den schweren Aktenschrank vor die Tür des Labors geschoben. Wolfgang und Svenja stemmten sich dagegen. Während sie das Möbel, das bis zum Rand mit Papier voll gestapelt und unglaublich schwer war, Stück um Stück beiseite wuchteten, kamen eine Hand voll Polizisten vom Fahrstuhl her angerannt, beeindruckende Gestalten mit schwarzen Helmvisieren und klobigen Schutzwesten, bis an die Zähne bewaffnet. Sie halfen beim letzten Zentimeter und stellten sich, als die Tür zum Labor endlich aufging, so breitschultrig nebeneinander, dass Wolfgang und Svenja hinter ihnen verschwanden.

»Wurde auch Zeit«, knurrte der Kommissar bloß, als er in den Flur herauskam. Er sah sich suchend um. Wolfgang brauchte einen Moment, bis er begriff, dass der Kriminalbeamte nach dem Karton mit den Waffen und Funkgeräten Ausschau hielt.

Doch der war nicht mehr da.

»War ja klar«, lautete der Kommentar des Kommissars. Er wandte sich den Männern zu und deutete den Gang hinab, in Richtung der Aufzüge. »Alles runter ins Erdgeschoss!«, befahl er. »Versuchen Sie, den Hausmeister oder so jemanden ausfindig zu machen. Wedeberg ist hoffentlich noch im Gebäude. Wir müssen dafür sorgen, dass das erst mal so bleibt.«

Alles verfiel in lockeren Laufschritt, bis auf einen Beamten, der vorauseilte und auf die Rufknöpfe drückte. Wolfgang und Svenja folgten ihnen, hauptsächlich, weil sie nicht wussten, was sie sonst machen sollten. Natürlich reichte der Platz im Aufzug nicht für alle, nicht einmal für alle Polizisten. Die silbern schimmernden Türen schlossen sich zischend vor eng gefüllten Aufzugskabinen. Die Übrigen nahmen die Treppe.

Im Treppenschacht kam ein Wissenschaftler, der noch bei der Arbeit war, den hinabstürmenden Polizisten in die Quere. »Um Himmels willen, was ist denn los?«, fragte er, einen zur Hälfte verschütteten Becher Automatenkaffee in der Hand und völlig entgeistert, als Wolfgang und Svenja an ihm vorbeikamen. Er sah die Treppe hinab und schüttelte den Kopf. »Du lieber Himmel, die haben vielleicht ausgesehen. Zum Fürchten.« Damit machte er, dass er durch die schwere, feuerfeste Ausgangstür in den Flur hinauskam. Schmale weiße Schilder an der kahlen Betonwand daneben erklärten, welche Abteilungen und Einrichtungen sich in diesem Stock befanden: *Lehrstuhl für Molekulargenetik* stand da und *Theoretische Biophysik II.*

Und darunter, in dunkelblauer statt schwarzer Schrift und etwas kleiner: *Durchgang zu den Kühlräumen.*

Wolfgang blieb stehen. In seinem Kopf jagten sich die Gedanken.

»Was ist?«, wollte Svenja wissen, die schon die nächste Treppe halb unten war.

Er deutete auf das Schild. »Die Kühlräume. Dort gibt es auch einen Ausgang. Den hat der Kommissar vergessen.«

Sie kam ein paar Schritte hoch. »Na und? Es wird ihm schon wieder einfallen. Oder jemand wird es ihm sagen.«

»Ich weiß nicht.« Wolfgang kaute auf seiner Unterlippe herum, wusste nicht, was tun. »Ich würde gern ... ich weiß nicht. Einfach mal nachschauen. Was dort ist.«

»Was? Du kannst hier doch nicht einfach so rumlaufen.«

»Wieso nicht?« Er öffnete die Tür, die so schwer ging, als sei sie Bestandteil eines heimlichen Muskeltrainingsprogramms für die in diesem Haus Arbeitenden. Svenja trat neben ihn. Gemeinsam spähten sie den Flur hinab, der verlassen im Halbdunkel der Nachtbeleuchtung lag. Ein dunkler Quergang ging ab, zweifellos der Durchgang zum Anbau mit den Kühlräumen. »Du weißt nicht, ob das nicht gefährlich ist«, meinte sie.

»Weiß ich nicht. Stimmt.«

»Worauf warten wir dann?«

Irgendwo im Haus knallte etwas, aber es klang nicht wie ein Schuss. Das Blaulicht der Polizeiwagen zuckte durch die Fenster, den Gang entlang. Draußen erteilte jemand lautstark Befehle.

»Bestimmt ist da sowieso nichts«, meinte Wolfgang mit dem seltsamen Gefühl, zu lügen.

Svenja nickte. »Wahrscheinlich ist einfach abgeschlossen.«

Sie traten durch die Tür, die mit dumpfem Scheppern hinter ihnen ins Schloss fiel, folgten dem Flur, vorbei an Schautafeln, die grellbunte Darstellungen höchst komplizierter Moleküle zeigten, bis zu der Stelle, an der der Quergang abbog. Kurz davor hielten sie unwillkürlich an und spähten erst einmal vorsichtig um die Ecke. Nichts. Ein kahler, schlecht beleuchteter Gang mit gerippten Metallwänden und einem Teppichboden, der uralt sein musste und in der Mitte deutlich abgetreten war. Am anderen Ende war eine einfache weiß lackierte Metalltür, neben der unübersehbar ein Ziffernblock prangte.

»Siehst du?«, meinte Svenja. »Es ist abgeschlossen. Wie ich gesagt habe.«

»Ja«, sagte Wolfgang.

»Man muss die richtige Codenummer wissen, sonst kommt man nicht weiter.«

»Lass uns trotzdem mal hingehen.«

Sie durchquerten den Gang, der ihre Schritte schluckte, und stellten fest, dass die Tür keineswegs abgeschlossen war. Nur angelehnt. Sie zogen sie behutsam auf. Dahinter war ein Raum, der nur von einem Computerbildschirm auf einer Art Empfangstheke erleuchtet wurde. Es gab Ablagekästen für Formulare und ein Regal mit zylindrischen

Metallbehältern in verschiedenen Größen, daneben ein Waschbecken, in dem einige solcher Behälter standen, mit Wasser gefüllt und schlampig aufgesetzten Deckeln. Auf der gegenüberliegenden Seite war eine zweite weiße Metalltür, aber ohne Ziffernblock.

»Jemand ist vor kurzem hier gewesen«, wisperte Svenja.

»Wie kommst du darauf?«, flüsterte Wolfgang zurück. »Vielleicht ist der Computer immer an.«

»Ja. Aber dann würde ein Bildschirmschoner laufen.«

Genau. Ein heißer Schreck durchzuckte ihn, ein übermächtiger Impuls, umzukehren und davonzulaufen. Doch anstatt diesem Impuls nachzugeben, ging er auf den Bildschirm zu und studierte ihn. Ein altmodisch aussehendes Programm, das auf den ersten Blick jenem ähnelte, mit dem die Stadtbücherei von Schirntal ihre Bestände verwaltete, zeigte zweifellos den Datenbankeintrag von irgendetwas, das in diesen Kühlräumen aufbewahrt wurde, aber Wolfgang verstand schlichtweg kein einziges der Worte, die da standen, bis auf einen Eintrag, der *Flüssigstickstoff* lautete.

»Wir sollten umkehren«, schlug Svenja vor.

»Ja«, sagte Wolfgang, ohne sich vom Fleck zu rühren. Am unteren Rand des Datenbankformulars, in einem Feld mit der Beschriftung *ANGELEGT AM:* war ein Datum eingetragen, das ungefähr anderthalb Jahre vor Wolfgangs Geburt lag, und dahinter, nach dem Vermerk *VON:*, stand das Kürzel *RWed*.

»Richard Wedeberg«, flüsterte Wolfgang. Er deutete darauf. »Das war das Namenszeichen meines Vaters. Ich habe es einmal auf einem alten Brief von ihm gesehen.«

Svenja riss die Augen auf. »Und was tut das hier?«

»Keine Ahnung.« Wolfgang starrte die vier Buchstaben auf dem Bildschirm an. Doch. Er ahnte es. Sein Blick wanderte zu der Tür auf der anderen Seite des Raumes wie magisch von ihr angezogen.

»Oh nein«, flüsterte Svenja. »Ich setze keinen Schritt durch diese Tür.« Als er nichts erwiderte, fügte sie hinzu: »Du kannst natürlich machen, was du willst, aber ich gehe jetzt und verständige den Kommissar.«

»Gute Idee«, nickte er. »Ich komme gleich nach.«

Sie gab einen erstickten Laut von sich. »Wolfgang!?«

Er sah sie an. »Hol die Polizei her. So schnell wie möglich.«

»Und du?«

»Mir passiert schon nichts.«

Svenja presste die Lippen zusammen. »Wehe, wenn doch«, sagte sie schließlich kläglich. »Wenn du ... dich erschießen lässt, red ich kein Wort mehr mit dir!«

Er musste unwillkürlich lächeln. »Mach schnell.«

Einen Kuss zum Abschied oder so hätte er passend gefunden, aber Svenja drehte sich nur um und eilte hinaus in den Quergang. Ein Augenblick nur, und nichts war mehr zu hören außer dem Lüftergeräusch des Computers.

Er konnte natürlich einfach hier warten. Einen Stuhl unter die Klinke der anderen Tür klemmen und sich für alles andere, den zweiten Ausgang aus dem Kühlraum beispielsweise, nicht zuständig fühlen.

Theoretisch.

Wolfgang holte tief Luft, betrachtete die Tür. Trat vor sie hin und umfasste die Klinke, hartes schwarzes Plastik. Das sich geräuschlos hinabdrücken ließ. Licht schimmerte durch von der anderen Seite.

Er zog die Tür gerade weit genug auf, um hindurchspähen zu können. Er sah einen sauber gekachelten Boden, gekachelte Wände, zahllose grellweiße Leuchtstoffröhren, die den Raum von vorne nach hinten durchliefen, und darunter Reihen glänzender Geräte, die aussahen wie überdimensionale Aktenschränke aus blankem Edelstahl. Die allumfassende Helligkeit schmerzte in den Augen und ließ alles so unwirklich aussehen, als werfe er einen Blick in einen technischen Himmel.

Ein fauchendes Zischen erklang, kurz darauf gefolgt von einem dumpfen, metallischen Aufschlag. Schwere Schritte schabten über den Boden. Wieder das Zischgeräusch, laut und unheilverkündend. Wolfgang öffnete die Tür ein Stück weiter und schob sich hindurch.

Es war sein Vater, der vor einem der Kühlbehälter stand und mit einer Zange zwischen den Glasröhrchen hantierte, die in der weiß wallenden Kälte darin standen.

»Sie sind noch da«, erklärte er mit einem kurzen Seitenblick auf Wolfgang, als sei es das Selbstverständlichste der Welt, dass er hier war. »Es wird nämlich nichts weggeworfen in diesem Geschäft. Jeden verdammten Embryo bewahren wir auf für alle Zeiten.«

Er hob eines der Glasröhrchen heraus, kontrollierte das Etikett, das daran haftete, und bugsierte es dann in einen neben ihm stehenden tragbaren Kühlbehälter von der Art, wie sie draußen zu Dutzenden im Regal gestanden hatten. »Nicht mal die Zugangscodes haben sich geändert, ist das zu fassen?« Es klapperte gläsern, als das Röhrchen in schwerem weißem Dunst verschwand.

»Hier drin gibt es mindestens zweihundert Zwillingsbrüder von dir«, meinte Vater mit einer alles umfassenden Geste. Er ließ den Deckel der Kühltruhe mit jenem dumpfen Knall, den Wolfgang vorhin gehört hatte, zufallen. »Mehr als genug, um noch einmal ganz von vorne anzufangen.« Er zog den tragbaren Kühlbehälter zu sich heran und setzte den Verschluss darauf. »Sogar vierzehn davon sind mehr als genug. Aber diesmal gehe ich woanders hin. In den Osten. Vielleicht nach Rumänien. Irgendwohin, wo die Söhne ihren Vätern noch gehorchen.«

Wolfgang stand wie festgewurzelt da, sah den Schwaden kalten Nebels zu, die sich wie müder Dampf über den Fußboden verteilten. *Das muss flüssiger Stickstoff sein,* dachte er, als gäbe es nichts Wichtigeres zu denken.

»Eines Tages werden sie mir dankbar sein. Sie werden es vielleicht nie zugeben, nie darüber reden, aber sie werden mir dankbar sein für das, was ich getan habe.« Vater schraubte den Verschluss sorgfältig zu. »Ich hoffe nur, dass ich es noch erleben werde, wie mein Sohn die Welt mit seiner Musik überraschen wird. Denn der Tag, an dem man sagt, ›*was für ein Talent*‹, wird der Tag sein, an dem mein Leben einen Sinn gehabt hat.«

Plötzlich hatte er wieder einen Revolver in der Hand, eine Waffe, die hier und jetzt plötzlich irgendwie viel größer und gefährlicher aussah als vorhin.

»Und du wirst mir dabei helfen.«

Wolfgang begriff mit dumpfer Verblüffung, dass sein Vater ihn zur Geisel nehmen würde, um sich den Weg durch die Polizeisperren zu bahnen.

»Ich bin nach Berlin gekommen, um Professor Tessari vorzuspielen«, platzte er heraus, einfach um etwas zu sagen. »Und ich war dort. Ich habe ihm vorgespielt. Aber er sagt, ich habe Johannes' Talent nicht.«

»Lüge.«

»Er sagt, ich hätte erstaunlich viel Handwerk erlernt, aber das, was ich spiele, klinge auch so. Wie Handwerk, nicht wie Kunst. Er sagt, ich sei musikalisch nicht einmal sonderlich begabt.«

»Du lügst.«

»Nein. Es ist die Wahrheit. Ich habe mich beim Vorspielen angestrengt, weil ich es wirklich wissen wollte. Und ich habe so gut gespielt wie noch nie.«

Sein Vater sah ihn mit einem eigenartigen Ausdruck in den Augen an. »Du hast die gleichen Gene wie Johannes. Du *musst* sein Talent haben. Du hast doch seine Gene!«

»Vielleicht ist Talent nicht nur eine Frage der Gene.«

Wie Schatten tauchten sie auf, die Polizisten, dunkle Schemen vor der umfassenden Helligkeit des Kühlraums. Ihre Schritte waren kaum zu hören, das flüsternde Summen der vielen Kühlaggregate überdeckte die Geräusche. Sie hatten Waffen. Waffen, die auf Doktor Richard Wedeberg gerichtet waren.

Wolfgang sah all das nur aus den Augenwinkeln. Er konnte den Blick nicht von dem Revolver in der Hand seines Vaters wenden, der noch auf den Boden zielte und aussah wie ein schweres Gewicht an dessen rechtem Arm. Der sich jeden Augenblick heben und auf ihn zielen würde.

»Vater, bitte ...«

Sagte er es wirklich, oder dachte er es nur? Er hätte es nicht sicher sagen können. Ihm war, als könne er nie mehr atmen, müsse für alle Zeiten die Luft anhalten. Er hätte auch nicht sagen können, was er eigentlich wollte. Er wollte nicht sterben, das stand fest. Aber er wollte auch nicht, dass sein Vater starb. Trotz allem.

»Bitte tu es nicht.«

Die Waffe fiel zu Boden, klirrte so laut, dass man meinte, ein Stück der Deckenverkleidung sei herabgestürzt. Wolfgang atmete wieder, aber keuchend, voller panischer Angst.

»Ich habe einmal Karajan gesehen als Kind, habe ich dir das je erzählt?«, fragte sein Vater in eigenartigem Singsang. »Nein, ich glaube nicht. Dabei war das mein großer Traum, die Leidenschaft meiner Jugend. Ab da war es um mich geschehen. Ich kann mich gar nicht erinnern, was er dirigiert hat. Ich weiß nur noch, dass ich ihn die ganze Zeit angesehen habe – wie er das Orchester führte, wie er es anfeuerte und aufstachelte, es wieder beruhigte und dämpfte, wie aus jeder Bewegung seiner Hände und seines Stocks Musik entstand, die wunderbarste Musik der Welt. Und ich war begabt, stell dir das mal vor. Mein Musiklehrer hat mich gefördert. Er wollte mich sogar für ein Stipendium vorschlagen.«

Mit einer Bewegung, die so plötzlich kam wie eine Explosion, hieb er donnernd gegen einen der Kühlschränke und schrie: »Aber alle verdammten Wedebergs mussten ja VERDAMMTE MEDIZINER werden!« Gurgelnd holte er Luft, schlug noch einmal gegen das schimmernde Metall, dass es nur so dröhnte. »In Blut und Eiter wühlen, anstatt mit Musik den Himmel auf die Erde zu holen!« Er ballte die Faust. »Ich habe mich fügen müssen, aber dabei habe ich mir geschworen, bei Gott, heilige Eide habe ich geleistet, dass *meine* Kinder einmal ihre gottgegebenen Talente würden entfalten dürfen ... ihre gottgegebenen Talente ...«

Da, endlich, brach die Verzweiflung eines ganzen Lebens aus ihm heraus. Hilflos schluchzend sank er über der spiegelnden Abdeckung des Tiefkühlers zusammen.

Kommissar Nolting trat näher, zückte ein glänzendes Paar Handschellen.

»Kommen Sie, Herr Wedeberg«, sagte er. »Es ist vorbei.«

Kapitel 17

Um den Nachstellungen der Presse zu entgehen, die sich höchst aufgeregt auf den Fall Wedeberg stürzte, verbrachten Svenja und Wolfgang den Rest der Pfingstferien bei Johannes und seiner Frau Violetta, die in einem abgeschiedenen Ort in der Nähe von Rom ein kleines Häuschen besaßen. Den Reportern zu entgehen, war nicht leicht. Schon als Dr. Wedeberg abgeführt wurde, tauchten die ersten Fotografen vor dem Gebäude des Instituts auf. Die Polizisten boten ihm an, sein Gesicht zu verhüllen, doch das lehnte er ab. Mit steinerner Miene und aufrecht stieg er in den wartenden Wagen, unter Blitzlichtgewitter wie ein zwar gestürzter, aber uneinsichtiger Diktator.

Aber Johannes kannte die Tricks. Sie entkamen den heraneilenden Kameras und Mikrofonen durch einen unbeachteten Hinterausgang und fuhren mit seinem vorausschauenderweise abseits geparkten Auto unbemerkt davon. Unbemerkt langten sie beim Haus der Francks an, wo sie sich rasch verabschiedeten und ihre Sachen packen konnten, einschließlich des Cellos. Es ging aus Berlin hinaus, zu einem kleinen Flugplatz bei Trebbin, wo Johannes eine viersitzige Sportmaschine samt Pilot charterte, die sie nach Italien bringen sollte.

»Kann man während des Fluges mit dem Handy telefonieren?«, fragte Svenja den Piloten kurz vor dem Start.

Der nickte. »Bei den kleinen Maschinen ist das kein Problem. Warum?«

»Ich sollte meinen Eltern Bescheid sagen.«

»Mach's doch gleich. Es dauert noch ein paar Minuten, bis wir starten.«

Svenja grinste spitzbübisch. »Ich ruf lieber erst an, wenn wir in der Luft sind. Dann müssen sie's mir erlauben.«

Der Flug war herrlich und verlief ohne die geringsten Probleme. Während sie die Alpen überquerten, fragte Wolfgang, dem fast die Ohren abgefallen waren, als er Johannes und den Piloten über den Preis dieses Fluges verhandeln gehört hatte: »Kannst du dir das denn leisten?«

»Das sind Spesen«, lächelte Johannes nur. »Die wird irgendeine Zeitung mit Handkuss bezahlen, um die Geschichte unserer Flucht drucken zu dürfen.«

Violetta war eine schöne, schlanke Frau mit auffallend hellen Augen und einem ansteckenden Lachen. Sie erwartete sie auf dem Flughafen bei Rom, küsste ihren Mann leidenschaftlich und begrüßte dann Wolfgang und Svenja, die Johannes mit den Worten vorstellte: »Mein jüngerer Zwillingsbruder und seine Freundin.« Wie sich herausstellte, sprach sie recht gut Deutsch, was sie dem Umstand verdankte, ein paar Jahre in einem Hotel im Tessin gearbeitet zu haben.

Das Haus war entzückend, der Ort eine Oase des Friedens, der Himmel von strahlendem Azurblau und das Meer nicht weit. Urlaub. Welche Aufregung jenseits der Alpen herrschte und welchem Tumult sie entgangen waren, bekamen sie nur mit, wenn sie abends das Satellitenfernsehen einschalteten.

Johannes erzählte, wie alles angefangen hatte. Als Frascuelo Aznar mit seinem Geständnis an die Öffentlichkeit getreten war und die ersten Listen mit Namen von Wissenschaftlern, die er getroffen haben konnte, kursierten, war ihm rasch klar geworden, wer der unbekannte deutsche Wissenschaftler gewesen sein musste.

»Der springende Punkt war, dass niemand außer mir wusste, dass Vater mit Klonierungstechniken experimentiert hat. Offiziell arbeitete man in dem Institut an Krebstherapien mit genetisch markierten Tumor-Antikörpern. Für die entsprechenden Versuche wurden aber genetisch identische Menschenaffen benötigt, Klone mit anderen Worten. Doch die Tiere waren so teuer, dass man nicht genügend viele Brutmütter hatte, um bei der Erfolgsquote der damaligen Klonierungstechniken eine ausreichende Anzahl geklonter Versuchstiere zu bekommen. Die lag nämlich bloß bei 200 zu 1, was hieß, dass man im Schnitt zweihundert geklonte Embryonen brauchte, um ein lebend geborenes Tier zu erhalten. Dieses Problem war es, das Vater ursprünglich dazu veranlasste, sich mit dem Klonen zu befassen, und er hat wohl tatsächlich ein Verfahren entwickelt, das eine wesentlich höhere Erfolgsrate, nämlich 5 zu 1, hatte – aber er durfte es nicht veröffentlichen, weil der Institutsleiter befürchtete, dass man ihnen Zweckentfremdung von Forschungsmitteln vorwerfen und den Geldhahn zudrehen würde.«

»Und das hat Vater dir erzählt?«

»Natürlich nicht. Aber wir wohnten in Berlin in einer Wohnung, in der die Wände Ohren hatten. Ich habe eine Menge Gespräche mitgehört, von denen ich sicher nichts hätte mitkriegen sollen, habe die Fachausdrücke nachgeschlagen, mir ab und zu angeguckt, was für Fachbücher er im Wohnzimmer liegen ließ ... So schwierig war das nicht, sich das alles zusammenzureimen, und bei meinen Nachforschungen habe ich später herausgefunden, dass ich ziemlich dicht an der Wahrheit dran gewesen bin.« Er hielt inne, zögerte, und seine Hand wanderte unwillkürlich schützend vor sein Gesicht, ehe er hinzufügte: »Außerdem wird mir bis ans Ende meines Lebens unvergesslich bleiben, wie mein Vater mir dieses Stück Fleisch aus der Wange schnitten hat. Ich meine, welchen Sinn hätte das gehabt, wenn er nicht in diesem Moment den Plan gefasst hätte, mich zu klonen?«

Wolfgang ließ sich die Stelle an der Innenseite von Johannes' Wange zeigen, an der immer noch eine kleine Narbe zu sehen war. »Ich bin dir also sozusagen aus dem Gesicht geschnitten«, stellte er mit Schaudern fest.

»Irre, oder?«, nickte Johannes.

Er hatte aber auch andere Geschichten zu erzählen, von seinen Abenteuern in den Krisenregionen der Welt, von Begegnungen mit japanischen Gangsterbossen, turkmenischen Drogenschmugglern oder den letzten Indios Brasiliens, von Reportagen über Elendsgebiete, verseuchte Landschaften und Religionskriege. Über solchen Erzählungen vergingen die Abende wie im Flug.

In diesen Tagen rasierte Johannes den Bart ab, den er, wie er erzählte, bis dahin zeitlebens getragen hatte, vom ersten Moment an, als ihm einer gewachsen war.

»Ich schätze, das war ein Versteckspiel auf beiden Seiten. Ich hatte immer Angst, ich könnte bei einem Filmbericht versehentlich doch einmal ins Bild kommen und meine Eltern mich erkennen. Deshalb der Bart. Und Vater hat seinerseits dich planmäßig versteckt. Der Umzug in ein winziges Kaff im tiefsten Schwarzwald, die nachträgliche Heirat, sein Berufswechsel und auch, dass er nicht wollte, dass du im Schulorchester spielst oder sonst wie als Cellist in Erscheinung trittst: alles, um dich vor den Leuten zu verstecken, die mich gekannt hatten. Du solltest erst auftauchen, wenn du älter gewesen wärst als ich und man die Ähnlichkeit nicht mehr bemerkt hätte.«

Svenja fand es überaus interessant, Johannes ohne Bart

zu sehen. »Du wirst mit Anfang dreißig genauso aussehen, oder?«, wandte sie sich an Wolfgang.

»Ich schätze, ja.«

»Hmm«, machte Svenja. Sie betrachtete den grinsenden Johannes, der es nicht lassen konnte, Fratzen zu schneiden, eine dämlicher als die andere. »Doch, gefällt mir«, meinte sie schließlich. »Wenn ich mir die Gesichtsgymnastik wegdenke, meine ich.«

Am letzten Abend vor der Rückfahrt nach Deutschland saßen sie abends zusammen, redeten über dies und das, bis Svenja plötzlich von Johannes wissen wollte, ob er seit seinem Verschwinden jemals wieder Cello gespielt habe.

Er winkte ab. »Nein. Ich glaube, mir wäre regelrecht schlecht geworden beim bloßen Versuch.«

»Verstehe«, sagte Svenja.

Eine Pause entstand, einer jener eigentümlichen Momente, von denen man sagt, dass sie entstehen, weil ein Engel durchs Zimmer geht.

»Willst du es trotzdem mal versuchen?«, fragte Wolfgang leise.

»Hmm«, machte Johannes voller Widerwillen, aber er sah seine Frau an dabei, und die lächelte aufmunternd. »Wahrscheinlich kann ich es überhaupt nicht mehr.« Violettas Lächeln vertiefte sich nur. Und sie war schrecklich neugierig, das sah man ihr an der Nasenspitze an. »Also, dann gib halt mal her«, sagte Johannes zu seinem jüngeren Zwillingsbruder. »Mal sehen, ob ich noch weiß, wie man den Bogen hält.«

Wolfgang packte das Cello aus, prüfte die Stimmung, reichte es ihm und den Bogen dazu. Johannes nahm das Instrument zwischen die Beine, schien sich nur noch mit Mühe zu erinnern, wie alles ging. Er korrigierte die Handhaltung am Bogenansatz wenigstens zwei Dutzend Mal, ehe er auch nur das Haar auf die erste Saite legte. »Am besten, ihr haltet euch die Ohren zu«, schlug er vor. »Es wird bestimmt grässlich.«

Er strich den ersten Ton.

Wolfgang durchrieselte es.

»Schöner Klang«, sagte Johannes versonnen und sah am Griffbrett hinunter, über die mahagonifarbene Resonanzdecke mit den beiden Schalllöchern. »Wirklich, diesen Klang hatte ich ganz vergessen.« Man konnte förmlich zusehen, wie nach und nach alles wieder auftauchte bei ihm. »Wartet mal ... Irgendein Stück. Wie ging das noch mal? Das war aus dem Dotzauer, glaube ich.«

Er setzte an und spielte eine kleine Melodie, ganz kurz und einfach nur, ein Kinderlied fast – aber wie begnadet! Die Töne, perlenrein und klar, schienen nicht aus diesem Instrument zu kommen, sondern direkt aus himmlischen Sphären. Für einen Moment war etwas im Raum zu spüren, das aus einer anderen Welt kam.

»Mein Gott«, flüsterte Svenja, als er geendet hatte.

Wolfgang war sprachlos. Er konnte es nicht fassen, dass jemand seinem Cello, dessen Möglichkeiten er zu kennen geglaubt hatte wie niemand sonst, Derartiges zu entlocken vermochte.

»Weißt du was?«, meinte er, als er seine Bestürzung überwunden hatte. »Behalt es gleich. Es ist eh deins.«

»Ja, schon.« Johannes schien auch nicht recht zu wissen, was das alles zu bedeuten hatte. »Aber du ... Was machst du?«

»Ich wollte sowieso aufhören. Es ist doch verschwendet an mich, ehrlich.« Er lächelte. »Und Professor Tessari wartet bestimmt schon auf dich.«

Aber Johannes ging nicht zu Professor Tessari. Er wurde auch nicht der gefeierte Cello-Solist, als den sein Vater ihn stets gesehen hatte. Er spielte ein paar Monate lang nur für sich selbst – um herauszufinden, ob er es noch konnte, um auf den sonoren Klang des Instrumentes zu horchen, um dessen vielfältige Nuancen zu erforschen, um damit zu träumen, die Finger über die wuchtigen Saiten auf Wanderschaft zu schicken, um mit dem Schwung des Bogens in neue Welten aufzubrechen im Universum des Klangs.

Dann schrieb er eine Menge E-Mails an Leute, die er auf seinen Reisen kennen gelernt hatte, und er telefonierte viel mit denen, die antworteten. Zweien davon musste er Flugtickets schicken, weil sie sich selber keine hätten leisten können, und während dieser Zeit bauten Violetta und er in aller Eile zwei ungenutzte Räume unter dem Dach zu Gästezimmern aus und den größten Kellerraum zu einem gemütlichen Proberaum.

Es waren ein Sitarspieler aus Indien, ein Perkussionist aus Argentinien und ein Klarinettist aus Mosambik, die wenig später eintrafen. Sie musizierten tagelang zusammen, diskutierten und stritten, formierten sich aber schließlich zu einer Band, die eine eigenartige, ausschließlich instrumentale Musik machte, wie man sie auf diesem Planeten noch nie zuvor gehört hatte. Als sie mit ersten Aufnahmen davon zu Musikverlagen und Plattenfirmen gingen, lachten die sie schallend aus. Musik ohne Gesang? Und so seltsame dazu? Will kein Mensch hören, sagten die zuständigen Fachleute. Wenn sie überhaupt etwas sagten.

Doch Johannes verschickte ihre Aufnahmen unverdrossen in alle Welt, an alle Leute, die er kannte, und das waren nicht wenige. Einer davon, einst Manager einer kanadischen Fernsehgesellschaft, war inzwischen nach Hollywood gewechselt und begeistert von dem, was Johannes und seine Mitstreiter hervorbrachten. Er verschaffte ihnen die Gelegenheit, zu einem großen, gefeierten Hollywoodfilm die Filmmusik beizusteuern, und spätestens, als diese Musik das Einzige daran war, was letztendlich einen Oscar bekam, hörte das Gelächter auf.

Kapitel 18

»Wenn ich auch ins Gefängnis komme...«, begann Mutter.

»Kommst du nicht«, sagte Wolfgang.

Sie waren im Garten hinter dem Haus, am Ende der Terrasse, wo der gemauerte Gartengrill stand. Ein hohes, unruhiges Feuer loderte darauf; Papierfeuer. Mutter hatte ihre Bilder stapelweise herausgetragen, riss sie in Stücke und fütterte die Flammen damit.

»Willst du nicht wenigstens ein paar davon behalten?«, fragte Wolfgang. »Die guten?«

»Es ist kein gutes dabei«, erwiderte Mutter und zerriss das nächste Blatt.

Die flimmernde Hitze trug kleine, schwarze Ascheflöckchen davon, hinauf in den spätsommerlichen Himmel. Die Sommerferien neigten sich ihrem Ende zu. Die Hysterie in den Medien war längst wieder vorbei, neue Themen beherrschten die Nachrichten, neue Sensationen die Schlagzeilen. Dass es einen geklonten Menschen gab, würde man zwar nie völlig vergessen, aber irgendwie hatte sich dieser Sachverhalt doch als wesentlich langweiliger herausgestellt, als man zuvor gedacht hatte.

Dass Wolfgang Wedeberg dieser geklonte Mensch war, würde ihn allerdings zweifellos zeitlebens in der einen oder anderen Weise verfolgen. Es war damit zu rechnen, dass sich altersbedingte Krankheiten bei ihm wesentlich früher zeigen würden als normal, und auch andere Spätschäden, an die jetzt noch niemand dachte, waren nicht auszuschließen. Wenn er einmal selber Kinder haben würde, würden sich vermutlich nicht nur die Medien, sondern auch Mediziner dafür interessieren. Und ganz bestimmt würde er eine Reihe von dummen Fragen ungefähr eine Million Mal in seinem Leben gestellt bekommen – am besten fing er schon mal damit an, sich passende Antworten dafür zurechtzulegen.

Vater saß seit seiner Verhaftung im Gefängnis. Er war nach Freudenstadt überführt worden, wo ihm voraussichtlich im Herbst der Prozess gemacht werden würde.

»Ich bin mitschuldig«, sagte Wolfgangs Mutter. »Ich habe gewusst, was wir in Kuba vorhatten. Ich habe mitgemacht. Und ich habe nicht gefragt, woher dein Vater die Zellprobe hatte. Ich habe mir gesagt, er wird bei irgendeiner der Gelegenheiten, bei denen er Johannes untersucht hat, eine Probe genommen und aufbewahrt haben, zu irgendeinem Zweck. Aber ich habe nicht danach gefragt. Ich wollte es gar nicht wissen.«

Wolfgang fühlte sich hilflos. »Dr. Lamprecht hat gesagt, du bekommst höchstens eine Bewährungsstrafe.« Es klang fade, aber er wusste nicht, was er sonst sagen sollte.

Mutter warf das letzte Stück Aquarellpapier ins Feuer, sah noch einmal die Mappen durch, um sicherzugehen, dass sie nichts übersehen hatte, und ließ sich dann erschöpft neben Wolfgang auf die Sitzbank sinken. »Ich habe jedenfalls mit den Maitlands gesprochen. Falls ich ins Gefängnis kommen sollte, könntest du dort wohnen.«

»Oh«, machte Wolfgang. Er musste unwillkürlich lächeln. »Das ist ja beinahe verführerisch.«

Mutter lächelte nicht. Sie betrachtete das Haus. »Ich denke, wir werden es verkaufen, so oder so. Es muss alles neu anfangen.« Sie sah zu Wolfgang hin, streckte die Hand aus, als wolle sie seine fassen, ließ sie aber auf halber Strecke sinken. »Ich habe mitgemacht, weil ich Johannes wiederhaben wollte. Was in den Zeitungen gestanden hat – dass Vater mich gezwungen haben soll und so weiter –, das ist nicht wahr. Ich wollte meinen Sohn zurück. Dafür habe ich alles auf mich genommen.«

Wolfgang sah sie beklommen an, wusste nicht, was er sagen sollte. Konnte man darauf überhaupt etwas sagen?

»Ich war es ja, die die Schmerzen hatte. Die die Übelkeit ertragen musste nach den Hormonbehandlungen. Die Nebenwirkungen der anderen Medikamente. Die zwei Fehlgeburten, bis es endlich klappte. Die beiden Männer haben Tag und Nacht gearbeitet an ihren Mikroskopen und Zentrifugen und all den Laborgeräten, aber mein Körper war letztlich das Feld, auf dem alles ausgetragen wurde.« Sie schwieg, sah ins Leere, hing Erinnerungen nach, die bestimmt nicht angenehm waren. Endlich schaute sie Wolfgang an, und nun ergriff sie doch seine Hand. »Aber nach der Geburt, gleich in dem Moment, als du nackt und blutig auf meinem Bauch gelegen bist, wusste ich, dass es nicht funktioniert hat. Dass du nicht Johannes bist, sondern jemand ganz anderer, jemand ganz eigener. Und so traurig ich war, Johannes verloren zu haben, so froh war ich, dich zu haben. Dich, Wolfgang.« Ihre Augen waren feucht. Sie sah ihn an, bittend um Verzeihung. »Das wollte ich dir sagen. Damit du es weißt, egal, was geschieht.«

Wolfgang spürte einen gewaltigen Kloß in seiner Kehle, aber zugleich war ihm, als löse sich in diesem Augenblick alles, was ihn jemals im Leben bedrückt hatte, in nichts auf.

»Ich weiß«, sagte er. »Ich weiß das doch.«

Am ersten Samstag nach den Sommerferien saßen sie zu dritt auf der Terrasse, Cem, Svenja und Wolfgang. Die Bäume und Büsche im Garten waren drastisch zurückgeschnitten worden, sodass so viel Sonne auf das Haus der Wedebergs fiel wie schon lange nicht mehr. Es war kaum wieder zu erkennen.

»Auf deinen Preis«, meinte Wolfgang und prostete Svenja zu.

»Schließe mich an«, nickte auch Cem.

Zwei Tage zuvor waren die Ergebnisse des Mathematikwettbewerbs bekannt gegeben worden. Svenja hatte von allen Teilnehmern im gesamten Schulbezirk als Einzige zwei Aufgaben gelöst und damit einen ansehnlichen Förderpreis gewonnen sowie eine Einladung zu jenem europäischen Kongress der Nachwuchsmathematiker, der kurz vor Weihnachten in Brüssel stattfinden sollte.

»Übernachtung im Vier-Sterne-Hotel, Flug ab Stuttgart, alles inklusive. Die lassen sich das echt was kosten.« Cem wollte die mitgeschickten Prospekte kaum mehr aus der Hand legen. »Wen nimmst du eigentlich mit? Doch nicht etwa diesen Versager hier zu meiner Linken?« Wolfgangs Name war – ebenso wenig wie der Marcos übrigens – auf den Preisträgerlisten nicht aufgetaucht, was hieß, dass er keine einzige Aufgabe gelöst hatte.

»Wie bitte?«, schnaubte Wolfgang. »Du möchtest gern einen Krug Limonade ins Hemd geleert bekommen?«

Svenja schüttelte den Kopf. »Ich geh doch nicht auf einen Mathematikkongress mit jemandem, den Mathe langweilt. Nein, ich lade meinen Vater ein, stell dir vor.«

Cem rutschte ein Stück zurück, weil Wolfgang immer noch wild mit dem Krug umherfuhrwerkte. »Deinen Vater? Das übersteigt meine Vorstellungskraft. Hey!«

»Ich hab dem Rittersbach gleich gesagt, dass Mathematik

nichts für mich ist«, meinte Wolfgang, aber dann fiel ihm ein, dass er es ihm eben nicht gesagt, sondern nachgegeben hatte. Er stellte den Krug wieder hin. »Außerdem würde ich dem Mathematiknachwuchs nur die Schau stehlen.«

Svenja warf die Arme in die Höhe. »Hört ihn euch an!« Sie gab Wolfgang einen Knuff in die Seite. »Ganz schön eingebildet, Herr Klon, was?«

In diesem Moment hielt eine große, schwarze Limousine unten vor den Garagen. Drei Männer in grauen Anzügen und mit schwarzen Aktentaschen unter dem Arm stiegen aus. Die Wagentüren fielen mit einem schweren, satten Geräusch ins Schloss.

»Wer ist das?«, fragte Svenja.

»Keine Ahnung«, sagte Wolfgang.

»Wenn das hier ein Film wäre, wären es FBI-Agenten«, unkte Cem.

Wolfgangs Mutter kam heraus, offenbar ebenfalls angelockt von den geheimnisvollen Besuchern, die, ohne zu zögern oder zu fragen einfach das Gartentor öffneten und die Treppen hochgestapft kamen, ihre schwarzen Aktenmappen unter den Armen. »Meinst du, ich soll vorsichtshalber Dr. Lamprecht anrufen?«, fragte sie ihren Sohn halblaut.

Doch da war der erste der Männer, eine magere Gestalt mittleren Alters mit braunen, straff zurückgestriegelten Haaren, schon heran, nickte ihnen zu und sagte kurzatmig: »Wir suchen Herrn Wolfgang Wedeberg.«

Ihm auf dem Fuß folgte ein dicklicher Mann mit fahler Haut, der mit Schweißperlen auf der Stirn hinzufügte: »Wir kommen von der Deutschen Mathematikstiftung.«

Wolfgang und seine Freunde wechselten ungläubige Blicke. Zum einen darüber, dass da jemand war, an dem die entnervend zahllosen Berichte über »den Klon«, auf allen Fernsehkanälen, Zeitungen und Zeitschriften spurlos vorübergegangen zu sein schienen, und zum anderen ... *Mathematikstiftung?*

»Sie meinen Maitland?«, korrigierte Wolfgang.

»Nein, nein, Wedeberg«, sagte der Magere und sah seine Begleiter Hilfe suchend an. »Der Name war doch Wedeberg, oder?«

»Genau«, nickte der Dritte, breitschultrig und blondgelockt. »Steht unten an der Klingel.«

Wolfgang schüttelte den Kopf. »Das muss ein Irrtum sein. Ich habe nichts mehr mit der Mathematikstiftung zu tun.«

Die drei Männer in den grauen Anzügen, die ihnen bemerkenswert schlecht passten, sahen einander triumphierend an. »Entschuldigen Sie, aber demnach sind Sie Wolfgang Wedeberg?«, vergewisserte sich der Dickliche.

»Wolfgang, jetzt biete den Herren Platz an«, raunte ihm seine Mutter zu. »Ich kann auch Kaffee machen.«

Aber die Herren wollten keinen Kaffee, sondern waren mit einem Glas Sprudel pro Person bereits völlig zufrieden. So saßen sie alle kurz darauf um den Gartentisch herum, den die Besucher nach und nach mit einer Menge Papier aus ihren schwarzen Aktenkoffern bedeckten.

»Die Sache ist die ...«, begann der Magere.

»Eine sehr peinliche Sache«, merkte der Dickliche an.

»Wenn es auch letzten Endes die Schuld des Setzers war«, meinte der Blonde, Breitschultrige.

»Die Sache ist die, dass eine der Aufgaben, die Sie erhielten, Herr Wedeberg, einen Druckfehler enthielt«, erklärte der Magere und zog zwei Blätter hervor, auf denen auf den ersten Blick dasselbe zu stehen schien: eine Mathematikaufgabe eben.

Der Blonde deutete auf einen Buchstaben. »Dieses *b* müsste ein *a* sein. Das hat niemand bemerkt. Aber dadurch wurde die Aufgabe unlösbar.«

Wolfgang besah sich das Blatt näher. Es war eben jene dritte Aufgabe, an der er fast verzweifelt wäre. »Bisschen unfair, oder?«

»Zweifellos«, nickte der Magere.

»Äußerst unfair sogar«, bestätigte der Dickliche.

»Kein Wunder, dass ich mir buchstäblich die Zähne daran ausgebissen habe«, meinte Wolfgang und legte das Blatt weg. »Wer denkt auch an so was. Dass einem in einem Wettbewerb eine unlösbare Aufgabe vorgesetzt wird.«

Der Blonde nickte. »Davon konnten Sie wirklich nicht ausgehen.«

»Das heißt«, fuhr der Magere fort, »wir *dachten*, die Aufgabe sei unlösbar. Aber dann sahen wir Ihre Lösung.«

Wolfgang starrte ihn an und wartete geduldig auf eine Meldung seiner Ohren, dass sie sich gerade verhört hätten und es ihnen schrecklich Leid täte und dass der magere Mann mit den ölig gestriegelten Haaren etwas ganz anderes gesagt hatte. Aber diese Meldung kam nicht. Stattdessen zirpte eine Grille und tschilpte ein Vogel und sog Svenja deutlich hörbar die Luft ein. Und Cem sagte leise: »Oh – oh.«

»Wie bitte?«, fragte er langsam.

Der Dickliche zückte ein dickes Notizbuch. »Es war auch für uns sehr verblüffend. Ein äußerst origineller Ansatz. Wirklich, absolut originell.«

Wolfgang schloss die Augen und öffnete sie wieder und es war immer noch Sommer und die drei merkwürdigen Männer saßen immer noch da. »Sie wollen mir jetzt aber nicht erzählen, ich hätte versehentlich eine unlösbare Aufgabe gelöst?«

Der Blonde wedelte mit der Hand. »Versehentlich kann man so was sowieso nicht machen.«

»Sie haben auch eigentlich nicht genau die gestellte Aufgabe gelöst«, erklärte der Magere mit dozierend erhobenem Zeigefinger, »sondern sie umdefiniert zu einer Variante der *Moore'schen Vermutung*, benannt nach dem britischen Mathematiker Sir Irving Moore, der sie vor zwei Jahren veröffentlicht hat. Und für den Beweis dieser Vermutung haben Sie einen brillanten Ansatz geliefert. Wenn Ihnen auch«, fügte er kummervoll hinzu, »kurz vor Schluss ein bedauerlicher Fehler passiert ist, der Sie zu einem falschen Beweisschluss verführte.«

Wolfgang sah Svenja Hilfe suchend an. Was passierte hier? Sie war doch der Mathematik-Star – und jetzt das! Doch sie schien kein bisschen eifersüchtig zu sein. »Ich hab gewusst, dass du irgendwie der Typ dafür bist«, meinte sie stattdessen zufrieden. »Hast du die Notizen noch? Ich glaube, ich sollte sie mir mal genauer anschauen.«

Der Dickliche zückte eine Mappe, die genauso aussah wie die, die Svenja mit ihrem Förderpreises überreicht bekommen hatte. »Um es kurz zu machen, wir sind gekommen, um Sie zum europäischen Kongress der Nachwuchsmathematiker einzuladen. Sir Moore wird ebenfalls zugegen sein und würde sich sicher freuen, Ihre Gedankengänge bei der Abfassung dieses Beweises mit Ihnen zu diskutieren.«

»Die teilweise nämlich nicht ganz einfach nachzuvollziehen sind«, gestand der Magere, nahm seinem Kollegen die Mappe mit dem Logo der Deutschen Mathematikstiftung aus der Hand und reichte sie Wolfgang, der sie verdattert entgegennahm.

»Wir sind darüber hinaus ermächtigt, Ihnen ein Stipendium anzubieten für den Fall, dass Sie beabsichtigen sollten, Mathematik zu studieren«, sagte der Blonde.

»Wolfgang!«, freute sich seine Mutter. »Das ist ja großartig!«

»Abgefahren!«, rief Cem begeistert.

»Toll«, meinte sogar Svenja, an deren Stelle er ausgerastet wäre bei den Lobeshymnen, die die drei Mathematiker da auf ihn sangen: Aber sie schien sich aufrichtig zu freuen.

Sie machten es einem wirklich verdammt schwer.

Wolfgang betrachtete die Mappe in seiner Hand, von der er schon wusste, was sie enthielt, wog sie abschätzend – und reichte sie schließlich zurück.

»Danke«, sagte er. »Aber ich glaube, Sie irren sich. Das war ein Zufallstreffer.«

Die drei sahen ihn entsetzt an. »Unmöglich!«

»Ehrlich gesagt macht mir Mathematik nicht einmal Spaß.«

»Aber Sie haben Talent! Sie haben ein ganz unbezweifelbares mathematisches Talent.«

Wolfgang ließ sich gegen die Stuhllehne sinken. »Das höre ich schon mein ganzes Leben lang. Talent für dies, Talent für das. Es hängt mir zum Hals heraus. Ich würde jetzt gern aufhören, mir von anderen sagen zu lassen, was ich kann und was nicht, und anfangen, es selber herauszufinden. Und vor allem möchte ich mich erst einmal in der Welt umsehen. Alles Mögliche ausprobieren. Ich habe nämlich keine Ahnung, was mir eigentlich *Spaß* macht!«

Er sah in ihre verdutzten Gesichter. Richtig bemitleidenswert schauten sie drein. Wolfgang seufzte und fügte hinzu: »Sollte es am Ende doch Mathematik sein, komme ich auf Ihr Angebot zurück.«

ENDE

»Neal Asher fordert den literarischen Vergleich mit einem Big-budget-special-effects-Film heraus.«
ALIEN CONTACT

Neal Asher
DIE ZEITBESTIE
Roman
528 Seiten
ISBN 3-404-23283-6

Im vierten Jahrtausend herrscht das Heliothan-Dominium uneingeschränkt über das Sonnensystem. Einer seiner Feinde ist Cowl, der einen künstlich erzwungenen Entwicklungssprung in der menschlichen Evolution verkörpert – und bösartiger ist als jedes prähistorische Ungeheuer. Cowls Haustier, das Torbiest, wächst zu gewaltiger Größe und Gefährlichkeit heran und verstreut seine Schuppen auf Geheiß des Meisters – Schuppen, die ihrerseits organische Zeitmaschinen sind, dazu konstruiert, Menschenproben aus allen Zeiten zu sammeln und zu Cowl zu bringen. Dann kann das Ungeheuer fressen ...

Bastei Lübbe Taschenbuch

Neues vom Autor von GOTTES MASCHINEN, DIE SANDUHR GOTTES sowie CHINDI

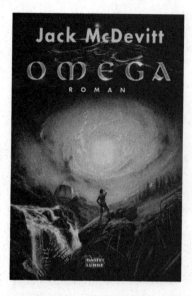

Jack McDevitt
OMEGA
Roman
704 Seiten
ISBN 3-404-24341-2

Seit einiger Zeit weiß die Menschheit von den gefährlichen Omega-Wolken: riesigen Wellen aus tödlicher Energie, die anscheinend jede Zivilisation auf ihrer Bahn zerstören wollen. Und nun hält eine der Wolken auf die Erde zu. Verschiedene Methoden werden ersonnen, um sie zu zerstören, doch hat die Menschheit es nicht eilig, denn die Wolke trifft erst in etwa tausend Jahren ein. Als jedoch ein Raumschiff der Erde meldet, dass eine der Wolken eine prä-industrielle Zivilisation zu zerstören droht, geht der Menschheit die Zeit aus. Ist Rettung möglich?

Bastei Lübbe Taschenbuch

Der brillante erste Roman
vom Autor des JESUS VIDEO

In einer fernen Zeit ... Schon seit je fertigen die Haarteppichknüpfer ihre Teppiche für den Kaiser - Teppiche, die aus den Haaren ihrer Frauen und Töchter bestehen. Für die Herstellung eines einzigen Teppichs benötigen die Knüpfer ihr ganzes Leben, und von dem Erlös kann eine Generation ihrer Familie leben. So war es seit Anbegin der Zeit. Doch eines Tages taucht ein Raumschiff im Orbit der Welt auf, das kurz darauf landet, um dem Geheimnis der wundersamen Haarteppiche auf den Grund zu gehen - einem Geheimnis, das alle Vorstellungskraft übersteigt.

3-404-24337-4